LINUS REICHLIN

DER HUND, DER NUR ENGLISCH SPRACH

LINUS REICHLIN

DER HUND, DER NUR ENGLISCH SPRACH

Roman

Galiani Berlin

Für Birgit

PROLOG

»Und wo ist der Hund jetzt?«, fragt der Officer.

Felix sagt: »Weg.«

»Er ist also weg«, sagt der Officer.

»Er ist weg«, sagt Felix.

Es sind zwei Officer vom *Naples Police Department*, Kollege und Kollegin. Die Leute kommen in letzter Zeit in Felix' Leben immer paarweise.

Die Kollegin sagt: »Das machen sie, wenn sie geschlagen werden.« »Was denn?«, fragt ihr Kollege, und sie sagt: »Na, abhauen.«

Beide schauen jetzt Felix an, als habe er ein verwundetes Reh getreten.

»Ich habe ihn nicht geschlagen«, sagt Felix, es ist ihm wichtig, das festzuhalten.

»Soso«, sagt der Female Officer.

»Werden wir nie erfahren«, sagt ihr Kollege und gibt Felix seinen Reisepass zurück.

»Würd' ich nicht sagen«, sagt seine Kollegin, »jedenfalls wär' schön, wenn man wüsste, ob der Hund gut behandelt wird.«

»Wenn er weg ist«, sagt ihr Kollege, »lässt sich das schlecht verfolgen. Er ist weg, deswegen ist er nicht hier, so! Punkt!«

»Armer kleiner Kerl«, sagt seine Kollegin. Das macht Felix stutzig: Woher weiß sie, dass der Hund klein ist?

»Die Überprüfung läuft noch«, sagt der Officer zu Felix, vielleicht meint er den Pass, vielleicht meint er aber auch irgendetwas im Zusammenhang mit den Dingen, von denen Simona überzeugt ist, dass sie geschehen.

Ganz ruhig, denkt Felix, Simona spinnt, das weißt du, atme jetzt mal ganz ruhig die Luft ein.

Die Blinklichter des Polizeiwagens, der quer in der Garageneinfahrt der *Treetop Oasis* steht, machen Felix das ruhige Einatmen schwer: Es ist, wie wenn man bei der Blutdruckmessung das schrille Piepsen des eigenen Pulses hört, das macht ihn nervös.

»Dann warten wir mal auf den Computer«, sagt der Female Officer und setzt sich in den Polizeiwagen, denn es hat wieder zu regnen begonnen. Ihr Kollege kehrt auch zum Wagen zurück, ohne Felix eine Verhaltensanweisung zu hinterlassen. Soll er hier im Regen stehen bleiben? Ist er eigentlich noch ein freier Bürger? Er sieht, wie sie beide im Polizeiwagen Esswaren auspacken wie kleine Geschenke, die sie sich in den Mund stecken.

Und wie hat das alles überhaupt begonnen? Das weiß Felix natürlich. Aber es kommt ihm alles jetzt so unwirklich vor, dass er sich die Geschehnisse der letzten Wochen in Erinnerung rufen möchte, einfach um sicher zu sein, dass es auch wirklich seine eigenen Erinnerungen sind. Das Problem ist nur, dass es hier hauptsächlich um Geschehnisse geht, für die es keine externen Zeugen gibt. Da ist Skepsis angebracht. Wer weiß, was man sich alles einbildet oder nachträglich zurechtbiegt.

Und der Hund?

Klar, der Hund war dabei, aber jetzt ist er erstens weg. Und selbst wenn er hier wäre, würde er eisern schweigen.

Ja, wenn Hunde sich etwas in den Kopf setzen, die können stur sein, denkt Felix. Andererseits, wenn ich er wäre, denkt Felix, würde ich auch nicht mit jedem sprechen: viel zu gefährlich.

So ist das, denkt Felix. Im Polizeiwagen wird ernsthaft gefuttert, die Frontscheibe beschlägt.

Ja, begonnen hat es an jenem Abend. Im Radio sprachen sie von der *ersten Tropennacht in Deutschland in diesem Jahr, Leute!*

1

Felix schaltet das Radio aus. Es war überhaupt nur an, weil er eine Stimme hören wollte. Aber jetzt geht ihm das Gequatsche bereits auf die Nerven, da ist er lieber ohne Stimme. Und dass es sehr warm ist, merkt er doch selbst. Es ist genauso warm wie damals, vor wie vielen Jahren? Besser: vor wie vielen Jahrzehnten?

Felix benutzt den Taschenrechner seines Handys: 1978 minus 2022 macht minus 44. Vier Jahrzehnte und vier Jahre, so alt ist jetzt sein Liebeskummer schon. Er fragt sich, gibt es schon einen Eintrag im *Guinness-Buch der Rekorde* für Liebeskummer? Er hätte Chancen auf den Weltrekord.

Natürlich liebt er Nicole nicht mehr. Aber das Bedauern hat nie aufgehört, Bedauern ist das richtige Wort. Zuerst war es natürlich Schmerz, dann Trauer über den Verlust, und daraus entwickelte sich mit den Jahren dieses solide, ununterbrochene Bedauern.

Felix blickt zum Balkonfenster hinaus, in der Tropennacht sitzen auf dem Balkon gegenüber die beiden jungen Frauen unter einem Sonnenschirm, der jetzt überhaupt keinen Sinn mehr macht, sonst würde man es Tropen*tag* nennen. Zwei Frauen, so alt wie Nicole damals war: Es ist schon merkwürdig, dass es Menschen gibt, die jetzt so jung sind, wie Nicole und er einmal waren. Es kommt Felix fast ein bisschen überflüssig vor: *Er* war doch schon jung, warum müssen andere es denn jetzt auch noch mal sein, ist das nicht redundant?

Es kommt im Rahmen der Tropennacht dementsprechend viel heiße Luft durch die offene Balkontür rein, auch das passt Felix nicht. Es erinnert ihn an seinen Urlaub in Florida vor einigen Wochen, und dieses Florida, so sehr ihm das Klima, die Landschaft, die Leute, die Airbnb-Wohnung, so sehr ihm eigentlich alles gefallen hat, so merkwürdig ungern erinnert er sich daran. Er hat keine Ahnung, was da wieder Komplexes mit seiner Psyche los ist, die er manchmal gern gegen eine weniger spezielle tauschen würde. Gegen eine liebenswürdigere, ruhigere, insgesamt kompatiblere Psyche.

Und jetzt also das Bücherregal. Felix hat es vorgestern gekauft, weil er dachte, er braucht mal ein neues Bücherregal. Vor dem Kauf hat er sich gefragt, ob sich die Anschaffung in seinem Alter noch lohnt, und er kam zum Schluss, dass das Preis-Leistungs-Lebenserwartungs-Verhältnis gerade noch stimmt. Es ist nicht sträflich optimistisch, wenn man mit vierundsechzig noch ein Bücherregal für 380 Euro kauft. Er hat ja keine Kinder, die etwas erben wollen. Seine Zwillingsschwester Simona wird erben, was übrig bleibt – auch nicht unbedingt eine schöne Vorstellung. Nicht wegen Simona, ihr würde Felix ein Zubrot gönnen, aber ihr Mann Carlo soll sich nicht von Felix' Geld neue Weichen für seine Modelleisenbahn kaufen. Dieser Mann verbringt Abende mit seiner Modelleisenbahn, aber Simona ist das nicht unheimlich. Sie findet es rührend. Felix würde sich nicht wundern, wenn die Polizei eines Tages entdeckt, dass manche Schienen aus den Schulterknochen von vermissten Balletttänzern geschnitzt sind.

Aber jetzt das Bücherregal: Es muss ja neu bestückt werden mit dem Kram, der sich in vielen Jahren im alten Regal angesammelt hat. Felix hat alles im Wohnzimmer gestapelt: Die Bücher, die alten Vinyl-Schallplatten, die Stadtpläne aus aller Welt. Die Schallplatten sind ihm das Wichtigste, er hat sie alle noch von früher:

Jethro Tull – Aqualung
Rolling Stones – Sticky Fingers
Uriah Heep – Salisbury
Pink Floyd – Another Brick In The Wall
Led Zeppelin – Led Zeppelin I, Led Zeppelin II, Led Zeppelin III (einfach alle von Led Zeppelin!)
T. Rex – Tanx
Supertramp – Crime Of The Century
Genesis – Selling England By The Pound
King Crimson – In The Court Of The Crimson King
Et al.

Lauter sprechende Namen aus der Vergangenheit, alle verbunden mit Erinnerungen an eine schöne, schwierige, teilweise miese, lebendige, verklemmte, großartige, demütigende, blöde und tolle Zeit.

Und das alles muss jetzt eingeräumt werden in das Alters-Bücherregal, all diese abgegriffenen wundervollen Cover mit ihren ikonischen Motiven: die Jeans mit dem Reißverschluss, die vier jungen Männer, die an einen Monolithen gepinkelt haben, der seltsame Junge unter einer Laterne in einer verregneten Straße, Bob Dylan im Profil, sein leicht geöffneter Mund, der von hinten brennende Zeppelin, Marc Bolan in Satinhose, zwischen den Beinen einen Spielzeugpanzer, das Schulpult mit dem eingekratzten roten, von einem Dolch durchbohrten Herzen, und die Köpfe langhaariger Männer, in Fels gemeißelt wie die der Präsidenten im Mount Rushmore: *Deep Purple In Rock*. Mit dieser Schallplatte begann damals Felix' Begeisterung für die neue Musik, was heißt Begeisterung! Es war Liebe, erfüllte Liebe, Trost, Beistand, Energie, um alles zu überstehen. Diese Musik war sein Zuhause, seine Burg, sein Liebesnest, sein Ferienhäuschen.

Und *Deep Purple In Rock*: Erster Kuss auf die steifen Lippen von Nicole, zweiter Kuss auf die steifen Lippen, dann eine Entschuldigung. Dann sie: »Es war ja nicht schlimm.« Dritter Kuss auf die nun schon etwas entspannteren Lippen. Vor dem vierten sagte sie: »Mach mal so.« Sie stülpte ihre Lippen vor, und er sagte: »Wieso?«

»Dann ist es schöner«, sagte sie.

»Ich mach's ja schon so«, sagte er.

»Na ja«, sagte sie.

Beim vierten Kuss stülpte er seine Lippen vor, und tatsächlich war es jetzt schöner. Und das alles bei *Into The Fire*: Ta Ta TaTaTaTa Da TaTa – diese Basslinie! So pathetisch und mitreißend. So wollte man sich als Fünfzehnjähriger fühlen, genau so wie diese Basslinie von *Into The Fire*. Sie brachte einen dazu, die Lippen total vorzustülpen. Also mehr Stülpen ging am Schluss gar nicht mehr, sie stießen mit den Zähnen aneinander.

»Sorry«, sagte Felix, und Nicole sagte: »War meine Schuld.«

Mit dieser Erinnerung im Herzen klappt Felix das Album auf, betrachtet die Fotos von Ian Gillan, Ritchie Blackmore, Jon Lord, Roger Glover und Ian Paice, keiner von ihnen erlaubt sich ein Lächeln, das hätte nicht gepasst. Damals hat man selten gelacht, dazu war die Welt in einem zu schlechten Zustand, Vietnam, drohender Atomkrieg, die Eltern, die Lehrer. Und was ist das da? Felix sieht es erst jetzt, obwohl er es die ganze Zeit vor Augen gehabt hat, denn es klebt ja direkt neben dem Foto von Jon Lord. Ein winziges Plastiktütchen, so was hat man damals noch mit *Uhu* festgeklebt, es gab noch keine Klebstreifen, und natürlich weiß Felix sofort, was es ist. Es stammt aus dem Jahr 1978, aus dem Geburtsjahr seines Liebeskummers. Felix hat es in sein damaliges Lieblingsalbum geklebt am Vorabend der Geburt des Liebeskummers, es war auch eine Tropennacht, nur nannte man es damals einfach Sommer.

Es sind zwei *Sunshine Trips*. Es sind *die* Sunshine Trips. Felix ist nicht sicher, ob sie wirklich so hießen, vielleicht auch *Superman Trips*. Aber er weiß haargenau, wer sie ihm verkauft hat, nämlich Bonny Feldmann. Ein merkwürdiger Typ, später in Indien verschollen. Bonny sagte *Wenn ihr zusammen einen Trip nehmt, ist es, wie wenn sie von dir ein Kind kriegen würde, ich meine, es verbindet euch für statistisch gesehen durchschnittlich zwölf Jahre.*

Das war der Plan: Eine Verbindung von Nicole mit ihm, Felix, *für ewig und zwölf Jahre.* Und es kostete Felix nur 40 Mark, das ist nicht viel für eine ewige zwölfjährige Verbindung. Man kann Geld für Blöderes ausgeben.

Es kam dann nicht mehr dazu, weil Nicole am selben Abend, als er schon die Kerzen und die Räucherstäbchen angezündet und die Trips vor einer kleinen Buddhafigur aus dem *India Shop* hingelegt hatte …

Felix löst vorsichtig das winzige Tütchen vom Coverpapier, aber es kommt eben doch ein Stück Papier mit, er kann froh sein, dass nicht noch ein Stück von Jon Lord am Tütchen kleben bleibt. Andererseits muss man den Hut ziehen vor der Klebfähigkeit von *Uhu*, die offenbar die Jahrzehnte überdauert. Aber gilt das auch für das LSD? Felix setzt sich auf sein Sofa und betrachtet die kleinen Pillen im Tütchen. Er erinnert sich, dass die Delle in den Pillen früher als Qualitätsmerkmal galt, und dass man sagte *Pille schlägt Löschpapier*, womit man meinte, dass das LSD in Pillenform wirksamer war, als wenn es auf Löschpapier getropft wurde.

Also: Wir haben eine Tropennacht im Jahr 2022, und wir haben, denkt Felix, einen vierundsechzigjährigen ehemaligen Landschaftsarchitekten, der die Trips der ewigen Verbindung findet, und mit denen sitzt er jetzt allein in seinem Wohnzimmer. Und neben ihm liegt die *Bunte*. Das ist der Vorteil: Wenn er Nicole sehen will, muss er nur die *Bunte* kaufen. Da steht sie dann in einem sicherlich teuren Abendkleid, davon versteht Felix nichts, neben der Königin von Spanien, die ebenfalls ein teures Kleid trägt und etwas größer ist als Nicole, obwohl Nicole auch hohe offene Schuhe trägt, sodass Felix ihre Zehen sehen kann, die er so mochte. Er kann nur hoffen, dass Gerry diese langgliedrigen Zehen auch zu schätzen weiß oder sie überhaupt bemerkt. Gerry hat ja als neuer Bundespräsident im Gegensatz zu Felix sicher keine Zeit, sich die Fotos seiner Frau in der *Bunten* anzusehen, denn er muss den spanischen König durch das Schloss Bellevue führen, in einem Frack. Das ist lustig für alle, die Gerry noch von früher kennen. Er sagte immer *Kleider sind Schrott, Leiber sind das Wahre.* Und so sah er auch aus: toller Körper in Schlaghosen, die er über den Knien mit der Schere aufgeschnitten hatte. Auf seine T-Shirts sprayte er mit Autolackfarbe das Peacezeichen. Heute heißt er Gerhard, das sagt schon alles: *Name fits Tuxedo.*

Ist ja egal, denkt Felix. Was Felix bleibt, sind im Grunde diese beiden alten Trips. Er könnte googeln, wie lange LSD wirksam bleibt. Aber wozu? Er wird es ja sehen. *Ein Trip ist immer so eine Art Experiment*, sagte Bonny Feldmann. So ist es doch, man frage nur mal Albert Hofmann, den Erfinder des LSDs. Er war Chemiker und hat eben experimentiert. Das Ganze hat folglich einen wissenschaftlichen Charakter und ist etwas anderes als die Liebe zwischen Gerry und Nicole. In einem Interview mit der *Bunten* sagte Nicole einmal *Wir haben beide ein Talent für eine glückliche Ehe.* Das ist keine Wissenschaft, es ist bestenfalls Hormon und schlimmstenfalls eine Erfindung der Reporterin, denn der Satz klang überhaupt nicht nach Nicole. Aber was weiß Felix schon, was heutzutage nach Nicole klingt, er hat ja seit vierundvierzig Jahren nicht mehr mit ihr gesprochen. Gut, aber er hat hin und wieder Mails mit ihr ausgetauscht und davor Briefe, und das war's. Also was soll das, denkt Felix, es hat doch keinen Sinn, das immer wieder aufzuwärmen. Jetzt schluck das Zeug, und dann schmeiß die *Bunte* weg! Der Mensch ist am Ende allein mit seinen Vinylplatten und seinen ungeschluckten Trips. Und mit dem neuen Bücherregal, das abends besser aussieht, als wenn die Sonne das billige Holz beleuchtet. Euro für Holz, das von brasilianischen Kinderholzfällern geschlagen wurde, oder wer weiß, wo das herkommt. Vielleicht wurden in China alte

Wegwerf-Chopsticks zermahlen und dann zu Spanplatten gepresst: Wenn man die aufbohren würde, fände man vielleicht noch Reste von *Hähnchen Sezuan-Art*.

Ist doch egal, denkt Felix. Wenn die *Bunte* ihn mal fragt, würde er ohne zu lügen sagen *Ich habe ein Talent für zwei, mir alles immer schlechtzureden.* Diese Trips, denkt er übergangslos, klebten nicht zufällig all die Jahre in *Deep Purple In Rock*, sondern sie sind das Ende des Zirkels, wie Bonny Feldmann gesagt hätte. Sie markieren das Ende des An-Nicole-Denkens und des ständigen Selbstmitleids eines ehemaligen Landschaftsarchitekten, der jetzt für tausend Euro gewisse Dinge tut, die die Landschaft auch verändern, aber nicht so, wie es sich das Grünflächenamt von Berlin wünscht. Wenn Nicole wüsste, womit Felix mittlerweile sein Geld verdient, würde sie in der *Bunten* neben der spanischen Königin ein besorgtes Gesicht machen.

Aber auch das ist eine müßige Vorstellung, und ganz nebenbei, während er die *Bunte* über die Kante des Sofas schiebt, damit sie auf den Fußboden fällt, schluckt er die beiden Trips, mit Spucke. Er spült dann aber doch mit Bier nach, denn einer der Trips bleibt in der Speiseröhre fühlbar kleben.

Jetzt kann man nur abwarten.

Felix zieht seine Schuhe aus und legt sich aufs Sofa. Wollte er nicht die Schallplatten einräumen, die Bücher, den kleinen Buddha? Ja, schon, aber erst mal abwarten, ob der kleine Buddha in einer halben Stunde immer noch so still und bewegungslos auf dem Teetischchen steht.

Felix liegt da, bewegt seine Zehen, die sich am anderen Ende von ihm selbst befinden. Es ist völlig klar, dass seine

Seele – falls er eine hat – sich nicht in seinen Zehen befindet, das hat ihn schon immer misstrauisch gemacht gegenüber dem Gerede einer »unsterblichen Seele«. Hat etwa schon jemals jemand in den Füßen Unmut empfunden, zärtliche Zuneigung oder Wut? Wenn die Seele es aber noch nicht einmal schafft, im ganzen Körper fühlbar zu sein, stehen die Chancen schlecht, dass sie einen Kopfschuss überlebt. Und in diesem Moment denkt Felix, jetzt schreib ihr eine Mail!

Die letzte Mail hat er Nicole vor fünfzehn Jahren geschrieben, als Gerry Außenminister wurde, er gratulierte ihr, schrieb, er wolle nur Hallo sagen und gratulieren, es sei ja unmöglich, nicht zu erfahren, dass Gerry jetzt und so weiter. Und wie es ihr gehe? Sie antwortete erst nach zwei Monaten, entschuldigte sich, so viel Post. Wie es ihm denn gehe, sie denke noch oft an die Spaziergänge am Schlachtensee, und Felix dachte, wieso Schlachtensee? Sie wohnten doch während ihrer kurzen ewigen Verbindung gar nicht in Berlin, und welche Spaziergänge? Danach wagte er nicht mehr zu schreiben, er wollte nicht einer sein, der jetzt, wo Gerry berühmt ist, sich aus uralter Zeit wieder meldet in der Hoffnung auf ein wenig Abglanz. Oder was auch immer: Felix fühlte sich jedenfalls besser, wenn er Nicole nicht mehr schrieb.

Aber jetzt schreibt er ihr, dass er schon lange nicht mehr geschrieben hat und nur mal wieder Hallo sagen möchte, weil er gerade die alten Platten von damals eingeräumt hat, Deep Purple In Rock, und er würde sich freuen, zu hören, wie es ihr geht.

Mit Herzklopfen drückt er SENDEN.

Das wäre also erledigt. Wahrscheinlich landet die Mail jetzt bei einem Nachtschichtler vom Bundesnachrichtendienst, der die Drohmails von den Fanmails trennt, und die Fanmails noch mal in *Allgemein* und *Persönlich bekannt* unterteilt, und *Persönlich bekannt* wird dann vielleicht an Nicoles Assistentin weitergeleitet, aber das ist nicht Felix' Bier. Er hat geschrieben, und seine Seele fühlt sich jetzt besser, und zwar direkt zwischen den Augen hinter der Stirn.

Und dann kommt der Hund.

2

Er klingelt natürlich nicht, er kratzt an der Tür. Felix denkt zuerst nicht an einen Hund, er denkt nur, was ist denn das, fängt es jetzt an? Es könnte sein, dass es anfängt, denn er fühlt sich auch innerlich irgendwie angehoben. Er bringt das mit der Mail an Nicole in Verbindung, aber eigentlich wäre es plausibler, es mit den Trips in Verbindung zu bringen. Ja, Trips, es sind ja zwei, wenn das mal kein Fehler war! Felix denkt, wenn ich jetzt schon ein komisches Kratzen höre und mich innerlich irgendwie angehoben fühle, hätte ich vielleicht besser doch erst mal nur einen Trip geschluckt.

Das Kratzen hört nicht auf, obwohl Felix die Augen schließt und sich den Befehl gibt, das Kratzen einfach zu ignorieren. Also ein normales Kratzen ist es nicht, aber Felix hat keinerlei Erfahrung mit Kratzen an der Tür. Bei ihm hat noch nie jemand an der Tür gekratzt, er weiß nicht, wie sich das anhört, wenn man nicht auf dem Trip ist. Die Wirklichkeit ist letztlich eine Übereinkunft des Gehirns mit anderen Gehirnen, was sie gemeinsam für wirklich halten wollen. Wenn ein Gehirn allein entscheiden muss, ob etwas wirklich ist oder nicht, wird es schwierig. Felix denkt, dass es am besten ist, wenn er einfach nachschaut. Wenn da niemand ist, weiß er wenigstens, dass das LSD die Jahre überdauert hat und nun in seinem Gehörgang Wirkung entfaltet.

Er öffnet die Tür, schaut ins Treppenhaus und denkt, aha, so ist es, das LSD ist im Gehörgang angekommen. Denn da ist niemand. Aber dann fällt sein Blick nach unten, und da ist ein Hund, der zu ihm hochschaut und dabei die Ohren ein wenig anhebt.

Er ist etwa so groß wie ein Dackel, hat aber längere Beine, und er ist weiß mit braunen Flecken, oder umgekehrt. Er trägt ein breites Halsband mit so einer Art Deko, so Schmucksteine und da ist noch irgend so ein Gerätchen drauf. Felix denkt, wo ist denn der Besitzer?, und der Besitzer sagt »I'm all dry. Get me some water.«

»Was?«, sagt Felix, seine Stimme hallt im Treppenhaus. Wieso versteckt der sich? Das ist Felix nicht geheuer – und dann dieser amerikanische Akzent. Es muss ein Amerikaner sein, einen solchen Akzent kann man nicht lernen, das ist *native*. Felix war ja schon oft drüben, er kennt sich damit ein bisschen aus.

»Ah, Sir«, sagt er ins Treppenhaus, »is this your dog?«

Keine Antwort.

Doch dann sagt der Besitzer: »Said I'm dry like a rattlesnake's ass. Thirsty. Dehydrated, got it?«

Felix geht zum Treppengeländer, blickt in den unteren Stock, das Erdgeschoss, da ist aber keiner. Aber hier oben im ersten Stock ist auch keiner, die zwei Türen der Nachbarwohnungen sind zu. Außerdem wohnen da keine Amerikaner, sondern Zugezogene aus Brandenburg.

»Sir, please«, sagt Felix, »ähm … where are you?«

»Who the hell are you talking to?«, sagt der Besitzer, und in diesem Moment geht der Hund uneingeladen in Felix' Wohnung.

»Moment mal«, sagt Felix, »he, du Kleiner bleibst hier.

Sir«, ruft er ins Treppenhaus, »your dog just invaded my apartment. Could you please tell him to kindly leave!«

»No«, hört Felix den Besitzer sagen, und zwar sagt der Besitzer es eindeutig aus seiner Wohnung. Das ist jetzt überhaupt nicht mehr lustig, das riecht nach irgendeinem faulen Trick, einem Überfall womöglich. Felix lässt die Wohnungstür offen, um notfalls fliehen zu können, und betritt dann vorsichtig sein Wohnzimmer: Niemand. In der Küche ist auch keiner, nur der Hund, der auf einen Stuhl gesprungen ist und bellt. Im Schlafzimmer ist auch keiner, und mehr Zimmer hat die Wohnung nicht.

Moment mal, denkt Felix, jetzt ganz ruhig.

»Und du sei ruhig!«, sagt er zum Hund, und irgendjemand sagt: »Fill. A. Salad. Bowl. With. Water. Will you!« Und jemand fügt hinzu: »Please.«

Ruhig, denkt Felix. Ruhig. Ordne die Situation. Es ist niemand da. Aber jemand muss da sein. Ach so!

Felix rennt aus der Küche, durchs Wohnzimmer, reißt die Balkontür auf, aber ganz ehrlich: Auf diesem kleinen Balkon kann sich keiner verstecken, hier ist nur Platz für das Marmortischchen und zwei schmiedeeiserne Gartenstühle, von denen immer nur einer benutzt wird, der mit dem durchgesessenen Kissen. Auf dem Balkon gegenüber sitzen noch immer die zwei jungen Frauen, jetzt lachen sie gerade, nicht über ihn, sie ignorieren ihn leidenschaftlich, seit sie vor einem Jahr eingezogen sind.

Felix blickt hinunter in den Hinterhof. Von seinem Balkon aus könnte man sich unter Umständen in den Hinterhof fallen lassen, mit Glück ohne sich das Bein zu brechen. Aber warum sollte der Amerikaner zuerst in seine Wohnung und dann vom Balkon in den Hinterhof, und als der Hund an der Balkontür erscheint und sagt: »Water please. Tap water will be fine« ist sowieso klar, dass Felix umdenken muss.

Er beugt sich zu dem Hund hinunter und weiß, jetzt muss er sich überwinden. Er muss über seinen Schatten springen und etwas vollkommen Verrücktes tun.

»Say it again, please«, sagt er zu dem Hund.

Felix will einfach wissen, woher die Stimme kommt. Er bringt sein Ohr ganz nahe an die Schnauze des Hundes.

»You heard me perfectly well«, sagt eine Stimme aus der Schnauze des Hundes, und das ist wahr: Die Stimme kommt direkt aus dem Hund, da kann man nichts machen.

Okay, verstehe, denkt Felix, das ist es jetzt also: Er sieht hier einen kleinen braunen Hund mit weißen Flecken oder eher umgekehrt, und warum? Weil ihm solche Hunde gefallen, so kleine Hunde mit Flecken. Aber gefallen ist zu viel gesagt: Solche Hunde findet er halbwegs erträglich. Und warum hört er die Stimme aus dem Hund? Weil er während seines kürzlichen Urlaubs in Florida abends im Fernsehen einen Film gesehen hat, in dem ein sprechender Hund vorkam! Es war ein naiver Hundenarren-Film, und er hat ihn sich nur zwei Minuten angesehen und nur um seine Verachtung für Leute, die sich solche Filme ansehen, zu genießen. Aber sein Unterbewusstsein hat offenbar einen Narren an diesem Film gefressen, und da das LSD sich ganz offenbar vom Gehörgang zu den atavistischen Gehirnteilen vorgearbeitet hat, in denen Emotionen und Hundefilme verarbeitet werden, hört er jetzt eben diesen Hund sprechen, und zwar amerikanisch, weil das im Film so war.

Und was macht man in einer solchen Situation am besten? Was würde, denkt Felix, Bonny Feldmann machen, wenn er auf dem Trip einen Hund reden hört? Beziehungsweise wenn er einen Hund sieht und reden hört, denn es handelt sich hier ja um eine visuell-auditive Halluzination, das LSD zieht alle Register. Weder ist der Hund da, noch spricht er, und so würde Bonny Feldmann vermutlich sagen *Das ist ganz normal bei Superman-Trips, es ist so eine Art Hallizu … zination. Lass dich einfach nicht drauf ein, sonst drehst du noch durch.*

Eben. Und deshalb denkt Felix: Nicht mit mir! Soll der Hund da sein und reden, ich achte einfach nicht drauf, so wie die beiden Frauen da drüben auch nicht drauf achten, ich leg mich jetzt aufs Sofa und versuche, was anderes zu halluzinieren.

3

Felix liegt also auf dem Sofa, mit geschlossenen Augen. Er ignoriert den eingebildeten Hund einfach. Er hat nicht vor vierundvierzig Jahren 40 Mark bezahlt, um sich mit einem wahnhaften Hund abzugeben, der auf seiner Toilette das Wasser aus der Kloschüssel schlabbert. Das sind genau die Geräusche, die Felix auf dem Sofa hört und ignoriert: ein Tier, das Wasser aus dem Klo säuft. Es ist das typische Schlabbergeräusch langer Zungen.

Felix hört als Nächstes das Tippeln der Hundetätzchen auf den schönen Holzdielen. Dann hört er ein Schütteln von einem Hund, der sich schüttelt, und danach ein Lefz-Geräusch, wenn ein Hund sich mit der Zunge über die ganze Schnauze lefzt. Und als Nächstes hört er den Hund sagen: »I hate to break it to you, but I'm pretty sure those douchebags are pulling in before you can say your last prayer!«

Felix hört es, ignoriert es und denkt, komisch, dass ich den oft gar nicht verstehe. Als Felix in Florida war, verstand er natürlich sehr viele Leute manchmal nicht, aber das ist was anderes, die hat er sich ja nicht eingebildet. Diese Leute besitzen ein eigenes Gehirn, in dem englische Redewendungen wie *I take a rain check on that* gespeichert sind, während dieses Idiom in Felix' Gehirn nicht gespeichert ist. Dieser Hund aber besitzt kein eigenes Gehirn, er ist ein Produkt von Felix' Gehirn, und wie kann es nun sein, fragt sich Felix, dass der Hund besser Englisch spricht als er? Felix weiß nicht, was *I hate to break it to you* heißt, aber der Hund sagt es. Der Hund sagt *those douchebags are pulling in*, und Felix versteht es nicht.

Es könnte natürlich sein, dass Felix' Gehirn ein Fantasie-Englisch erfindet, so, wie es ja auch den Hund erfindet. Aber nein, Felix googelt, was der Hund gesagt hat, und die Übersetzungsmaschine erkennt es als richtiges Englisch und übersetzt: »Ich sag's dir ungern, aber ich bin sicher, dass die Mistkerle hier auftauchen, bevor du einen Furz lassen kannst!«

Jetzt stellt sich noch die Frage: welche Mistkerle? Ignorieren, denkt Felix. Aber ein bisschen neugierig ist er schon. Soll er den Hund fragen, nur so spielerisch? Natürlich nicht im Ernst, denn Bonny Feldmann hat ganz recht, man darf sich nicht auf seine Halluzinationen einlassen, sonst geht man ganz schnell im Park einer psychiatrischen Klinik spazieren. Aber wie gesagt, man muss es ja nicht ernst nehmen.

Felix räuspert sich.

»Ähm … these douchebags«, sagt er, »who would that be?«

Der Hund hockt gerade auf Felix' persischem Teppich und kratzt sich hinter dem Ohr, und ohne damit aufzuhören, sagt er: »You'll see in a heartbeat.«

Auch das versteht Felix nicht, das heißt, er versteht den Sinn, aber er selber würde das nie so sagen und weiß nicht, was der *heartbeat* in dem Satz verloren hat. Und jetzt kommt sogar noch ein neurologisches Problem hinzu: Wenn der Hund, den Felix halluziniert, sagt, dass gleich Mistkerle hier auftauchen, und wenn diese Mistkerle dann tatsächlich auftauchen, müssen die ja dann auch Halluzinationen sein. Das ist genau das Problem bei Halluzinationen, auf die man sich einlässt: Sie ziehen Kreise. Eins greift ins andere. Plötzlich siehst du nicht nur den Hund, sondern auch Mistkerle, und was, wenn die sich mit dir versöhnen und dich auf ein Bier in die Kneipe einladen? Nehmen wir mal an, denkt Felix, ich nehme die Einladung an: Ist dann die Kneipe, in die wir uns setzen, real oder nicht? Das ist genau das Problem: Am Schluss sitzt man mit einem imaginierten Bier in der Hand an einer Busstation, und wenn die Polizei kommt, sagt man *Ich weiß genau, dass ihr nicht existiert. Ihr seid nur in meinem Kopf!*

Es klingelt. Oh nein, denkt Felix, darauf falle ich nicht rein! Aber es klingelt erneut. Und jetzt mal ehrlich: Hätte er doch diese verdammten Trips nicht geschluckt! Das ufert ja hier richtig aus und hat überhaupt nichts mit gemütlichem Sehen von bunten Farben und kleinen Sternchen zu tun!

Es klingelt zweimal, dann klopft jemand.

Der Hund rennt aus dem Wohnzimmer.

Ja, verschwinde, denkt Felix und wartet. Einerseits ist es ja das Prinzip von halluzinogenen Drogen, dass man die Kontrolle über seine Wahrnehmung verliert. Aber andererseits muss das auch nach Regeln ablaufen, da muss ein Stoppknopf eingebaut sein. Aber das ist Quatsch. Den Stoppknopf wollte damals auch Manfred Göschner drücken, als er nachts im Stadtpark nach der Abifeier einen Trip einwarf und eine halbe Stunde später auf die alte Buche im Park klettern wollte, weil ihm Spinnen auf den Fersen waren. Das wirkliche Prinzip ist eben das Fehlen des Stoppknopfs, und genau genommen ist das im realen Leben ja auch so:

Man wird geboren, durchlebt eine Art geregelten Trip voller Wahrnehmungen, die nur deshalb nicht verrückt sind, weil die anderen sie auch haben, und was grundsätzlich auch hier fehlt, ist der Stoppknopf. Jeden Tag möchten Millionen Leute in ihrem ganz normalen Leben den Stoppknopf drücken, weil sie in Situationen hineingeraten, die genauso übel sind wie eine üble Halluzination.

Ich kann also genauso gut, denkt Felix, die Tür öffnen, denn in diesem Moment wird an die Tür von vielen Leuten geklopft, und vor der Tür steht jemand mit einem Küchenmesser oder einem Räumungsbefehl – viel schlimmer, denkt Felix, kann es ja in meiner Halluzination auch nicht sein.

Also geht er zur Tür und öffnet, und da steht ein Paar. Ein Mann und eine Frau, sie sind beide sehr modisch angezogen, er in einem blauen Sakko, weiter, gebügelter Hose, sie in einem grünen Sommerkleid aus Seide. Er hat recht lange schwarze, gewellte Haare, die er stark zurückgekämmt hat, sie trägt kurz mit spitzen Schläfenhaaren.

Wenn mich jetzt einer meiner Nachbarn durch den Türspion beobachtet, denkt Felix, sieht er mich, wie ich in der offenen Tür stehe und die Luft angaffe, weil da nämlich keiner ist.

Die Frau sagt: »Guten Abend, Herr Sell.« Der Mann tippt mit dem Finger auf Felix' Klingelschild, auf dem *F. Sell* steht.

»Ja, das bin ich«, sagt Felix, und aus irgendeinem Grund kriegt er einen Lachanfall.

Die beiden lassen ihn eine Weile lachen, dann sagt die Frau: »Herr Sell, wir glauben, dass der Hund meiner Mutter ...«

Felix kann nicht mehr! Der Hund ihrer Mutter! Das ist so komisch! Was ihm alles einfällt, wenn er halluziniert!

Felix lacht so aus ganzem Herzen, dass sogar dem sehr ernst dreinblickenden Mann ein Mundwinkellächeln entfährt.

»Der Hund meiner Mutter«, sagt die Frau und sendet dem Mann einen strafenden Blick, »den sie über alles liebt, ist unserer Kenntnis nach in Ihrer Wohnung.«

»Jaja«, sagt Felix, »das ist … klar. Ist es so ein kleiner Hund mit braunen Flecken? Oder eher ein größerer?« Bonny Feldmann würde sich in seinem indischen Grab umdrehen, wenn er wüsste, wie sehr Felix sich gerade auf seine Halluzinationen einlässt. Aber Felix hat das Gefühl, sowieso bereits über den Jordan zu sein, in einer Welt ohne oben und unten: Der Spaß mit LSD beginnt vielleicht erst, *wenn* man sich total darauf einlässt.

»Ja«, sagt die Frau, »es ist der mit den braunen Flecken.«

»Darf ich dann bitte eintreten«, sagt der Mann und schiebt Felix beiseite.

Ja, gern, denkt Felix, nur hereinspaziert, die sehr verehrten Halluzinationen sind herzlich eingeladen, sich bei mir umzusehen. Felix ist ja schon froh, dass sich seine Halluzinationen einigermaßen an die Regeln der Realität halten und in Gestalt eines schicken Mittelklassepaares auftauchen. Sie könnten ja auch als riesige Spinnen hier herumlaufen – remember Manfred Göschner.

Der Mann betritt ganz ungeniert das Wohnzimmer und schiebt dann die Tür zum Schlafzimmer auf: Er pfeift durch die Zähne und sagt: »Hobo, du kleiner Mistkerl, komm raus, wir gehen zu Mutterchen.«

Mutterchen. Dieses Wort wäre Felix nüchtern nie in den Sinn gekommen. Das LSD scheint sein Englisch zu verbessern und seinen Wortschatz zu vergrößern.

Felix setzt sich aufs Sofa, aber könnte er sich nicht eigentlich auch hinlegen, wie er es jetzt tun würde, wenn er allein wäre? Er ist doch allein! Es ist doch keine Frage fehlenden Anstands, wenn man es sich während des Besuchs zweier Halluzinationen bequem macht. Die Frau setzt sich in den Sessel und schaut ihn an, während der Mann in der Küche Lärm macht. Felix denkt, dass die vom LSD betroffenen Teile seines Gehirns offenbar beschlossen haben, die Halluzination A (Mann) die Halluzination B (Hund) nicht finden zu lassen. Ob das wohl alles gewissen psychologischen Spurrinnen folgt, wie Träume auch?

Die Frau hebt die *Bunte* auf und legt sie ordentlich auf den Sofatisch. Sie scheint mit der Ordnung im Wohnzimmer nicht zufrieden zu sein, ihr Blick auf die Schallplatten und Bücher, die vor dem leeren Regel stehen, ist vernichtend.

Der Mann kommt rein, seine Stirn glänzt, er ist in seinem Sakko zu warm angezogen für die Tropennacht. Er sagt: »Verdammt, was soll das! Der Mistkerl muss doch hier irgendwo sein!«

»Nenn ihn nicht Mistkerl!«, sagt die Frau. »Das würde meine Mutter sehr kränken.« Diesen Satz sagt sie zu Felix. »Herr Sell«, sagt sie, »können Sie sich vorstellen, dass ein Hund für jemanden zur einzigen Freude im Leben wird? Wenn Sie krank sind, wenn Sie betagt sind, wenn Sie niemanden sonst haben?«

»Ihre Mutter?«, fragt Felix und streckt sich nun bequem auf dem Sofa aus, streift die Schuhe ab. Er sieht an der Decke einen Streifen rötlichen Lichts, der sich an beiden Enden auffächert und sehr langsam pulsiert. Es ist ein schöner Anblick.

»Ich spreche von einer Frau«, sagt die Frau, »die jetzt, in

diesem Moment, allein zu Hause sitzt und sich nichts mehr wünscht, als dass ihr geliebter Hund zu ihr zurückkehrt. Verstehen Sie? Er heißt Hobo, und sie liebt ihn über alles.«

»Ja, natürlich«, sagt Felix, »aber warum kümmern nicht Sie sich um Ihre Mutter? Dann würde sie Sie über alles lieben.«

»Das geht dich nichts an, du Penner!«, sagt der Mann und macht eine Bewegung, als würde er die Beherrschung verlieren und Felix eine knallen.

»Ich meine«, sagt Felix, »Sie sprechen über Ihre Mutter, als wären Sie selbst gar nicht da.« Darüber muss er lachen, denn die Frau ist ja wirklich nicht da.

»Herr Sell«, sagt die Frau, »machen wir es kurz: Ihnen ist heute Abend ein Hund zugelaufen. Und da Sie meiner Meinung nach im Moment betrunken sind oder unter Drogeneinfluss stehen, macht Ihnen das Ganze eine Menge Spaß. Ich sollte die Polizei rufen, aber irgendwie tun Sie mir leid.«

Der Mann sagt: »O ja, natürlich, der arme Kerl!«

»Sie tun mir leid«, wiederholt die Frau, »und deshalb gebe ich Ihnen ein wenig Zeit, um sich zu überlegen, ob sie eine Anzeige wegen Diebstahls riskieren wollen wegen der fünfzig Euro, die Sie für den Hund auf dem Schwarzmarkt kriegen.«

Felix ist fasziniert, dass eine LSD-Halluzination ihm vorwirft, er stehe unter Drogen. Man sollte meinen, dass Halluzinationen etwas mehr Verständnis für den Drogenkonsum ihrer Erzeuger aufbringen.

»Hier ist meine Karte«, sagt die Frau. »Bitte rufen Sie mich einfach an, wenn Sie so weit sind. Wir holen den Hund dann ab, und die Sache ist vergessen. Okay?«

»Ja, die Karte«, sagt Felix und lässt sich ihre Visitenkarte geben. Darauf steht

Mona Arnu
Content Administrator

Eine Telefonnummer, eine Instagram-Adresse und die Mail-Adresse.

»Ich habe noch vergessen zu erwähnen«, sagt die Frau und steht vom Sessel auf, »dass meine Mutter gerne bereit ist, einen Finderlohn zu bezahlen. Vielleicht führt das bei Ihnen gleich jetzt zu einem ... Sinneswandel?«

»Ich verstehe«, sagt Felix, was soll er sonst sagen? Ein Trip dauert – das hat er noch von früher im Kopf – sechs, sieben Stunden, bei manchen auch länger. Von einigen wenigen sagte man, sie seien auf dem *ewigen Trip*, sie seien *nicht wieder runtergekommen*, aber das waren vielleicht nur Legenden. Er fühlt das Gewichtchen der Visitenkarte in seiner Hand, und sie fühlt sich nach wertigem Papier an, er riecht daran: Und sie riecht nach Visitenkarte. Das ist wirklich sehr realistisch gemacht, denkt Felix. Er biegt die Visitenkarte, und sie verbiegt sich. Sie macht dabei ein Geräusch wie eine Blume, die man ins Feuer wirft, und die, wenn die Hitze schlagartig das in ihr gespeicherte Wasser verdampfen lässt, auf Blumenart schreit.

»Der ist doch völlig zugedröhnt!«, hört er den Mann sagen. »Lass mich fünf Minuten mit ihm allein, ich weiß, wie man mit Junkies umgehen muss!«

»Herr Sell«, sagt die Frau und tätschelt Felix' Wange, »hören Sie mich?«

»Ja klar«, sagt Felix, »ich höre Sie, und ich sehe Sie. Das

kann noch etwa sechs, sieben Stunden anhalten.« Wieder muss Felix lachen, es ist einfach zu köstlich. Er fragt sich, ob er eigentlich laut redet, oder nur glaubt, dass er redet. Es ist köstlich, aber irgendwie schon auch sehr beunruhigend, daran darf er aber nicht denken. Er muss sich auf das Köstliche konzentrieren und muss das Beunruhigende ausblenden, sonst könnte die Sache kippen.

»Herr Sell, Sie werden mich doch anrufen?«, fragt die Frau, die sich zu ihm runtergebeugt hat wie zu einem Kind.

»Absolut«, sagt Felix. »Darauf können Sie zählen.«

»Glaub nicht, dass wir wegfahren«, sagt der Mann, »wir bleiben in deiner Nähe, verstanden?«

Mit diesen Worten gehen die beiden und machen hinter sich sogar die Tür zu.

4

Und wer kommt als Nächstes?

Bob Dylan wäre nicht schlecht.

Warum kommt nicht Bob Dylan und singt

I am a lonesome hobo
without family or friends
Where another man's life might begin
that's exactly where mine ends

Das Lied würde zum Hund passen, er heißt ja Hobo.

Ja, vielleicht deswegen, denkt Felix, weil ich den Song so mag. Er dreht sich auf dem Sofa auf die Seite, denn er ist plötzlich sehr müde. So unglaublich müde, dass er sofort in seinen Florida-Traum hineinfällt, eine ganze Ewigkeit verbringt er darin, und das ist kein Vergnügen. Den Traum hat er sich am Schluss seines Urlaubs in Florida sozusagen eingefangen, so als gäbe es da in den Sümpfen Mücken, deren Stich einen Traum überträgt. Es ist ein gestaltloser Traum, und er handelt von nichts, das ist das Furchtbare. Normale Träume haben wenigstens unlogische Abläufe, in denen einzelne Sequenzen in abstrusen Zusammenhängen stehen. Aber dieser Traum ist unerzählbar, es gibt kein Geschehen, keine Bilder, keine Worte, keine Klänge, und doch ist da etwas. Etwas Schlimmes, nichts Gutes – nicht böse, nicht aggressiv, aber nicht gut. Es ist aber kein Albtraum, ein Albtraum wäre etwas, über das man sprechen kann. Über diesen Traum kann man nicht sprechen, er ist inzwischen für Felix ein echtes Problem. Vor allem rätselt er, warum dieser Traum ihn seit der eigentlich doch schönen Florida-Reise zwei-, dreimal die Woche heimsucht, das macht überhaupt keinen Sinn. Er war in einer wunderschönen Airbnb-Wohnung, *Treetop Oasis*, mit hölzerner Veranda, vor den Fenstern die Bananenbaumblätter, die Palmwedel, unten im Garten eine Iguana-Echse, im Kanal abends das Blubbern eines Alligators. Felix war gern in Florida, die Hitze, die gewaltigen Regenfälle, die Gewitter, das Krachen, das Knacken, die Stille. Seine verrückte Englischlehrerin Clarissa, mit der er stundenlang in einem kleinen Café konversierte. Es war doch alles in Ordnung, und die plausibelste Erklärung für den Traum ist, dass er überhaupt nichts mit Florida zu tun hat und nur zufällig in den letzten Nächten dort zum ersten Mal auftauchte.

Jedenfalls ist Felix froh, dass er aufwacht, selbst wenn der Preis dafür eine lange, feuchte Zunge ist, die ihm vom Kinn zur Stirn übers Gesicht leckt, und nicht nur einmal. Außerdem riecht der Atem des Hundes nicht nach Veilchenwasser. Und wie groß überhaupt diese Zunge ist, Felix hätte sie dem kleinen Hund gar nicht zugetraut. Der Hund sagt: »Get up, we gotta beat it! Get your car keys, I know a safe place!«

Nach dem verfluchten Traum geht's jetzt also wieder mit dem LSD-Trip weiter! Der Hund will, dass Felix seine Autoschlüssel holt, denn der Hund kennt einen sicheren Platz.

Felix stößt den Hund von sich runter und merkt, dass ihn die Situation wirklich überfordert. Er möchte zurückkehren zur Tagesnormalität – was gäbe er für eine Pille, die ihn nüchtern macht. Daran hat Albert Hofmann nicht gedacht: die Pille danach. Was soll Felix jetzt mit diesem Hund, der will, dass er die Autoschlüssel holt? Wie geht man damit um?

»They«, sagt der Hund, »that man. That woman. They bad. Bad people. Got me? We. You. Me. We got. To move. Our asses. Outta here. You understand?«

Der Hund spricht mit Felix wie mit einem Menschen, der keine ganzen Sätze versteht. Ist das das Bild, denkt Felix, das ich von mir selbst habe? Warum sonst kommt sein Unterbewusstsein auf die Idee, einen Hund so mit ihm sprechen zu lassen? Was zum Teufel ist mit seinem Gehirn los, dass es ihn so demütigend behandelt? Aber gut, man kann sich sein Gehirn nicht aussuchen. Jeder hat das, das er verdient, und auf dem LSD-Trip tritt dann eben die ungeschminkte Wahrheit über die eigene Selbsteinschätzung zutage. Aber es ärgert Felix, und warum sollte er diesen Ärger verbergen?

»Sprich gefälligst Deutsch in ganzen Sätzen mit mir!«, sagt er zum Hund. »Wenn du schon unbedingt sprechen musst!«, fügt er hinzu. Der verdammte Hund ist eine Einbildung, also kann er doch auch Deutsch sprechen!

»Du. Sprechen. Jetzt. Deutsch!«, sagt Felix.

»To«, sagt der Hund, »sprayken doyths?«

»Ja, Deutsch sprechen«, sagt Felix, »oder Chinesisch, egal.«

»You mean eagle?«, sagt der Hund.

»Nein, EGAL!«, sagt Felix. Wenn ich Chinesisch sprechen könnte, denkt er, könnte der Hund es auch, und dass er besser Englisch spricht als ich, ist nur eine verdammte Ungereimtheit unter vielen.

»Also sprich gefälligst Hochdeutsch auf der Grundlage der Meißner Hofsprache!«, sagt Felix, doch jetzt bellt der Hund. Er knurrt sogar,

»Stop that goddamn gibberish«, sagt er einen Ton tiefer, als er normalerweise spricht, »and get your f*** car keys!« Das kitschige Halsband, das er trägt, gibt im Moment des *fucking* einen Zensurpieps von sich. Das wiederum entzückt Felix, denn es zeigt, dass sein Gehirn Humor hat.

5

Jedenfalls manchmal. Dann aber wird es ernst. Der Hund erklärt Felix jetzt nämlich, dass die *Thugs* – also Gangster, womit er Mona Arnu und ihren Systemadministrator meint – ihnen bestimmt draußen vor der Haustür auflauern. Der Hund benutzt das Wort *waylay,* »they'll waylay us outside«.

»What's waylay?«, fragt Felix, da er das Wort nicht kennt, und er denkt: Das ist doch unmöglich! Es ist nicht nur eine Ungereimtheit, es ist gehirntechnisch unmöglich, dass er sich einen Hund einbildet, der ein englisches Wort benutzt, von dem er sicher ist, dass er es noch nie gehört hat. Und selbst wenn er es unbewusst irgendwann irgendwo doch einmal gehört oder gelesen hat, die Bedeutung kennt er nicht. Felix schließt nicht aus, dass das LSD ihm Zugang zu verschütteten Worterinnerungen eröffnet, aber er hält es für unmöglich, dass es ihn gespeicherte englische Wörter verstehen lässt, deren Bedeutung er bisher nicht gekannt hat.

Der Hund erklärt es ihm, ambushing, auflauern, warten, bis jemand rauskommt, got it? Diese Thugs lauern also draußen, und deswegen muss man, nach Meinung des Hundes, die Wohnung über den Notausgang verlassen.

Felix googelt das Wort waylay, um sicher zu sein, dass es existiert: Und richtig, es heißt *auflauern.* Wie aber kann die Hundehalluzination das wissen?

Diese Frage ist doch zentral, denkt Felix, und in diesem Moment sieht er einen betörenden goldgelben Glanz auf den Vorhängen. Endlich mal wieder etwas Schönes auf diesem Trip! Etwas, das man erwartet, wenn man LSD schluckt, das ist wie auf einer Donaureise. Man erwartet eine Schifffahrt mit Knödelessen und Wiener Schrammlmusik und nicht einen Rettungsring, der abends, wenn man auf dem Deck noch eine Gutenachtzigarette raucht, auf Französisch zu einem sagt: »Mais ce n'est pas bon pour la santé!«

Dieser betörende Glanz verschwindet aber, als der Hund sich vor Felix auf alle vier Beine stellt und dreimal laut bellt.

»Show me your car keys!«, sagt er. Er will, so sagt er, wissen, ob Felix überhaupt einen Wagen hat und nicht nur so tut, als habe er einen.

Felix sagt, er habe nicht so getan, als habe er einen.

»Then show me the keys!«, sagt der Hund.

Ich zeige ihm die Schlüssel, denkt Felix, und dann fahre ich – nein, laufe – zu Fuß zur Notfallaufnahme. Er muss dort ja nicht zugeben, dass er zwei Trips geschluckt hat, er wird einfach sagen, er fühle sich merkwürdig und würde gern in der Nähe von Ärzten die Nacht verbringen.

Felix holt also seine Wagenschlüssel, klimpert damit vor dem Hund rum und sagt: »See, I have car keys. Are you satisfied now?«

»Not yet«, sagt der Hund und schnappt ihm die Schlüssel aus der Hand. Das geht so schnell, dass Felix den weiteren Geschehnissen nur noch hinterherhinkt. Bevor er zu einer Antwort auf die Frage gekommen ist, wie es sein kann, dass die realen Wagenschlüssel sich nun zwischen den Zähnen eines eingebildeten Hundes befindet, hat dieser mit seinem Körperchen die angelehnte Balkontür aufgestemmt und ist auf den schmiedeisernen Stuhl gesprungen. Die Schlüssel in seiner Schnauze klirren dabei leise. Dann springt er aufs Marmortischchen und von dort aus verschwindet er. Denn er ist gesprungen.

Felix sitzt auf dem Sofa und denkt: Er ist mit meinen Wagenschlüsseln die ganzen zwei Meter in den Hinterhof gesprungen. Oder nicht? Doch. Genau danach sieht es aus. Aber um sicher zu sein, geht Felix auf den Balkon.

Es ist eine Tropennacht, deshalb steht die Luft still und ist warm. Die beiden Frauen auf dem Balkon des Hauses gegenüber essen jetzt etwas, man hört es am Geschirrgeklapper. Und der Hund steht weißbraun gefleckt zwischen dem verblühten Flieder und dem Kirschlorbeerstrauch, und etwas klirrt leise: Nämlich die Autoschlüssel, die der Hund fallen lässt, um etwas sagen zu können. Er sagt es so leise, dass Felix die Augen schließen und die Stirn runzeln muss, um es zu verstehen: »Come on, jump, you sissy! Don't use the front door!«

Sissy? Die Kaiserin?

Den Rest hat Felix verstanden, und die Sache ist die: Der Hund, egal, ob es ihn gibt oder nicht, hat die Autoschlüssel. Das lässt sich einfach nicht bestreiten. Aus irgendeinem Grund liegen die Schlüssel jetzt zwischen Flieder und Kirschlorbeer, und Felix muss da hin, er braucht heute Nacht sein Auto noch. Normalerweise würde er seine Wohnung natürlich durch die Wohnungstür verlassen, dafür ist sie ja eingebaut worden, aber vielleicht hat der Hund ja recht. Vielleicht handelt es sich bei dem Hund um eine sichtbar gewordene Intuition, um eine innere, Hund gewordene Stimme, die Felix sagt *Spring mal lieber vom Balkon, das ist sicherer, als durch die Tür zu gehen.*

Es sind doch nur diese zwei Meter! Wenn ein kleiner Hund da unbeschadet runterspringen kann, dann doch auch ein ausgewachsener Mann. Bei einer Katze sollte man solche Vergleiche nicht anstellen, aber ein Hund ist doch genauso hölzern wie ein Mensch, und schau ihn dir an! Da unten im Hinterhof steht Hobo im Schein der Hinterhoffunzel auf seinen vier ungebrochenen Beinen und sagt etwas, das Felix nicht versteht, wahrscheinlich wieder etwas mit Sissy.

»Shut your mouth up!«, sagt Felix, um sich Mut zu machen. Er klettert über das Balkongeländer und will sich eigentlich erst mal hängen lassen, doch er rutscht ab, und jetzt sind zwei Meter eben doch ein ziemlicher Flug. Kann sein, dass die Schulter ein bisschen ausgekugelt ist, aber beim Aufstehen renkt sie sich von selbst wieder ein. Und wo sind die Schlüssel?

Bevor Felix sie aufheben kann, hat der Hund sie sich geschnappt und geht mit ihnen zum Rundbogen, durch den man auf die Straße gelangt. Aber er geht nicht auf die Straße, er drückt sich an den Papiersammlungs-Container, um sich zu verstecken (?) und hält eine Strategierede. Sagt, Felix soll jetzt seinen Wagen holen, hier direkt vor dem Bogen parken, die Hintertür öffnen, und dann wird er, der Hund, reinspringen, »and then we bug out«.

»You mean fast drive away?«, fragt Felix, dem die Schulter wehtut, sodass er jetzt praktisch überhaupt nicht mehr richtig Englisch sprechen kann.

»Fast drive away, yes«, sagt der Hund, »with very much burning gasoline and no braky-braky.«

Der Hund macht sich über ihn lustig!

Aber eigentlich ist der Fall doch klar: Der Hund will dasselbe wie Felix. Und das ist doch der Punkt. Der Hund, denkt Felix, der Gefährte, der Beschützer, das ist die Sprache der Steinzeit, und das LSD holt diese archaischen Bilder aus mir raus. Felix will doch in die Notfallaufnahme, um diesen Trip auszukurieren, und der Hund führt ihn sozusagen dorthin, obwohl – wenn dieser Sendbote seiner eigenen Wünsche etwas verantwortungsbewusster wäre, würde er ihn jetzt nicht Auto fahren lassen. Eigentlich sollte der Hund sagen *We better walk*. Aber andererseits kann man ja nicht davon ausgehen, dass das eigene Innere immer das Beste für einen will. Gerade diese kleine Verantwortungslosigkeit des Hundes scheint Felix jetzt ein Beweis für dessen Ursprung aus seinem eigenen Inneren zu sein.

So einfach ist das also. Der Hund bin ich, denkt Felix, und deshalb kann ich genauso gut tun, was er will.

»Keys«, sagt Felix und streckt die Hand aus.

»Keys great for open door«, sagt der Hund und lässt die Schlüssel aus der Schnauze in Felix' Hand fallen.

Felix holt seinen schwarzen VW Up, der in der Nähe geparkt ist, und fährt vor den Torbogen. Er achtet beim Fahren darauf, dass ihn die Lichtspiele in der Windschutzscheibe nicht zu sehr ablenken. Bei den vielen Straßenlampen hier in der Gegend ist auf der Windschutzscheibe optisch eine Menge los, wenn man auf dem Trip ist. Da bilden sich zum Beispiel grünliche Kreise, die sich wie Spiralfedern zusammenziehen und dann explodieren, und dabei entstehen winzige, von Blau zu Rot wechselnde …

Aber genau von solchen Dingen will Felix sich ja nicht ablenken lassen. Er tut so, als wäre da nichts. Obwohl da wirklich viel ist, auch zum Beispiel ganz dünne Licht-Schlieren, die über die Windschutzscheibe gleiten und Musik machen, das ist die Wahrheit! Felix hört *Jesus bleibet meine Freude* von Bach, in der Klavierversion, und er könnte schwören, dass es diese dünnen Licht-Schlieren sind, die die Klavierklänge erzeugen.

Unter solchen Bedingungen ist es gar nicht mal selbstverständlich, dass er die paar Meter vom Parkplatz zum Torbogen ohne Totalschaden fährt.

Als Nächstes macht er, wie vom Hund ja angeordnet, die Hintertür auf und sieht einen kleinen weißbraun gefleckten Blitz aus dem Torbogen über den Gehsteig flitzen und zack!, klebt der Hund auf dem Rücksitz und sagt: »Go! Step on it!«

Aber so einfach ist das mit dem Vollgas jetzt nicht, denn da kommt Frederike, seine Nachbarin vom Stock über ihm. Was für einen schönen Gang sie hat! Sie kommt von der Orchesterprobe mit ihrer geschulterten Geige, und sie erkennt Felix selbst jetzt in der Nacht, und obwohl er im Auto sitzt – er fühlt sich ein wenig geschmeichelt. Sie winkt ihm zu, macht eine Handbewegung, die heißen soll *Auf ein Wort!* Er weiß schon, was sie besprechen möchte, sie hat ein Amazon-Paket für ihn angenommen, und das, denkt Felix, ist meine Chance!

Felix steigt aus, fragt sie, wie die Probe war, sagt, er werde das Paket morgen bei ihr abholen, jetzt müsse er aber erst mal den Hund nach Hause fahren.

»Er gehört meiner Schwester«, lügt er, und dass er auf ihn aufgepasst habe, ob sie ihn sich mal ansehen wolle, ihr Vater habe doch auch einen Hund. Das weiß er, weil ihr Vater sie manchmal mit einem Hund besucht, der bei Regen im ganzen Treppenhaus den Geruch eines verschütteten Wischwassereimers verbreitet.

Ja gern, Frederike möchte den Hund sehen, und Felix öffnet die Hintertür des Autos und hält die Luft an vor Aufregung.

Er weiß gar nicht, was ihm lieber wäre: Dass Frederike den Hund sieht, oder dass sie ihn nicht sieht. Er möchte einfach Klarheit, aber als sie dann sagt: »Ach, der ist ja süß! Ist das ein Terrier?« möchte Felix lieber keine Klarheit mehr. Jetzt weiß er: Es wäre ihm doch lieber gewesen, wenn er sich den gesamten Hund eingebildet hätte, und nicht nur, dass er spricht.

»Sind Sie sicher?«, sagt er ganz benommen. »Ich meine, da ist also ein Hund?«

Frederike lacht. Sie nimmt den Kopf des Hundes in beide Hände und krault ihn hinter den Ohren. »Und wie heißt er?«, fragt sie.

»Ja«, sagt Felix, »er heißt … Hobo. Wie im Amerikanischen Hobo, Streuner, ja. Er ist sowieso … ziemlich amerikanisch.«

»Ach, das macht nichts«, sagt Frederike, »Hunde sind auf der ganzen Welt süß.«

»Ja, aber in China reden sie chinesisch«, sagt Felix gedankenverloren, und wieder lacht Frederike, die offenbar keine Ahnung von Drogen hat, wie auch? Geiger nehmen nie Drogen, Drogen sind etwas für Gitarristen und Schlagzeuger, aber die Geige verlangt viel zu viel Feinmotorik und muss kompliziert zwischen Kinn und Hand gehalten werden, sie ist kein Instrument für bacchantische Menschen.

Der Hund wedelt übrigens wie verrückt mit dem Schwanz, während Frederike ihn krault, und er leckt ihre Hand: Er ist ein ganz normaler Hund!

»Und was für ein tolles Halsband du hast!«, sagt Frederike. »Ist das mit GPS-Sender?«, fragt sie Felix.

»Wie?«

»Damit man ihn überall findet«, sagt Frederike, »ein GPS-Sender. Ist das einer? Wie teuer sind die? Dann könnte ich meinem Vater einen schenken, für Dorle.« Mein Gott, denkt Felix, wie die Leute ihre Hunde nennen!

»Ja«, sagt er, »darüber würde sich Dorle sicher freuen.« Aber jetzt muss er dringend ins Krankenhaus. Und vielleicht schmeißt er den Hund auf der Fahrt dorthin an einer Busstation raus. Busfahrer sind verpflichtet, herrenlose Hunde mitzunehmen, denkt Felix, obwohl er es eigentlich nicht so genau weiß. Aber in einem Land wie Deutschland gibt es bestimmt eine solche Regelung.

Felix verabschiedet sich von Frederike, und jetzt Folgendes: Kaum hat er sich wieder ins Auto gesetzt, kaum ist er mit dem Hund also wieder allein, sagt dieser: »She's nice. But now get us outta here!«

Irgendwie nimmt Felix es dem Hund übel, dass er nicht gesprochen hat, als Frederike da war. Es kommt ihm hinterlistig vor. Aber das ist natürlich Blödsinn, Frederike kann ja nicht in sein Gehirn reinhören. Und eins steht fest: Offenbar gibt es den Hund wirklich, aber das bedeutet noch lange nicht, dass er auch wirklich spricht.

»You don't speak«, sagt Felix.

»Huh?«, sagt der Hund auf dem Rücksitz.

»I said, you don't speak«, sagt Felix.

Er hält an einem Fußgängerstreifen, um einen alten Mann rüberzulassen, der Shorts trägt und sehr langsam von Streifen zu Streifen geht. Dabei bewegt er die Lippen.

Der hört auch jemanden sprechen, denkt Felix, sich selbst, wie ich. Nur ist es bei ihm auf Deutsch und ohne Hund.

»I'll keep my eyes peeled«, sagt der Hund, »but so far I don't see no car following us.«

Eyes peeled, denkt Felix, was wohl das wieder heißt. Gut möglich, dass der alte Herr da auf dem Fußgängerstreifen manchmal auch nicht versteht, was er sich sagen hört. Und was heißt schon *der alte Herr!* Der ist, denkt Felix, vielleicht fünf Jahre älter als ich – ich bin der alte Herr!

Zum ersten Mal kommt ihm in den Sinn, dass es vielleicht gar nichts mit dem LSD zu tun hat. Vielleicht fängt es so an, denkt Felix, und in fünf Jahren finde ich in meiner Wohnung die Küche nicht mehr. Oder ich sitze auf dem Sofa, denkt Felix, und streite laut mit mir selbst, weil ich Dinge sage, die mich wütend machen.

Das sind sehr beklemmende Aussichten.

Hoffentlich ist es nur das LSD, dann wird der Hund morgen schweigen. Wenn es aber das Alter ist, wird der Hund munter weiterplaudern.

Kann man das nicht irgendwie trainieren? Denk an Bonny Feldmann, denkt Felix, ignorier das Hundegeschwafel endlich! Google *Methoden not to talk with yourself!*

»I gotta tell you something«, sagt der Hund und springt auf den Beifahrersitz. »Prick up your ears!«

6

So, jetzt reicht's! Felix hält am Straßenrand und sagt in sein iPhone: »Hey, Siri, was heißt *Prick up your ears* auf Deutsch?« Er ist ganz sicher, dass er das noch nie gehört hat. Siri ist natürlich keine Hilfe, diese künstliche Unintelligenz wird nie die Erde beherrschen. Sie verweist ihn an eine Übersetzungs-App, die noch dümmer ist als sie und dauernd *Dreck up your ears* versteht. Also gibt Felix es manuell ein, und es heißt *Spitz die Ohren*. Er speichert dieses Idiom. Von jetzt an will er jedes Wort, jeden Satz des Hundes speichern, den er nicht versteht. Es muss da irgendein Muster geben.

»You alright?«, fragt der Hund von unten herauf.

»No«, sagt Felix, »I'm not alright. You can't possibly speak better english than me! It's just not possible!«

»Oh, I'm pretty sure«, sagt der Hund, »there's billions of people who speak better english than you, they're pandemic. I mean, the way you pronounce *possible* hurts my …«

»Shut up!«, ruft Felix.

Er wird schon noch dahinterkommen, was hier nicht stimmt. Er hat mal gelesen, dass eine junge Frau in den französischen Alpen plötzlich Lateinisch sprechen konnte. Der Pfarrer erklärte es sich damit, dass sie vom Teufel besessen war, aber vielleicht hatte sie einfach Fliegenpilze geraucht. Bonny Feldmann hatte mal einen getrockneten Fliegenpilz geraucht, und deshalb weiß Felix, dass der Gestank des Rauchs schier unerträglich ist und einen Landpfarrer durchaus an die Hölle erinnern könnte. Die Frau hatte während der vielen katholischen Messen, denen sie in ihrer Kindheit ausgesetzt gewesen war, das Lateinische, das damals noch Kirchensprache war, gespeichert, und als der Pfarrer sie festband und mit Weihwasser bespritzte, sprudelte das Latein aus ihr heraus.

Nein, nicht überzeugend, denkt Felix, denn er erinnert sich, dass die Frau auf Lateinisch sagte *Ich werde euch alle vernichten*, und dieser Satz ist nicht Teil der katholischen Liturgie. Felix hat auch mal gelesen, dass ein Dachdecker vom Dach stürzte und danach in wenigen Wochen drei Sprachen lernte. Oder ein besseres Beispiel: Felix fand mal auf einem alten Computer eine Datei mit Fotos, von der er jahrelang dachte, er habe sie gelöscht. Und plötzlich war die Datei wieder da, weil er sie zufällig in irgendeinem abgelegenen Unterordner eines Unterverzeichnisses entdeckte. Und als er sich die Fotos anschaute, waren einige darunter, von denen er gar nicht mehr wusste, dass er sie gemacht hatte. Diese vergessenen Fotos entsprechen vielleicht dem *prick up your ears* oder dem *we dip off*.

Kann sein. Aber warum soll Felix eigentlich die Ohren spitzen? Weil es um Tod oder Leben geht. Das behauptet der Hund in seinem fließenden Amerikanisch, während Felix mit leicht überhöhter Geschwindigkeit Richtung Krankenhaus fährt. Der Hund sagt, Felix soll ruhig zum Krankenhaus fahren, das sei ein sicherer Ort. Und einen sicheren Ort könnten sie beide gut gebrauchen (*a safe place comes in handy,* das muss Felix wieder googeln). In einem Krankenhaus, so der Hund, seien sie vorerst vermutlich vor den *Thugs* sicher, also vor Frau Arnu und ihrem Content Administrator. Diese beiden seien nicht etwa Tochter und Schwiegersohn irgendeiner Hundebesitzerin, sondern eben Thugs. Der Hund gibt zu, dass er keine Ahnung hat, wer die beiden sind. Aber er weiß, dass sie ihn verfolgen, und dies nicht aus Hundeliebe. Er, Felix, könne sich ja vorstellen, warum. Und eins sei klar: Einen Zeugen würden sie nicht lebend davonkommen lassen.

»Witness for what?«, fragt Felix und hält an einer Ampel. Diesmal laufen drei Jugendliche über den Fußgängerstreifen, und sie sprechen miteinander. Jetzt noch. In fünfzig Jahren, denkt Felix, läuft jeder von denen allein über den Fußgängerstreifen und bewegt dabei die Lippen. Aber jetzt, jetzt reden sie noch miteinander und nicht mit einem Hund, und Felix freut sich darüber, er wünscht diesen Jugendlichen allen ein schönes Leben.

Da der Hund schweigt, sagt Felix: »Witness. Witness for what?«

»Mary had a little lamb«, sagt der Hund langsam, jedes Wort betonend, »and old McDonald had a farm. Who said that?«

»Me«, sagt Felix. »My brain.«

»If I was your brain«, sagt der Hund, »you wouldn't drive a cheap car and live in a poorly furnished condo.«

Das hat Felix verstanden. Und ja, es stimmt, er fährt ein billiges Auto und seine Wohnung ist uralt möbliert. Ist das jetzt eine Selbstkritik seines Unterbewusstseins? Ist er mit seinem Leben nicht zufrieden? Er dachte immer, er fährt gern ein billiges Auto. Aber vielleicht sehnt er sich in Wirklichkeit nach einem Mercedes? Warum hat er sich ein neues Bücherregal gekauft? Möchte er sich vielleicht schon die ganze Zeit ein Ledersofa kaufen, ein Boxspring-Bett, einen neuen Duschvorhang? Der Hund bringt ihn ganz durcheinander.

»I like my life«, sagt er. Aber klingt das überzeugend?

Der Hund sagt, es geht ihn nichts an, wie Felix lebt. Er will nur nicht, dass Felix sich einredet, dass hier, in diesem billigen Auto, jemand anders als er, der Hund, sagt *Mary had a little lamb.* Wenn er, Felix, sich das einrede, werde er die falschen Schlüsse ziehen und sich falsch verhalten, und das könne ihn das Leben kosten. Der Hund sagt, er wisse sehr wohl, dass Hunde normalerweise nicht sprechen, er mache Felix keinen Vorwurf und verstehe, dass es ihm schwerfalle, das in seinem Gehirn adäquat zu verarbeiten. Aber er, der Hund, denke ganz ehrlich gesagt auch an sich, und seine Sicherheit hänge, wie die von Felix, davon ab, dass Felix jetzt auf die Frage, *who in this very car said Mary had a little lamb* laut und deutlich sage: *A fricking dog.*

Der Hund sagt: »I repeat: Mary had a little lamb. Who said that?« Und plötzlich bellt der Hund und ruft: »WATCH THAT CAR!«

Im wirklich letzten Moment reißt Felix das Steuer nach links, denn von rechts ist auf einer Vorfahrtsstraße ein Wagen auf die Kreuzung geschossen, der zwar zu schnell fährt, aber er hatte Vorfahrt. Felix fährt, mit dem Hupen des anderen im Rücken, weiter wie einer, der noch mal Glück gehabt hat. Wobei – Glück ist nicht das richtige Wort. Er hat den Wagen nicht gesehen, der Hund aber schon.

Das ist sehr beunruhigend. Felix schaut den Hund an, der

in Sitz-Haltung auf dem Beifahrersitz hockt, seinen Blick erwidert und den Kopf zur Seite legt.

»You're welcome«, sagt der Hund.

»Thanks«, sagt Felix.

»And now let's try again: Who is saying Mary had a little lamb right now?«

Der Hund, denkt Felix, hat den Wagen gesehen, ich nicht. Man kann es drehen und wenden, wie man will.

»You«, sagt Felix.

»Didn't hear you.«

»YOU!«

7

Es bedeutet ja nicht, dass Felix seine Meinung grundlegend ändern muss. Aber man kann ja auch mal nachgeben. Einfach mal dem anderen recht geben, auch wenn man genau weiß, dass er nicht recht hat.

Felix muss dem Hund aber auch attestieren, dass er seine Sache wirklich gut macht, das heißt, er wirkt sehr plausibel. Er sagte zum Beispiel, dass er nicht genau weiß, wer die Thugs sind, und jetzt fügt der Hund noch hinzu, dass er nicht genau weiß, wo er herkommt. Was er aber weiß, ist, dass er nach Naples muss.

Aha! Das ist ja jetzt hochinteressant! Denn Felix hat seinen Urlaub vor einigen Wochen ja in Naples, Florida, verbracht, und was für ein unglaublicher Zufall müsste hier am Walten sein, wenn ihm ein Hund zuläuft, der wirklich sprechen kann und der ausgerechnet zurück nach Naples will. Naples ist zwar in Florida ein recht bekannter Ort, und ein schöner, ein bisschen italienisch angehauchter, sodass es viele Leute gibt, die dorthin wollen. Aber dass man in Berlin einem Hund begegnet, der ausgerechnet …

Hier zeigt sich, denkt Felix, dass mein Gehirn eben doch nicht besonders einfallsreich ist. Eigentlich schade, denn gerade war Felix bereit, sich auf den Hund einzulassen, spielerisch, aber Naples, nein, das kann er nicht ernst nehmen.

Dem Hund zuliebe fragt er ihn, was er denn in Naples so Dringendes zu erledigen habe, und jetzt setzt sich die enttäuschende Performance seines Gehirns fort: Denn natürlich sagt der Hund, er wisse es nicht genau. Das war vorherzusehen, und deshalb sagt Felix: »A foregone conclusion.«

»A what?«, sagt der Hund.

»Foregone conclusion«, sagt Felix.

»That's not english«, sagt der Hund.

Felix lacht. Natürlich ist das Englisch! Nur vielleicht nicht das Gassenenglisch, das ein Hund spricht, der offenbar in einer der Trailersiedlungen außerhalb von Naples aufgewachsen ist, wo die Migranten wohnen.

»Hablas español?«, fragt Felix.

Jedenfalls behauptet der Hund, dass er eine Menge nicht genau weiß, und dass er aber unbedingt nach Naples muss, und dass die Thugs keinen Zeugen übrig lassen werden, und damit ist Felix gemeint. Der Hund wird noch deutlicher: Es sei ja wohl klar, sagt er, dass etwas mit ihm nicht stimme, im positiven Sinn nicht, da er diese seltene Fähigkeit besitze. Er müsse zurück zu seinen Freunden in Naples, das Wort *Besitzer* wolle er vermeiden. Denn es seien eher Freunde.

»I understand«, sagt Felix. Der Hund hat Freunde in Naples, und die Thugs haben ihn nach Berlin entführt, wegen seiner seltenen Fähigkeit. Haha. Andererseits sind die abenteuerlichen Erzählungen des Hundes im Grunde nur die auditive Entsprechung zu den Farbschlieren, die die ganze Zeit während der nicht enden wollenden Fahrt zum Krankenhaus über die Windschutzscheibe gleiten. Hinzu kommen seit Allerneustem musikalische Halluzinationen, die sehr dezent sind. Felix hört ganz im Hintergrund, wie aus einer fernen Bar, den Song *Roadhouse Blues* von den Doors.

Keep your eyes on the road
your hands upon the wheel

Diese betörenden Farbschlieren, den fernen Song der Doors und das Gerede des Hundes Hobo muss man, denkt Felix, als Ensemble verstehen. Die Wirklichkeit ist eine fragile Konstruktion, deren strenge Regeln schon durch den Konsum einer Flasche Bier ein klein wenig außer Kraft gesetzt werden können – umso umfassender natürlich durch die Einnahme zweier uralter Trips. Das sagt über die Wirklichkeit etwas aus, nämlich, dass sie eben eine Konvention ist, zu der es aber viele Alternativen gibt. Sobald man das Gehirn, das ein pedantischer Verwalter der Konvention ist, nur ein wenig in seiner Aufgabe behindert, brechen sofort die Alternativen hervor und zeigen dem Menschen, wie sehr er in seiner Wahrnehmung im täglichen Leben eingeschränkt wird, nur damit er seine Gene weitergeben kann, ohne in eine Schlucht zu stürzen, weil er glaubt, er könne auf pulsierenden, atemberaubend schönen Farbschlieren darübergehen. Die Wahrheit ist: Er *könnte* die Schlucht auf diesen schönen Farben überqueren, jedenfalls für die Dauer eines Schritts, der aber der schönste, bedeutendste und sinnvollste Schritt seines ganzen Lebens wäre. Stattdessen entscheidet das Gehirn für den Menschen und sagt: Nein, mein Lieber, du bleibst mal schön auf dem von mir zur einzigen Wirklichkeit erklärten Erdboden, denn du sollst überleben – nicht, weil ich dich liebe, sondern weil du noch nicht abgespritzt hast.

Na ja, jedenfalls sagt der Hund jetzt, der Plan sei folgender:

1. Im Krankenhaus abwarten, ob die Thugs ihnen gefolgt sind.

Felix denkt: Völlig unlogisch. Aber ich will ja ins Krankenhaus, und nachdem der Arzt mich aus dem Trip rausgehauen hat, ist sowieso Schluss mit dem Hundegerede. Dann ist der kleine Köter hier nur noch ein Fall fürs Tierheim.

2. Danach soll Felix zwei Tickets, für Hund und Herrn, nach Miami buchen, nächstmöglicher Flug.

»Bullshit«, sagt Felix.

3. Und jetzt kommt's: »There's a reward«, sagt der Hund. »If you'll take me home you'll be worth shy of five hundred grand.«

Felix hört gar nicht mehr hin. Eine Belohnung? Schöne Idee. Aber die Farbschlieren sind gerade schöner, sie fasern in goldene Tentakel aus, die an einer Ampel von der Windschutzscheibe zum Rotlicht schweben und sich mit ihm verbinden!

Der Hund betatscht Felix mit seiner Pfote und sagt, er solle jetzt nur ja nicht wieder in seine alte Gewohnheit verfallen, das alles für eine Halluzination zu halten, das sei brandgefährlich für sie beide!

»Got it«, sagt Felix, hört aber nicht wirklich hin.

Endlich sieht er die Leuchtschrift des Krankenhauses, die magischen Buchstaben CHARITÉ.

Das müsste, denkt Felix, eigentlich mit Y am Schluss geschrieben sein. Aber man kann das Krankenhaus natürlich auch auf Französisch anschreiben, wenn einem eine ausrangierte Weltsprache lieber ist.

8

Felix parkt den Wagen im Parkhaus, und als er den Motor abstellt, gibt der Hund durch seine Körperhaltung zu erkennen, dass er aussteigen will.

»Forget it«, sagt Felix. Er erklärt dem Hund, dass solche wie er im Krankenhaus verboten sind, vor allem in der Notfallaufnahme, wo die Leute nicht noch zusätzlich zu ihrer Fleischwunde eine Hundeallergie kriegen wollen.

Der Hund wird jetzt richtig wütend, bellt, zeigt die Zähne, sagt, er werde den Teufel tun und hier im Auto bleiben, wo er für die Thugs *easy prey* sei, *like a lame duck in a rain barrel.* Felix versteht ungefähr die Bedenken, aber eigentlich – und jetzt mal ehrlich –, wenn der Hund weg wäre, würde doch auch dessen Gerede verstummen. Kein Hund, kein *you dipshit! Open the door!* Eigentlich wäre es doch das Beste, wenn der Hund wieder zu der ihn liebenden Mutter von Frau Arnu käme, soll er doch ihr die Ohren vollquatschen! Aber gut, man weiß natürlich nicht, ob die Ärzte in der Notfallaufnahme Felix von seinem Trip kurieren können, und ob er nicht, wenn der Hund weg ist, plötzlich das Blutdruckmessgerät sprechen hört.

Felix ist hin- und hergerissen, aber letztlich entscheidet das Gesetz, das erklärt er auch dem Hund: Und dieses lautet TIERE ALLER ART DÜRFEN NICHT AUF DAS

GELÄNDE MITGEBRACHT WERDEN, AUSSER BLINDENHUNDE UND THERAPIEDELFINE. Ungefähr so jedenfalls wird das Gesetz wohl lauten.

Um den Hund zu beruhigen, sagt er: »Okay, just calm down. You're perfectly right. Just wait a minute – oh my god, what's that over there!!« Felix zeigt auf etwas Furchtbares, das sich außerhalb des Wagens befindet, und als der Hund dorthin schaut, reißt Felix die Fahrertür auf, springt raus und schlägt die Tür sofort wieder zu, bevor der Hund überhaupt kapiert, dass er Opfer eines Schachzugs geworden ist.

Das muss man erst mal können, denkt Felix, während er zuschaut, wie der Hund drin seine Schnauze ans Fenster drückt. Und diese gelben Zähne!

»They'll get me! You creep! You dipshit!«, hört Felix den Hund im Wageninnern rufen, aber es klingt wegen des vielen Materials, das zwischen dem Hund und der Freiheit liegt, gedämpft.

»Sorry, buddy«, sagt Felix und macht das Peacezeichen, was ihm nachher im Aufzug nach oben blöd vorkommt, *pathetic* ist das Wort für so was.

Nie Kinder und Hunde allein im Auto lassen. Das stimmt schon, aber da ist kein Kind. Im Aufzug hört Felix übrigens wieder die Doors, aber diesmal singen sie

Like a dog without a bone
An actor on a loan
Riders on the storm

In der Notaufnahme sitzen schon eine ganze Menge Leute mit hausgemachten Verbänden und Müttern. Wirklich viele haben eine Mutter dabei, die ihnen die Hand hält oder ihnen ein Sandwich aus einer Tupperware vor den Mund hält. Felix hat schon gleich zu Beginn den Verdacht, dass er hier einige Zeit verbringen wird. Und wenn er sein eigenes Gebrechen mit dem des Mannes vergleicht, dessen eines Auge komplett zugeschwollen ist, während aus dem anderen etwas heraustropft, sieht die Sache für ihn noch schlechter aus. Felix befindet sich hier eindeutig ganz unten auf der Notfallhierarchie. Um das zu ändern, geht er zum Notfallschalter und verlangt bei der Krankenschwester, den Chefarzt zu sehen.

Die Krankenschwester fragt ihn, was er hat, und er sagt: »Ich habe einen Hund im Auto. Deswegen habe ich es eilig.«

»Und was noch?«, fragt sie, und jetzt merkt er, dass er am liebsten wieder gehen würde. Denn es ist gar nicht so einfach, zu sagen: »Ich höre den Hund sprechen.«

»Seit wann?«, fragt die Krankenschwester, und Felix sagt: »Seit ungefähr heute acht Uhr abends.«

»Und was sagt der Hund?«

Moment mal, sind das offizielle Fragen? Felix glaubt eher, dass die Krankenschwester es aus persönlicher Neugier fragt.

»Er sagt ganz Verschiedenes«, sagt Felix, »auf Englisch. Ist das jetzt eine medizinische Befragung? Oder interessiert es Sie einfach nur persönlich?«

»Ich muss ja erst mal wissen, wer für Sie zuständig ist«, sagt die Krankenschwester. Sie fragt ihn, ob er Drogen konsumiert habe. Jetzt kommt man also endlich zum Punkt.

»Ja, das habe ich«, sagt Felix, »zwei LSD-Trips, die ich ursprünglich vor vierundvierzig Jahren zusammen mit der heutigen Frau des Bundespräsidenten schlucken wollte.«

»Ich weiß, was Sie mir sagen wollen«, sagt die Krankenschwester, »aber hier gibt es keine Vorzugsbehandlung.« Sie sagt, er soll erst mal das Formular hier ausfüllen, aber sie werde mal in der Psychiatrie den Diensthabenden anpiepsen. Sie könne ihm dann vielleicht sagen, wie lange es dauert, bis sich jemand um ihn kümmere.

»Finde ich übrigens eine ganz tolle Frau«, sagt die Krankenschwester noch.

»Wer?«, fragt Felix.

»Na, Nicole Lohse. Die Frau des Bundespräsidenten.«

»Ach, ja sehr«, sagt Felix. »Ich habe sie …« Soll er das jetzt sagen?

»Sehr geliebt?«, fragt die Krankenschwester.

Felix nickt. »Ja, sehr. Heute noch. Nicht mehr so wie früher natürlich, nicht mehr in der Art. Heute ist es eher ein Bedauern. Aber trotzdem.«

»Ich denke, es wird sich gleich jemand um Sie kümmern«, sagt die Krankenschwester. Sie zeigt jetzt echte Anteilnahme.

»Bleiben Sie am besten gleich hier bei mir«, sagt sie, »es kommt gleich jemand. Sie brauchen sich keine Sorgen zu machen. Bleiben Sie ganz ruhig. Es ist alles gut.«

Eine Neue, denkt Felix, hat noch kaum Erfahrung. Jetzt tippt sie irgendwas in ihren Piepser, hätte ich doch mal nichts von Nicole gesagt. Aber jetzt hat er's eben gesagt, und als Nächstes wird ein junger Psychiatriearzt in seinen Diagnosebogen schreiben *Größenfantasien, Halluzinationen, zunehmend aggressives Verhalten.*

Piepsen!, denkt Felix. Anpiepsen! *Ist das ein GPS-Sender*, fragte doch Frederike, als sie das kitschige Halsband des

Hundes sah. *Das* erklärt doch, weshalb Frau Arnu und ihr Content Administrator überhaupt wussten, dass der Hund bei Felix eingedrungen war: Das ist ein GPS-Sender! Der Hund sendet die ganze Zeit Signale an die Thugs, und der Hund hat recht: They'll get him!

Und ist das jetzt gut oder schlecht? Felix weiß es wieder nicht. Vorher, in der Tiefgarage, dachte er noch, dass es gut ist, aber jetzt kommt ihm in den Sinn, dass es natürlich überhaupt nicht gut wäre. Denn er hat doch das ganze Glyphosat und die anderen Utensilien hinten im Kofferraum!

Er muss ja heute Nacht den Job erledigen. Deshalb hat er schon am Nachmittag sein *Handwerkszeug* in den Kofferraum gepackt. Danach wollte er einfach nur ein bisschen in der *Bunten* blättern und das neue Regal einräumen und die Tropennacht genießen, ein bisschen schlafen, um um zwei, drei Uhr nachts dann fit zu sein für die Arbeit. Und dann kam er auf die dumme Idee mit den Trips, und jetzt liegt das ganze Zeug im Kofferraum, die Polizei braucht es nur noch in Plastiktüten zu stecken und BEWEISMATERIAL GEGEN FELIX SELL draufzuschreiben.

Du musst jetzt mal auf der realistischen Ebene denken, denkt Felix, diese Frau Arnu und ihr Administrator, das sind ganz normale Staatsbürger, die wollen nur den Hund zurück, damit sich die Mutter von Frau Arnu nicht so einsam fühlt. Wie viele Menschen in Deutschland bauen nicht ihre ganze emotionale Existenz auf einem Hund auf! Das ist doch gar nichts Seltenes. Und jetzt mal ehrlich, denkt Felix, die Entwendung eines Hundes ist Diebstahl einer beweglichen Sache, dazu muss man nicht Jurist sein. Er kann lange behaupten, der Hund sei einfach in seine Wohnung eingedrungen und danach von seinem Balkon gesprungen und von dort in sein Auto: Das glaubt ihm doch nur der Pfeffermann! Also was, wenn diese Staatsbürger die Polizei angerufen haben, hast du daran schon mal gedacht, denkt Felix. Und jetzt piepst das kitschige Hundehalsband die ganze Zeit Positionssignale direkt in die Zentrale der Polizei, und einer schreit *Das Schwein ist in der Charité, Parkgarage!* Und mit Schwein bist du gemeint, denkt Felix, denn Polizisten sind sicher Hundeliebhaber, du hättest genauso gut einen Polizisten erschießen können – so werden sie dich behandeln! Die werden jeden Zentimeter seines Wagens auseinandernehmen und als Erstes natürlich den Kofferraum durchsuchen, um sicher zu sein, dass im Reserveradfach keine gestohlenen Welpen versteckt sind. Und dann finden sie diese ganzen Sachen, und jede Erklärung, warum man so was im Kofferraum hat, klingt furchtbar unglaubwürdig, weil es ja auch nicht stimmt.

Felix ist plötzlich so erschöpft! Die Krankenschwester sagt etwas zu ihm, aber er hört es nicht richtig. Nein, die Sache ist die: Er muss sofort von hier verschwinden, rein in den Wagen, abhauen, *hit the road, jack, and don't you come back no more, no more, no more, no more.*

Diesen Song hört er, gesungen vom Background-Chor des Ray Charles direkt in seinen Ohren, *no more, no more, no more …* während er sich aus dem Dunstkreis der Krankenschwester freimacht, die ihm nachruft, das sei keine gute Idee, hallo! »Hallo Sie!«, ruft sie. Aber Hallo Sie ist schon beim Aufzug, der genau im richtigen Moment mit einem Pling! dem Fliehenden seine Pforten öffnet.

9

In der Parkgarage weiß Felix erst mal überhaupt nicht mehr, wo er seinen Wagen geparkt hat. Es könnte überall sein. Das ist eben so in einer Massenkonsumgesellschaft: Alles sieht ganz ähnlich aus. Überall stehen mehr oder weniger die gleichen Autos in den gleichen Parkbuchten. Man kann schon froh sein, wenn man wenigstens das Wort *Parkbuchten* kennt, das ist schon der Gipfel des Individualismus. Aber man darf nicht so streng sein mit der Massenproduktion. Es gibt immerhin auch individuelle Frequenzen für Autofernbedienungsschlüssel. Und es gibt nicht in jedem kleinen, billigen Auto einen Hund, der zu bellen beginnt, wenn man auf die Fernbedienung drückt und das Auto aufjault. Irgendwo da hinten, wo es gejault hat und wo es bellt, ist das Auto.

Aber da ist auch noch das Motorengeräusch eines anderen Autos und das Quietschen von Reifen, und niemand könnte Felix jetzt ausreden, dass dies die Polizei ist. Er rennt die letzten Meter und ist so froh, als er den weißen Hundekopf mit dem braunen Fleck sieht. Der Hund erwartet ihn schon mit einem herzlichen: »Stupid is as stupid does.«

Oh, das kennt Felix: Ist aus *Forrest Gump*.

»Du bist doch selber stupid«, sagt Felix, während er den Motor startet und den Rückwärtsgang reinwürgt, »mit deinem bescheuerten Halsband! Yes, you heard it right. Why are you wearing this!« Er zerrt an dem kitschigen Halsband, auf dem dieses Kästchen drauf ist mit seinen Modulen und Piepssendern. »They know where you are!«, sagt Felix, und der Hund sagt: »Oh god, how did you find out? You're so incredible intelligent, it makes me shiver.«

Das ist wieder der übliche Sarkasmus dieses Hundes! Na gut, jedenfalls fährt Felix so schnell aus der Parkgarage raus wie vor ihm noch keiner, da ist er sicher. Und oben, in der Tropennacht, fährt er in kleine Nebenstraßen rein und dann gleich in der nächsten Nebenstraße wieder in die umgekehrte Richtung, um die GPS-Signale zu verwirren. Jetzt aber das Halsband loswerden! Einfach während der Fahrt rauswerfen? Nein, es fällt auf, wenn das Halsband bewegungslos mitten auf einer Straße liegt, dann denken sie gleich, dass er es weggeworfen hat. Besser, es an einem Ort zu deponieren, wo ein Hund sich wirklich aufhalten könnte: Tiergarten.

Felix hält an einer stillen Stelle bei einem der Eingänge zum Park, aber als er dem Hund das Halsband abmachen will, zieht dieser den Kopf weg und sagt: »Hands off my collar! It grew on me!«

Den Ausdruck kennt Felix zur Abwechslung, *grew on me* heißt, der Hund hat sich an das Halsband gewöhnt, aber das bedeutet auch, dass er offenbar überhaupt noch nicht kapiert hat, dass er von seinem Hals aus Signale in die halbe Welt sendet.

»That's a sender«, sagt Felix, »you send signals all over the map! And you don't even know! That's what I call *incredible intelligent.* It makes me shiver!«

Oh Mann, das tut so gut.

Der Hund sagt, woher er das denn wissen solle, er habe keine Augen am Kinn. Na gut, wenn's ein Sender sei, solle Felix ihn abmachen, aber das Halsband bleibt am Hals!

Was sind das nur für Hunde heutzutage, denkt Felix. Sie sind schon genauso egomanisch und narzisstisch wie ihre Umgebung. Früher haben Hunde gemacht, was man ihnen befohlen hat, da gab's keine langen Diskussionen. Aber der Mensch färbt eben offenbar auf die Hundeseele ab wie Rotwein auf einen beigen Spannteppich. Irgendwann werden die Universitäten einen *safe room* für Hunde einrichten, die sich von Menschen bedroht fühlen, die wollen, dass sie Stöckchen apportieren. Felix muss extra im Kofferraum einen Schraubenzieher holen, um den GPS-Sender vom Halsband zu hebeln. Dabei würde der Hund ohne dieses Halsband viel besser aussehen. Aber es hat keinen Sinn, mit solchen Leuten zu diskutieren, dazu nehmen sie sich selbst viel zu wichtig, und leider gibt es so viele von ihnen, dass es für eine Spaltung der Gesellschaft reicht. Das wird alles, denkt Felix, während er eine hartnäckige Niete zu lösen versucht, mit der der Sender befestigt ist, in einem Bürgerkrieg enden.

»Civil war«, sagt Felix, und der Hund sagt: »Huh?«

»Ah, shut up!«, sagt Felix. »There's no use in debating with people like you.«

Endlich hat er den Sender in der Hand – ein schweres Stück. Ein Wunder, dass der Hund den Kopf heben konnte. Was da wohl alles an perfider Technik drin ist? Die Leute wollen heutzutage alles über ihre Hunde wissen, wahrscheinlich sind da sogar die Poop-Daten gespeichert, wann und wo und wie viel der Hund hinten rausgelassen hat. Selbstoptimierungswahn, wo man hinblickt. Und natürlich auch Fremdoptimierungswahn, denn wer sich selbst optimiert, erträgt keine Unoptimierten um sich herum. Mein Gott, Felix ist plötzlich politisch total geladen, er denkt mal wieder an eine Militärregierung, in der ausnahmslos alte weiße Männer sitzen. Und dann sagen die zu ihm: »Herr Sell, ab sofort sind Sie der Vorsteher des Amtes für Umweltschutz der Stadt Berlin!« Ha, dann würden die Berliner Parks mal ein bisschen anders aussehen!, denkt Felix. Dann würde mal mit diesen ganzen Kiefern und überhaupt mit dem verfluchten Nadelgehölz abgerechnet. Und weg mit Rasenflächen! Wie in Las Vegas! Dort sind private Rasen wegen des Wassermangels jetzt verboten. Aber man sollte Rasen auch aus ästhetischen Gründen verbieten, und wenn er Umweltminister wäre, würde er Schlägertrupps mit Spitzhacken auf die privaten Rasenflächen schicken und für jeden ausgerissenen Quadratmeter Zierrasen eine Kopfprämie bezahlen. Danach würden die vom Rasen befreiten Flächen gekiest und italienisch bepflanzt mit Rosmarinbüschen.

»You okay?«, fragt der Hund, wahrscheinlich weil Felix mit der flachen Hand aufs Armaturenbrett schlägt aus Begeisterung über die Vorstellung der radikalen Umgestaltung der Berliner Vorgärten, die an spießiger Ödheit und floraler Fantasielosigkeit ihresgleichen suchen.

»I'm okay«, sagt Felix, »I just want to kill lawn wherever there is some. But I digress.«

Felix findet an sich selbst schön, dass er selbstkritisch ist, und gerade hat er erkannt, dass er vom Eigentlichen abgewichen ist, und jetzt kehrt er zurück zu seiner Aufgabe: Entsorgung des GPS-Senders. Er befiehlt dem Hund, im Auto zu warten, doch der Hund behauptet, er müsse – kommt er halt mit. Wenn's gut geht, haut er ab. Doch darauf hofft Felix vergeblich. Der Hund will sogar, dass Felix wartet, während er seiner Natur den Lauf lässt. Jetzt mal ehrlich: Wenn Hunde kacken, sieht das doch immer irgendwie unbeholfen aus, aber noch nicht mal so, dass man drüber lachen könnte. Eher hat man fast ein wenig Mitleid, wenn man sieht, wie sie mit gespreizten Hinterbeinen und glasigen Augen so ein bisschen nach vorne rutschen, als würde der Kegel einen Rückstoß erzeugen. Und keiner kann Felix ausreden, dass die Hunde nicht merken, dass hier was passiert, für das man sich unter Umständen schämen könnte.

Felix läuft eine kurze Strecke in den Park rein und schmeißt den Sender dann in einen Rhododendron. Da soll die Polizei jetzt mal reinkriechen, um den Hund vergeblich zu suchen.

Der Hund markiert im nächtlichen Tiergarten inzwischen, wo er kann und schnüffelt die Marken anderer Hunde ab, vielleicht interessiert ihn auch das, was Menschen hier nach Einbruch der Dunkelheit hinterlassen. Felix ist einen Moment lang gerührt, den kleinen Hund da rumschnüffeln zu sehen: Er ist eben doch nur ein einfacher Hund mit einfachen Hundebedürfnissen. Es ist schön, das zu sehen. Alles andere, denkt Felix, ist in meinem Schädel. Er streckt die Hand aus, und ein gelber Falter landet auf seiner Hand. Ein *sehr* gelber Falter. Als er die Flügel öffnet, fliegen zwei kleinere gelbe Falter auf. Ihr Flug hinterlässt dünne, glitzernde Spuren in der Luft, und das Glitzern vermengt sich ganz oben mit den Sternen. Das, denkt Felix, geschieht auch nur in meinem Kopf. Also, da ist einiges los, aber jetzt muss er an seine Arbeit denken. Er muss losfahren, in die Goebenstraße. Der Hund springt ihm hinterher, als er zum Auto geht, na gut, dann kommt er eben mit.

Ich würde die Gespräche mit ihm vermissen, denkt Felix, und nicht mal im Scherz. Man muss es doch auch mal so sehen: Wann hat man schon Gelegenheit im Leben, sich mit einem amerikanischen Hund zu unterhalten? Morgen, wenn das LSD ausgeschieden ist, ist das doch alles vorbei, dann wird der Hund schweigen. Warum es nicht ein bisschen genießen? Bonny Feldmann hatte doch keine Ahnung! Wenn er so einem Hund begegnet wäre, hätte er seine Überzeugung, man dürfe sich nicht auf seine Halluzinationen einlassen, sicher revidiert.

Felix fährt los Richtung Steglitz, der Hund sitzt brav auf dem Beifahrersitz und sagt: »And when you gonna book our flights to Naples?«

»I'll book as soon as you'll give me the money for the tickets«, sagt Felix ganz ruhig.

So was erlebt man doch nur einmal im Leben. Das kann man später einmal den Kindern irgendwelcher Leute erzählen.

10

Während der Fahrt ist der Hund verstimmt, ihm passt der Umweg nicht. Felix weiß nicht, was das Tier sich vorstellt: Dass er jetzt zwei Sitze in der Business Class nach Miami bucht?

»I have a job to do«, sagt er. Aber wie kommt er eigentlich dazu, sich beim Hund auch noch zu entschuldigen?

»But that's none of your business«, fügt er hinzu.

Der Hund hockt auf den Hinterbeinen auf dem Beifahrersitz und gefällt sich in knurrendem Schweigen.

»I will not«, sagt Felix nach einer Weile, »apologize for doing my job!«

»Then don't«, sagt der Hund, und jetzt stört es Felix, dass er froh ist, dass der Hund überhaupt mal wieder etwas sagt.

»I *do* not apologize«, sagt Felix. »I need this job. I gotta make a living.«

»You did it again«, sagt der Hund. »Will you please stop apologizing!«

Jetzt sagt Felix nichts mehr, ist besser. Er wird doch hier nicht mit einem Hund Beziehungsgespräche führen. Andererseits jetzt mal ehrlich: Seine letzte Beziehung ist drei Jahre her, und es war immer schön, im Auto mit ihr durch die Gegend zu fahren und zu plaudern. Sie hieß Ulrike, war Ärztin, aber auch Kunstmalerin. Ihre ganze Praxis hing voller selbst gemalter Bilder, und nach einem Jahr Beziehung fing sie an, ihre Bilder auch in Felix' Wohnung an die Wand zu hängen. Im zweiten Jahr der Beziehung wurden die Bilder, die sie bei ihm aufhängte, immer großformatiger, und im dritten Jahr merkten dann beide, dass einfach kein Platz mehr war für noch mehr Bilder in seiner Wohnung. Es war eine lockere Beziehung, aber teilweise sehr intensiv, mit Liebesakten auf dem Küchentisch, nachdem sie die Küchengeräte und die Teller auf den Boden geworfen hatte, damit sie sich hinlegen konnte, ohne einen Stabmixer im Rücken zu haben. Es war natürlich nicht die gleiche Emotion wie bei Nicole damals, und noch nicht einmal die gleiche wie bei Nicole heute noch. Aber es war eine Emotion, die ein gewisses Gewicht hatte.

Apropos Nicole: Felix denkt an die Mail, die er ihr vor wie vielen Stunden geschrieben hat? Drei, vier? Wegen der turbulenten Hundeereignisse hat er diese Mail ganz vergessen, obwohl sie doch für ihn eine kleine Sensation darstellt. Allein schon die Erinnerung daran löst Herzklopfen bei ihm aus. Vielleicht hat der Bundesnachrichtendienst die Mail bereits an Nicole weitergeleitet, wer weiß, vielleicht arbeiten die nachts schneller, als man denkt. In der Mail steht ja eigentlich nur, dass er dachte, es könne nicht schaden, ihr mal wieder eine Mail zu schicken – aber es ist die Symbolik, die zählt. Das wird Nicole auch so empfinden. Falls eine Mail von Felix überhaupt noch zu den Ereignissen gehört, die neben dem Staatsbesuch der spanischen Königin Bestand haben. Was für ein Größenwahn!, denkt Felix. Du glaubst doch nicht im Ernst, denkt er, dass ihr so eine Mail noch etwas bedeutet in einem Leben, in dem jeden Tag mehr passiert als in deinem in vierundvierzig Jahren!

Aber er hat die Mail geschickt. Das kann ihm keiner mehr nehmen. Oder vielleicht doch? Ihm kommt nämlich ein Gedanke, der ihm einen kalten Schauer über den Rücken schickt: Wenn er einen Hund sprechen hört, hat er sich vielleicht auch die Mail nur eingebildet. Er kann doch im Moment seinem Gehirn überhaupt nicht trauen, oder besser: Vertrauen ist gut, aber Kontrolle ist jetzt absolut die Parole der Stunde!

Felix hält am Straßenrand, stellt den Warnblinker an und will es jetzt unbedingt gleich überprüfen. Er ruft auf dem Handy seine Mail-App auf und kontrolliert den letzten Postausgang: Gottlob! Es war wohl kaum jemand je so erleichtert wie Felix jetzt. Die Mail ist absolut hier im Postausgang verzeichnet, mit Stunde, Minute und Datum.

»I wrote the mail«, sagt er zum Hund und fährt weiter.

Der Hund ist wie verwandelt. Er wedelt sogar kurz mit dem Schwanz, dazu muss er die Hinterbeine heben.

»That's the best thing you could do!«, sagt der Hund. Er fragt, wann es losgehe, wann sie in Florida seien.

Ach so. »No«, sagt Felix, »no. I wrote a mail to my … a woman. The woman, I still …« Aber das muss er doch jetzt dem Hund nicht erzählen!

»No Florida«, sagt er stattdessen. »No tickets.«

Der Hund benutzt ein Schimpfwort, das Felix nicht kennt. Und er sagt, Felix habe überhaupt nichts begriffen.

Das kann schon sein, aber Felix muss sich jetzt konzentrieren, denn er ist in die Goebenstraße eingebogen, dem Ort, an dem er sein Handwerk ausüben wird.

11

Felix parkt den Wagen wie immer zweihundert Meter vom Arbeitsort entfernt. Es soll sich niemand in der unmittelbaren Umgebung des Arbeitsortes sein Nummernschild merken. Es gibt immer Leute, die sich Nummernschilder merken, das sollte man nicht unterschätzen. Sie merken sie sich auf Vorrat, aus Langeweile, als Gedächtnistraining, was auch immer: Zweihundert Meter Parkdistanz ist die *Nummer sicher.*

Der Hund fragt, was sie hier tun, und Felix sagt, er soll einfach nur im Wagen bleiben und den Mund halten. Es werde eine halbe Stunde dauern, und so lange solle der Hund einfach nur hier auf seinen Hinterbacken sitzen und durchs Fenster die Sterne zählen. Es ist ja eine sehr schöne Sternennacht, deshalb ist Felix ja auch so spät hier: In dieser warmen Tropennacht schauten sich bestimmt einige Leute bis um ein Uhr nachts in ihren Gärten oder auf den Balkonen die Sternbilder an. Aber jetzt um zwei Uhr sind die Gärten und Balkone verlassen – was kein Grund zur Entwarnung ist! In der heißen Nacht werden sich viele Leute in ihren Betten hin- und herwälzen, bei offenem Schlafzimmerfenster, und es wird eine latente Aufmerksamkeit herrschen für Geräusche, die nicht zum Konzept einer ruhigen Steglitzer Nacht passen. Felix muss also doppelt leise sein, was leicht gesagt, aber schwer getan ist, wenn man mit einer Handaxt arbeiten muss. Dieser Job ist ganz klar eine Herausforderung. Aber es wäre ja langweilig, wenn es immer leicht wäre.

»Do me a solid«, sagt der Hund, »open the window.« Er verspricht, nicht wegzulaufen. Er wolle nur, falls er muss – und er sagt, er glaubt, er muss wahrscheinlich – rauskönnen.

Das rührt Felix: Der Hund verspricht, nicht wegzulaufen. Er schämt sich ein wenig dafür, dass der Hund seinetwegen sofort ohne Zwischenstopp bis an die portugiesische Atlantikküste weglaufen kann. Von dort aus kann er dann am Strand auf den Hinterbeinen sitzen und in Richtung Florida übers Meer schauen, das wäre Felix völlig egal.

Er sagt: »Promise, that you won't run away.« Er sagt es wirklich nur, um den Hund nicht spüren zu lassen, wie gern er ihn loswerden würde.

»I swear by your life«, sagt der Hund, »I will not peel off.«

»I'm so glad to hear that«, sagt Felix und sieht diesen kleinen braunen Hundekopf mit den weißen Flecken oder umgekehrt, diese langen, pelzigen Ohren, die großen, ja gar nicht mal so unbeseelten Augen – und dann diese Pfötchen auf dem Polster des Autositzes, diese leicht gespreizten Tätzchen eines kleinen Hundes, der in der Natur keine zehn Minuten überleben würde – das muss man ja auch mal klar sehen. Es ist ein Geschöpf der Züchtung, der menschlichen Sehnsucht nach einem kuschligen Spielgefährten, der möglichst kleine Ausscheidungen produziert und nicht stinkt, wenn er im Regen nass wird. Und in diesem Kuschelkörper, der für Kleinfamilien gezüchtet wurde, in denen ein Kind keine Angst vor dem Hund haben soll, aber dennoch Geld gespart werden kann, weil man keine Alarmanlage braucht, denn bellen kann der kleine Hund gut – also in diesem, nach menschlichen Bedürfnissen gestalteten Körper steckt doch ein empfindsamer Nervenapparat, der schon aufjault, wenn man ihm nur auf die gespreizten Pfötchen tritt.

Das ist doch der Punkt, denkt Felix, der Hund spricht natürlich nicht wirklich, aber er freut sich trotzdem, wenn man ihm den Kopf zerwuschelt und sagt: »Good dog, good boy!«

Und das macht Felix jetzt. Er wuschelt über den Kopf des Hundes und sagt: »Good dog! Guter Hund, auf Deutsch. Sprich mir mal nach: Gu. Ter. Hu. Nd.« Ja, schau an, jetzt, wo er gewuschelt wird, gerät der Hund in eine einzige Hin- und Herbewegung und leckt Felix übers Gesicht und schnaubt aufgeregt. Das ist schön, Felix fühlt ein warmes Gefühl. Einfach eine archaische Zuneigung zu diesem Geschöpf. Diese Zuneigung spürt Felix, bis der Hund sagt: »Book the f*** tickets! Book it! Do it! Look at me! I said, LOOK at me! And stop fondling me!«

12

Felix knallt die Autotür zu, viel zu laut. Es klingt in der nächtlichen Wohnstraße wie ein Schuss. Aber dieser Hund ist so berechnend, richtiggehend gefühlskalt! Felix *musste* die Tür einfach zuknallen!

Jetzt aber ruhig einatmen, ganz ruhig. Ausatmen. Jetzt leise den Kofferraum öffnen. Die schwarzen Plastikhandschuhe in die Jutetasche stecken. Die Schutzbrille und die Baseballmütze dazustecken. Die kleine schwarze Tasche mit der Handaxt ebenfalls in die Jutetasche stecken. Die Handaxt ist von *Fiskars*, es gibt einfach keine besseren, findet Felix. Die Handäxte von *Hultafors* sind auch nicht schlecht, sehen aber irgendwie altmodisch aus, findet Felix, und man achtet ja auch ein bisschen aufs Ästhetische. Man sollte allerdings der Axt auch keine übertriebene Bedeutung beimessen: Wichtig ist in erster Linie die Mixtur. Die Axt öffnet nur der Mixtur den Weg. Stimmt die Mixtur nicht, nützt die schärfste Axt mit dem präzisesten Hackbild gar nichts.

Die Mixtur befindet sich in einer Sprühflasche, die Felix nun gleichfalls in die Jutetasche steckt, die übrigens aus einem Bio-Supermarkt stammt. Dies ist ein kleines, diabolisches Detail. Felix bereitet es eine gewisse Genugtuung, seine Werkzeuge in einer Tasche zu tragen, auf der *Fair &*

Bio steht. Denn beides ist ja nicht der Fall: Felix verdient sein Geld mit einer Tätigkeit, die weder fair noch Bio ist. Am allerwenigsten Bio ist die Mixtur in der Sprühflasche.

Im Laufe der Jahre hat sich das Rezept für die Mixtur durch *learning by doing* von allein ergeben. Es ist natürlich nur Chemie und auch keine besonders elegante. Aber sie erfüllt einen genau definierten Zweck mit hoher Effizienz. Wenn es einen größeren Markt gäbe für das, was Felix tut, würde die von ihm entwickelte Rezeptur in jedem Baumarkt in handlichen 500-Milliliter-Flaschen stehen, mit einem eingängigen Markennamen versehen, in dem das Wort *Ex* vorkommt.

Wie auch immer.

In manchen nachdenklichen Stunden hat sich Felix jedenfalls schon gefragt, was von ihm übrig bleiben wird, wenn seine Hausärztin recht bekommt mit dem, was sie über seinen Blutdruck sagt. Es wird natürlich übrig bleiben der Schlosspark von Rheinsberg, die Gartenanlage der Liebermann-Villa am Wannsee, die Alboin-Parkanlage – das alles trägt seine Handschrift. Federführend war zwar Norbert, sein ehemaliger Chef und Freund von der *Landschaftsgärtnerei Reiter*, die dem einen oder anderen Herbophilen vielleicht ein Begriff ist. Aber »federführend« hieß bei Norbert immer, dass er in seinem Büro in Dahlem nächtelang über den Plänen für eine *intuitive Bepflanzung*, wie er das nannte, brütete, und »nächtelang« bedeutete im Grunde einfach Rotwein saufen. Am nächsten Tag war es dann Felix, der sachlich und ohne den ästhetischen Anspruch, der Norbert lähmte, einfach den *Cottage Garden* anlegte, den die Kunden immer vor ihrem inneren Auge haben, wenn sie von Garten sprechen. Norbert verachtete den englischen Stil, aber die Kunden, egal ob privat oder von einer Stiftung, wollten von intuitiver Bepflanzung nichts wissen, zumal sie am Schluss bei Norbert immer auf Birkenalleen hinauslief. Das war nicht intuitiv, es war wahnhaft: Birken als Alleebäume. Für Felix war das, als würde man Kindergartenkinder in Uniformen stecken und sie im Stechschritt die Straße des 17. Juni runtermarschieren lassen. Die Birke ist genau das: ein kindlicher Baum, der, wenn er überhaupt in größeren Verbänden wächst, immer Stieleichen braucht wie das Kind die Eltern.

Ja, egal jetzt!

Jedenfalls gibt es landschaftsgärtnerische Höhepunkte in Berlin, die eindeutig auf Felix zurückgeführt werden können, obwohl alle sagen würden: Das ist das Werk von Norbert Reiters Landschaftsgärtnerei Reiter. Aber offiziell genuin seine Leistung ist am Schluss eben die Mixtur, die er gerade in die Jutetasche gesteckt hat. Felix hat sogar einmal Maria, seine Ex-Frau, bei einem ihrer vielen schönen, freundschaftlichen Mittagessen scherzhaft gebeten, in seinen Grabstein Folgendes meißeln zu lassen:

65 % GLYPHOSAT
25 % PICLORAM
10 % IMAZAPYR

Das Ganze 1 : 3 mit Wasser verdünnt – aber dies auch noch auf den Grabstein zu schreiben, hätte wohl dessen Grenzen gesprengt. Maria fand es eine gute Idee. Sie ist überhaupt die Einzige, die von dieser Mixtur weiß, und ihr Vater war Italiener. Das sagt wohl alles. Es heißt nämlich, dass Maria das italienische Siedlungsprinzip in ihrer Kindheit verinnerlicht hat: Ein Baum hat in einer menschlichen Siedlung nichts zu suchen. Er soll gefälligst draußen vor der Siedlung zusammen mit seinen Artgenossen leben. In einer größeren Stadt sind Bäume in Parks geduldet, aber sie sollen sich von Wohnstraßen fernhalten, wo sie nur den Autos im Weg stehen und die Wohnungen verdunkeln.

Gut, daran denkt Felix also, während er mit der Jutetasche zu der Rotbuche geht. Seine Gedanken sind im Moment etwas sprunghaft, und an Norbert hätte er lieber gar nicht gedacht. Die vielen Jahre mit Norbert waren … Aber daran will Felix doch nicht denken! Sie waren, wie sie waren. Maria sagte oft: »Mein Gott, Felix, mach die Augen auf! Du hast die Ideen, du machst die ganze Arbeit, aber er bezahlt dir noch nicht mal Weihnachtsgeld, weil du gar nicht so viel Geld für die Firma verdienen kannst, wie er zum Fenster rausschmeißt!«

Mach dich selbstständig!

Das sagte Maria so oft.

Aber sie meinte natürlich nicht so.

Aber gut, jetzt ist Felix doch selbstständig. Und zwar genau so.

Felix hat sich selbstständig gemacht, und zwar genau an dem Tag vor acht Jahren, an dem Norbert von einer Reporterin des RBB-Fernsehens gefragt wurde, was es für ihn bedeute, dass er für seine Neugestaltung des Alboin-Parks den *Landschaftsgärtner-Cup* gewonnen habe. Felix schaute sich im Fernsehen an, wie Norbert mit schwerer Zunge sagte, es sei für ihn die Anerkennung der von ihm begründeten intuitiven Bepflanzung. Felix hatte ein Jahr lang sieben Tage die Woche dieses Projekt im Alleingang, während Norbert, wenn er sich überhaupt im Park sehen ließ, nur über Schaufeln stolperte und bei Besprechungen mit den Arbeitern auf der Parkbank einschlief.

Aber genug davon! Ich kann's nicht mehr hören, sagt er zu sich selbst.

Als Selbstständiger steht Felix jetzt nachts um halb drei in der Goebenstraße vor der Rotbuche, die zentrales Objekt seines Auftrags ist. Sie steht auf öffentlichem Grund, sodass Felix um das unbefugte Betreten eines Privatgrundstücks herumkommt: vielen Dank! Bei Rotbuchen ist er für jede Vereinfachung seines Auftrags dankbar, denn sie sind eo ipso eine heiße Sache. Ihr Stamm ist schnell mal über fünfzig Zentimeter dick: happig. Felix hatte sogar mal eine mit hundertvierzig Zentimetern. Außerdem haben sie eine dünne Rinde, das macht den Einschnitt schwierig – hier ist viel Erfahrung gefordert.

Felix holt das Schneidermaßband aus der Jutetasche und legt es dem Stamm um die Hüfte. Sechsundfünfzig Zentimeter. Kleine Kopfrechnung: Das sind elf Einschnitte. Im Laufe der Jahre ist Felix zur beruflichen Überzeugung gelangt, dass pro fünf Zentimeter Stammdurchmesser ein Einschnitt ideal ist. Diese Erkenntnis sollte eigentlich auch auf seinem Grabstein stehen, denn jeder Einschnitt ist ja mit Lärm verbunden, und gleichzeitig muss genügend Mixtur in den Baum gelangen können. Es geht also um maximale Reduktion der Einschnitte bei gleichzeitig maximaler Wirkung der Chemikalien.

Der Einschnitt selbst ist eine Wissenschaft für sich und eine Plage, wenn man es mit einer Tanne oder einer Kiefer zu tun hat. In diese Bäume mit ihrer schuppigen Rinde muss man die Handaxt in einem Winkel einschlagen, der wiederum einen Kompromiss darstellt, diesmal zwischen maximaler Einlauffläche der Mixtur und minimaler Sichtbarkeit. Steht Felix hingegen vor einer Birke, wird ihm das Herz leicht, denn die horizontalen Rindeneinrisse dieser Bäume sind wie geschaffen für kaum sichtbare, aber wirkungsvolle Einschnitte. Überhaupt: Birken. Dünne Stämme, also sind wenige Einschnitte nötig. Tolle Rinde, wie gesagt. Und Wurzeln, die gerne größere Mengen von Flüssigkeiten aufnehmen, richtige Saufwurzeln hat die Birke und ist mit der Mixtur schnell richtiggehend getränkt.

Bei Birken wurde Felix vor einigen Jahren, also in der Frühzeit seiner Selbstständigkeit, auch zum ersten Mal von ethischen Überlegungen geplagt. Denn Birken empfindet er als melancholische Bäume, grazil, sie sind die Giraffen der Baumwelt, und er überführt sie ungern ins Reich des Totholzes. Jedoch ist es eben ab und zu unabwendbar, und so gut, dass er Birkenaufträge ablehnen könnte, läuft das Geschäft nun auch wieder nicht. Na ja, und außerdem: Birken will selten jemand loswerden. Vielleicht alle drei, vier Monate einer. Und das sind meistens Idioten. In der Regel sind es die Tannen, die gehen müssen, danach folgen die Buchen, die bei erstaunlich vielen Leuten unbeliebt sind, bei Felix ja auch. Eichen will, auch wenn sie massiv die Aussicht oder den Lichteinfall behindern, kaum einer weghaben, da spielen bei den Leuten – aber das ist nur eine Theorie von Felix – altgermanische Urgefühle vielleicht eine Rolle. Felix hält es sogar für möglich, dass Eichen nicht deshalb in vielen Mythen eine Rolle spielen, weil der Mensch etwas in sie hineininterpretiert, sondern weil sie etwas ausstrahlen, das der Mensch auffängt und in mythische Vorstellungen übersetzt, weil er nicht genau versteht, was er da an Ausstrahlung empfängt. Es ist die Wahrheit: Erst zweimal in seiner Karriere hat Felix eine Eiche vergiftet, und er tat es, weil es ein Gnadenschuss war. Beide Eichen waren nämlich schon morsch, sonst hätte er den Auftrag verweigert. Vielleicht auch nicht, aber sie waren ja, wie gesagt, eindeutig schon morsch. Jedenfalls die eine von ihnen. Die andere war auch morsch, aber so gut kennt er sich mit Bäumen dann auch wieder nicht aus, er ist ja kein Dendrologe.

Die Buche jedenfalls ist ein aggressiver Baum, der in Wäldern regelrechte Verdrängungskriege gegen Kiefern und andere Bäume führt. Buchen ersticken jegliche Vegetation unter sich, indem sie zwischen die Sonne und die anderen Sträucher ihr Blätterdach schieben und auf diese Weise die Lichtzufuhr abwürgen. Maria mag Buchen auch nicht, und als Felix ihr zum ersten Mal von seinem neuen Job als Selbstständiger erzählte, sagte sie: »Kannst du dich nicht auf Buchen spezialisieren?« Damit hätte sie leben können. Die Leute denken immer: Ah, wie schön, ein Buchenwald, hier ist das Spazieren angenehm! Ja, es ist angenehm, weil man auf einem Friedhof spaziert, auf dem absolut nichts wächst, nur die Buchenbrut, die mit dem spärlichen Licht auskommt, das die Altbuchen auf den Waldboden durchlassen.

Felix steht also auf öffentlichem Grund in der Goebenstraße und blickt zu der Rotbuche hoch, auf deren Vergiftung er jetzt richtig Lust hat. Eine Buche weniger bedeutet mehr Lebensraum für Löwenzahn, Margeriten und vielleicht sogar für einen Eichensprössling.

Sind auch alle Fenster in der Umgebung dunkel? Ja. Nur in einem entfernten Fenster brennt das blaue Licht eines Fernsehers. Felix möchte nicht in der Haut eines Menschen stecken, der um diese Zeit noch fernsieht.

Die Handaxt zieht er jetzt aus ihrer Schutztasche. Sie ist frisch geschärft, der Buchenstamm ist Butter für sie. Von oben, im 45-Grad-Winkel, setzt Felix den ersten Schlag – und jetzt kann man ruhig mal sagen: Es ist der wohlbemessene Schlag eines Fachmanns. Man darf natürlich nicht zu tief einschlagen, nur gerade zwischen Kambium und Splintholz ein kleiner Riss: So muss es sein. Jetzt die Axt ein wenig anschrägen und aus der Sprühflasche zwei kurze Spritzer auf die Axtklinge applizieren und sehen, wie die dunkle Flüssigkeit über die schräg gehaltene Klinge in den Zwischenraum zwischen Kambium und Splintholz rinnt.

Felix zählt bis fünf und drückt dann die verletzte Rinde wieder an den Stamm. Das war's: Einschnitt Nummer eins. Die Chemikalien rinnen nun gemächlich, aber unaufhaltsam am Splintholz entlang zu den Wurzeln. Die Gravitation ist sowieso der Feind jedes Baums, wenn man so will.

Am nächsten Tag wird niemand die Einschnitte bemerken, denn es sind ja nur minimale Rindenwunden, die man für natürliche Risse halten könnte. Bei sehr dicken Stämmen, die viele Einschnitte erforderlich machen, klebt Felix manchmal ein Suchplakat mit dem Foto einer niedlichen Katze über die Einschnitte – WER HAT MAUNZI GESEHEN? Das wäre eigentlich nicht nötig, denn wer schaut sich schon einen Baumstamm so genau an. Das Geniale an Felix'

Methode ist ja gerade, dass der Eingriff zunächst völlig unauffällig ist, und wenn der Baum dann nach drei bis vier Monaten abzusterben beginnt, sind die Einschnitte längst vernarbt und selbst unter der Lupe kaum noch zu erkennen. Es ist der perfekte Mord, denn zwischen Tat und Wirkung liegt eine zu lange Zeit, es bleiben keine Spuren zurück. Anders als bei den Methoden anderer Baumbeseitiger, für die Felix nur ein müdes Lächeln übrig hat: Sie bohren mit dem Handbohrer riesige Löcher in die Wurzeln oder, noch schlimmer, den Stamm und schütten Maschinenöl rein oder was im Baumarkt gerade im Sonderangebot war. Es ist klar, dass die Leute vom Forstamt sofort Verdacht schöpfen und Erdproben entnehmen.

Felix sagt seinen Kunden immer gleich bei der ersten Besprechung: Geduld. So was funktioniert nicht von heute auf morgen. Bei über zwanzig Meter hohen Bäumen kann es ein halbes Jahr dauern, bis der Baum zu schwächeln beginnt, und ein Jahr, bis das Forstamt ihn wegen Aststurzgefahr wegsägt. Aber man muss es so sehen: Was ist ein Jahr gegen die Ewigkeit, die die Berliner Baumschutzverordnung noch gültig sein wird?

Während Felix an der Rotbuche bereits den achten der insgesamt elf nötigen Einschnitte anbringt, regt er sich wieder sehr über die Baumschutzverordnung auf, die seiner ehemaligen Schwiegermutter Klärchen ihre letzten Lebensjahre nicht gerade zur Hölle machte – aber schön war es nicht. Klärchen, also die Mutter von Maria, litt an Multipler Sklerose und konnte am Schluss ihr Bett nicht mehr verlassen, welches aber selbst an Sommertagen kaum Licht bekam. Denn im Innenhof des Mietshauses, in dem Klärchen wohnte, hatte sich eine Kastanie breitgemacht, natürlich schon seit Jahren. Aber jetzt wäre es für Klärchen wichtig gewesen, von ihrem Bett aus wenigstens den Himmel zu sehen. Doch sie sah nur die verfluchten Kastanienblüten. Einige andere Bewohner des Hauses, hauptsächlich türkische Mitbürger ohne den angeborenen germanischen Baumerhaltungswahn, fühlten sich von der Kastanie gleichfalls um Licht und Himmel gebracht und verlangten die Fällung. Doch die Baumschutzverordnung geht grundsätzlich und radikal davon aus, dass Bäume von Menschen geliebt werden. Wer sich gegen einen Baum wendet, macht sich verdächtig, ein unangenehmer Mensch zu sein.

Ach, das hat keinen Sinn, denkt Felix, reg' dich nicht auf – und tock!, schlägt er die Rotbuche zum neunten Mal. Das Wohl der Kastanie wurde jedenfalls vom Berliner Naturschutzamt höher eingestuft als das Wohl einer alten kranken Frau und türkischer Kinder, deren Zimmerfenster von Kastanienästen belagert wurden. Maria sagte: »Ich komme in diese dunkle Wohnung und sehe meine Mutter da liegen – ganz ehrlich, wenn ich mehr Mut hätte, würde ich diese Kastanie vergiften.«

Ja, genau, vergiften. Im Grunde war es Maria, die Felix a) dazu brachte, sich selbstständig zu machen und b) ihn auf die Idee brachte, in die Baumbeseitigungsbranche einzusteigen – oder diese überhaupt zu begründen. Denn sicherlich ist er in Berlin ziemlich der Einzige, der sich professionell der Baumschutzverordnung widersetzt. Hätte er es doch nur zwei, drei Jahre früher getan, dann hätte Klärchen wenigstens noch ein Licht lang in ihrem Schlafzimmer den Himmel sehen können.

Keiner weiß jedenfalls besser als Felix, wie viele Menschen unter Bäumen leiden. Er hilft ihnen, das ist ein schönes Gefühl. Es sind wirklich oft Menschen, die leiden, das ist nicht dahergesagt. Täglich stört sie die viel zu hohe Tanne im Garten des Nachbarn, die im Sommer die Sonne förmlich auffrisst. Die Buche vor dem Bürofenster versperrt ihnen den Blick auf die Spree, und durchaus muss man auch den Vogelschiss ernst nehmen, der für manch einen Dauerparker ein echtes Problem ist, solange der Baum direkt neben dem gemieteten Parkplatz steht. Natürlich annonciert Felix seine Dienste nicht im Internet, es wäre auch nicht nötig: Bei seiner Arbeit in Norberts Landschaftsgärtnerei hat er im Laufe der Jahre sehr viele Menschen kennengelernt, die ihm von ihren Baumsorgen erzählt haben. Neulich hat ihn sogar ein Schauspieler des Deutschen Theaters angerufen und gesagt: »Ja, also, ein Freund hat mir erzählt, dass Sie mir vielleicht einen gärtnerischen Rat geben könnten bezüglich eines Baumes, Sie verstehen?«

Kein Problem, das wird der nächste Auftrag sein. Ein Kunde steckt es dem anderen, das läuft von selbst. Mit tausendzweihundert Euro sind die meisten einverstanden, das ist es ihnen wert, und bei vier Aufträgen im Monat, natürlich steuerfrei, hat ein Mann wie ich, der bescheiden lebt, ein gutes Auskommen. Manchmal sind es ja auch fünf Aufträge monatlich, das reicht dann sogar für Urlaube in Florida. Einen Moment lang fühlt sich Felix richtig wohl und geborgen in seinem Leben. Es ist doch eigentlich alles irgendwie auf der richtigen Schiene. Er spürt plötzlich eine innere Wärme um sein Brustbein herum, und aus dem Stamm der Rotbuche steigen kleine Punkte hoch, die wie Nachrichten sind. Nicht Nachrichten von der Rotbuche – die hat gefälligst ihren Mund zu halten –, nein, Nachrichten von Glück und richtiger Schiene, so ist es doch. Er spürt es einfach, er kann so froh sein, in Westeuropa zu leben und diesen Job zu machen. Eine solche Zufriedenheit zu spüren.

Und in dem Moment streift ihn das Licht von Autoscheinwerfern. Es huscht seitlich über sein Gesicht. Das ist eindeutig nichts, das er jetzt brauchen kann.

13

Das hat er natürlich trainiert. So, erstens lässt man sofort die Handaxt und die Sprühdose in die bereits offen auf den Boden gestellte Tasche fallen, die übrigens – man denkt an alles – mit einer Lage Schaumgummi gepolstert ist, damit die Axt beim Fallen keinen Lärm macht. So.

Und jetzt ist es aber leider ein Streifenwagen der Polizei, das darf nicht wahr sein. Das ist das Dümmste, das passieren kann, deshalb hat er es im mentalen Training schon oft durchgespielt. Hält der Wagen an? Vielleicht fahren sie ja weiter. Aber nur, wenn sie blind sind, denn Felix steht ja da bei dem Baum direkt im Lichtkegel.

Natürlich halten sie an. Gut, das hat Felix trainiert: Er weiß, was sie denken. Sie denken, soso, da steht mitten in der Nacht ein Mann, hm. Wenn Felix Glück hat, erkennen sie, dass er schon älter ist. Dann denken sie vielleicht: Kann nicht schlafen, weil er morgen zur Operation muss. Oder kommt von einer Operation und kann nicht schlafen, weil er Schmerzen hat. Oder vielleicht denken sie auch: »Was geht's uns an, was der Alte da treibt.« Die Polizisten kennen doch die Statistiken: Alte weiße Männer sind für alles Mögliche verantwortlich, aber Einbrüche sind Sache der Jugend.

Andererseits hat Felix diese Sporttasche dabei. Nun

denken die Polizisten vielleicht: »Eine Sporttasche ist Einbrecherutensil. Der Alte könnte ein statistischer Querschläger sein. Schauen wir uns mal seinen Personalausweis an.« Also hält der Polizeiwagen an.

Kein Problem, Felix hat das schon oft zu Hause geübt. Er weiß genau, wie er sich jetzt verhalten muss. Das heißt, er wusste es genau, als er es zu Hause übte. Aber jetzt ist es ihm förmlich entfallen. Er kommt sich vor wie ein aufgerissenes Fenster: Da ist überhaupt nichts mehr außer ein Brausen, das durch ihn hindurchgeht.

Es ist ein Polizistenpaar, Felix denkt, die Leute treten heute am liebsten paarweise vor mir auf. Das Paar passt sehr gut zusammen optisch, bei beiden hängen blonde Haare unter der Polizeimütze raus. Beim Mann sind es natürlich weniger, und er verzichtet auch auf eine Haarklammer. Man könnte meinen, dass Felix, da ihm solche Details auffallen, hellwach und ganz bei sich ist, aber es fällt ihm auf, weil sein Gehirn völlig leer ist, da ist Platz für eine enorme Anzahl von Nebensächlichkeiten.

»Wie bitte?«, fragt Felix, denn die Polizistin hat etwas gesagt.

»Ob Sie hier in der Gegend wohnen?«, fragt sie in einem sachlichen und gleichzeitig lauernden Ton, der typisch ist für ihre Branche.

»Ja«, sagt Felix, »das heißt, früher einmal, und ich bin nur …«

Meine Güte, er hätte nie gedacht, dass er wegen einer Polizeikontrolle sich selbst völlig verliert! Er ist kein offenes Fenster, er ist eine Herde Hühner, die auseinanderstiebt, wenn der Adler in sie reinfährt. Felix hat das Gefühl, dass sein Geist in jede Himmelsrichtung gleichzeitig entweicht.

Also das muss er zu Hause dann wirklich noch intensiver üben!

»Ich bin nur auf der Durchreise«, sagt er, »auf der Durchfahrt und dachte, hier hast du doch mal gewohnt. Da wollte ich ein bisschen spazieren und …«

Der Polizist leuchtet mit der Taschenlampe die Sporttasche an.

Felix denkt, es ist aus, sie werden gleich ihre Pfoten in meine Tasche stecken und an der Sprühflasche riechen.

»Warum sind Sie denn so nervös?«, fragt der Polizist und leuchtet Felix ins Gesicht.

Und in diesem Moment, als Felix schon denkt, dass er als Nächstes hinten in diesem Polizeiwagen sitzt und dem Geschnatter aus dem Funkgerät zuhört, in diesem Moment kommt der Hund herbeigerannt. Wie es sein muss mit offenem Mund, hängender Zunge und kleinen, rudernden Beinchen. Er bellt sogar, aber nur einmal, denn er kann seine Freude nicht unterdrücken, ist aber zu gut erzogen, um mehrmals zu bellen, und er springt an Felix hoch und wedelt mit dem Hinterleib. Es ist kein Zweifel, dass hier ein Hund sein Herrchen wiedergefunden hat. Der Hund dreht sich zu den Polizisten um und knurrt.

»Schluss!«, sagt Felix. »Hobo! Ruhig!«

Das versteht der Hund, er knurrt sofort nicht mehr. Jetzt Zuneigung zeigen, denkt Felix und geht vor dem Hund in die Hocke, um ihn zu knuddeln.

»Ja, da bist du ja wieder«, sagt Felix, »wo ist er denn gewesen, wo hat er sich wieder rumgetrieben, das kleine Hundchen, aber jetzt ist er ja wieder da. Ich konnte ihn nämlich plötzlich nicht mehr finden«, sagt Felix zu den Polizisten,

»und das hat mich nervös gemacht, wir wollten ja hier nur ein bisschen spazieren. Also, er musste, deshalb sind wir hier ausgestiegen – wie es halt so ist mit Hunden. Und faul ist er auch, will immer getragen werden«, sagt Felix und steckt den Hund in die Sporttasche. Er sagt, er wisse, das solle man nicht tun, aber der Hund fresse nicht viel und bleibe auch ohne Bewegung zum Glück schlank.

»Na dann«, sagt die Polizistin, und plötzlich ändert sich ihr Ton, als sie fragt: »Wie viel kostet denn eigentlich so ein Jack Russell?«

14

»You're a Jack Russell Terrier«, sagt Felix, als sie wieder im Auto sitzen.

»Call me Hobo«, sagt der Hund. »And how about *thank you, Hobo?*«

»Thank you«, sagt Felix, ohne es ernst zu meinen, denn jetzt mal ehrlich: Der Hund ist doch einfach aus dem Fenster gesprungen, weil ihm langweilig wurde beim Warten, oder weil er mal musste, was weiß ich, denkt Felix. Und zufällig stieß er dann auf Felix. Das war doch keine bewusste Aktion, um Felix vor der Polizei zu retten, auf so eine Idee kommt doch ein Hund nicht!

Nie wieder LSD!, denkt Felix. Aber wirklich nie mehr. Das ist eine Droge für Leute, die sich in Schwierigkeiten bringen wollen. Zur Entspannung taugt das Zeug überhaupt nicht. Und jetzt will der Hund auch noch fressen.

Der Hund sagt: »Now let's grab some food, I'm starving. I mean, you owe me a treat after all I did for you!«

Der Hund glaubt also, dass Felix ihm wegen seines Einsatzes eine Schüssel Hundefutter schuldig ist. Na gut, das ist realistisch: Der Hund existiert, also wird er irgendwann Hunger entwickeln. Darauf kann man eingehen, ohne sich vorwerfen zu müssen, einer Halluzination ungebührliche Wünsche zu erfüllen. Außerdem – und das ist jetzt entscheidend – hat Felix selbst Hunger.

Er hält bei einem Schnellimbiss der Marke *Burger King*. Auf einem schönen Parkplatz, sehr nächtlich, mit flackernder Straßenlampe. Felix isst in Berlin nie in solchen Läden, aber mit dem Hund passt es wie die Faust aufs Auge. Felix kommt sogar auf eine vielleicht etwas perfide Idee.

Er sagt zum Hund: »Why don't you go in there and order your burger by yourself? I mean, you can speak. Shouldn't be a problem for you to order a burger!«

Der Hund schaut ihn an und zieht ein wenig die Ohren hoch.

»Think about it«, sagt der Hund. Er sagt, darum gehe es doch, wann Felix das endlich kapieren werde. Es gehe darum, dass er verdammt noch mal sprechen könne. Er habe sich das nicht ausgesucht. Aber jetzt sei es eben nun mal so, und das Einzige, das er, der Hund, tun könne, um die Risiken zu minimieren, sei, den Mund zu halten. Wenn ein Hund sprechen könne, sei es das Allerwichtigste, den Kreis der Menschen, die davon wüssten, extrem klein zu halten. Ihm sei nämlich sehr wohl bewusst, sagt der Hund, dass es sich hier um ein nicht sehr verbreitetes Phänomen unter Hunden handle. Deswegen sei er ja, sagt der Hund, in ernsthaften Schwierigkeiten, und mit Schwierigkeiten meine er, dass er zusammen mit irgendeinem Typen, der nichts kapiere, mitten in der Nacht in einem Billigwagen vor einem Burgerladen hocke und immer noch nichts zu futtern gekriegt habe. Und nun fordere ihn dieser Typ auch noch auf, sagt der Hund, selbst in den Laden zu gehen und einen Burger zu bestellen.

»Yes, I *could* certainly do that«, sagt der Hund, »and I might as well walk over to the next TV-Station and grant them a live-interview with a Jack Russell Terrier.« Aber wenn er das tun würde, sagt der Hund, wäre er in einem

Monat tot, weil sein Gehirn in Scheiben geschnitten zwischen den wissenschaftlichen Laboren über alle Ozeane hinweg hin und her geschickt würde.

»Mum's the word«, sagt der Hund.

»What?«, fragt Felix, denn er versteht wieder mal nicht, was sein Gehirn auf Englisch sagt.

Er googelt es, es heißt: *Schweigen ist angesagt*. Na ja. Das ist natürlich nicht unplausibel. Das könnte jedem Hund einfallen, der spricht. Natürlich wäre so was gefährlich, die Leute würden sich auf ein solches Tier stürzen, und ja, sie würden sicherlich am liebsten sein Gehirn unters Mikroskop legen. Man kann nicht bestreiten, dass ein Hund, der tatsächlich sprechen könnte, in dieser Art argumentieren würde. Er würde natürlich versuchen, den Kreis der Mitwisser möglichst klein zu halten.

»Now you've got it«, sagt der Hund.

»I said nothing«, sagt Felix.

»I can see, that you've got it«, sagt der Hund und fügt hinzu, das sei der Grund, weshalb er nach Naples zurückwolle zu seinen Freunden. Das seien die Leute, bei denen er sicher sei, *safe*. Weil sie zwar wissen, was mit ihm los ist, aber sie behandeln ihn trotzdem wie einen gewöhnlichen Hund. Und der einzige Ort, an dem das so sei, sei eben bei seinen Freunden in Naples. Das ist dem Hund so wichtig, dass er es wiederholt, obwohl Felix es schon beim ersten Mal kapiert hat.

Kapiert natürlich nur im Sinne von: Ich kapiere, was ich mir da gerade einbilde.

Na gut, dann bestellt Felix die Burger eben selbst. Was denn sonst? Der Hund wird natürlich nie mit jemand anderem als mit ihm sprechen, und er wird sich stets irgendeine ausgefeilte Ausrede einfallen lassen, um zu begründen, weshalb er nur mit Felix spricht. Als Felix bei einer desinteressierten Bedienung zweimal *Cheddar Cheese Lovers* bestellt, kommt er sich dumm vor. Er sollte den Hund mit dem *Lovers*-Burger in irgendeine Ecke draußen auf dem Parkplatz locken und dann ins Auto springen und wegfahren. Es muss endlich aufhören, das Fass ist übergelaufen. Felix lebt schon viel zu sehr in der Welt dieses Hundes, und wer weiß, was der ihm noch alles einredet! Das ist eine Blase! Da muss ich raus, denkt Felix.

Als Erstes will er jetzt nach Hause fahren und sich ausruhen, er ist plötzlich todmüde. Er wird jetzt ins Auto gehen und dem Hund klarmachen, dass hier niemand nach Florida fliegt, nicht morgen, nicht in einer Woche, nie mehr.

»Okay«, sagt Felix im Auto, »here's your burger.« Aber Moment: Der Hund soll das tropfende Ding natürlich nicht hier auf dem Beifahrersitz essen, sonst verschmiert er alles mit Schmelzkäse und der Spritzmayonnaise.

»We eat outside«, sagt Felix, aber der Hund will nicht draußen essen, er sagt, er will im Hotel essen.

»In what hotel?!«, sagt Felix.

»Pick one«, sagt der Hund. Das soll wohl auswählen heißen, wird ja immer besser!

»To hell with the pick«, sagt Felix, »I'll drive home to my apartment, I pay rent!« Er sagt, warum soll er in einem Hotel übernachten, außerdem hat er zu Hause Teller für die Burger.

»No need for a plate«, sagt der Hund und schnappt Felix den Burger aus der Hand: Er frisst ihn mit dem Papier! Und natürlich saftet der Burger aus der Schnauze des Hundes auf den Beifahrersitz, der doch aus Stoff ist, nicht aus Leder, der Fleck wird ewig sichtbar sein.

»Now for another«, sagt der Hund und leckt sich weiträumig die Schnauze.

Na gut, Felix gibt dem Hund auch noch seinen Burger, ihm ist der Appetit vergangen. Machtlos schaut er zu, wie der Hund das Ding zwischen den Zähnen zerdrückt, damit mehr Saft auf den Beifahrersitz rinnt. So ist eben die Welt. Der Hund ist wie Norbert, denkt Felix, ich ziehe solche Leute an. Sie machen mit mir, was sie wollen, lassen mich für sie arbeiten, für sie Burger holen, fressen dann auch meinen, versauen meine Autositze und wollen ins Hotel. Und wenn das Fernsehen sie interviewt, sagen sie: »Es war meine Idee, das gebe ich zu. Ich übernehme auch die Verantwortung für den großen Erfolg.«

»What do you want?«, fragt Felix, denn plötzlich ist es ihm völlig egal. Die Ereignisse der letzten Stunden haben ihn ausgeschabt, es ist nicht mehr viel in ihm drin. Soll doch der Hund jetzt den Ton angeben und die Verantwortung für den großen Erfolg übernehmen. Wie schön und warm ist das Licht der Straßenlampe neben dem Parkplatz des Burger King. Ein Licht wie aus einer anderen Welt der Ruhe und des Friedens. Ein poetisches Licht, das den kleinen Flecken Asphalt, den es bescheint, in einen Ort verwandelt, aus dem Fantasien sprudeln. Wenn jetzt noch ein Fuchs vorbeihuschen würde …

Der Hund sagt, er wolle erstens in ein Hotel, und wenn Felix endlich begreifen würde, was hier los ist, würde er das auch wollen, behauptet der Hund. Denn zu Hause, so der Hund, warten die Thugs auf Felix und ihn. Frau Arnu und ihr

Administrator mal wieder, denkt Felix, während der Hund von dem GPS-Sender spricht, den die Thugs jetzt ja nicht mehr anpeilen können, sodass ihnen gar nichts anderes übrig bleibe, als vor der Wohnung von Felix auf ihn zu warten.

»But they're on a wild goose chase«, sagt der Hund, und Felix denkt, soso, Gänsejagd, wieder mal eine Redewendung, die ich nicht verstehe. Weil Felix, so der Hund, nämlich jetzt in ein Hotel fahren wird. Plan A, Punkt 1, sagt der Hund. Plan A, Punkt 2 wird dann das Buchen eines Flugs nach Miami sein, wie besprochen.

»I understand«, sagt Felix. Ihm kommt ein Podcast in den Sinn, den er sich vor etwa einem Jahr angehört hat, *Der Fall Roms*, von … den Namen des Autors hat er vergessen. Aber es waren fünfzehn ungeheuer aufschlussreiche Folgen. Felix glaubt, daraus etwas gelernt zu haben: Rom ist nicht an einem Tag erbaut worden, aber es ist auch nicht an einem Tag gleich wieder zusammengebrochen. Eine ganze Weile lang, zwei Jahrhunderte, hätte man als Römer sogar denken können, dass alles mehr oder weniger so ist wie früher. Aber da war es schon nicht mehr wie früher. Der Zusammenbruch kam so schleichend, dass man ihn nicht bemerkte, obwohl man mittendrin steckte. Oder Hemingway. Hemingway schrieb in seinem Roman *Fiesta*, dass ein Mann auf zwei Weisen bankrottgeht: Allmählich und dann plötzlich. Und das gilt auch für alles, denkt Felix. Für alles um ihn herum, meint er.

»I know a hotel«, sagt er und fährt los.

15

Im Nachhinein gesehen ist das der point of no return: Als Felix sagt *I know a hotel.* Von jetzt an senkt sich der Erdboden um fünfzehn Grad nach unten, sodass Felix sich auf einer schrägen Bahn befindet, eine schiefe ist es nicht unbedingt. Es ist keine schlechte Bahn, aber eben eine, auf der er gehen *muss*, weil Kräfte an ihm zerren. Im Nachhinein betrachtet ist es sogar eine heilsame Bahn, aber so fühlt es sich für ihn natürlich nicht an.

Er fährt in das Hotel *Honigmond*, denn es ist das einzige Hotel, das er in Berlin kennt, außer dem großen am Alexanderplatz, dessen Namen er vergessen hat, und dem *Adlon*, wo er mit einem Hund nie hingehen würde und ohne Hund erst recht nicht.

Im *Honigmond* ist der Nachtportier noch wach, vielleicht ist es auch schon der Portier des frühen Morgens, denn es ist ja schon fast vier Uhr. Felix fragt, ob Hunde erlaubt sind, und eigentlich, wenn man es ganz genau nimmt, ist eher das der point of no return. Dem Nachtportier ist anzusehen, dass er es nicht genau weiß.

»Ja, ich denke …«, sagt er und erhebt sich ein wenig aus seinem Stuhl hinter dem Tresen, um den Hund zu sehen, um den es geht.

»Also, der ist ja klein«, sagt der Nachtportier.

»He said you're small«, sagt Felix zum Hund, »he said, some rats are bigger than you.« – Einfach eine kleine Provokation, das braucht Felix jetzt.

Der Hund legt den Kopf zur Seite und öffnet den Mund. Aber er schweigt. Nur sein Blick tötet.

»Ich spreche englisch mit ihm«, sagt Felix zum Portier, »er ist aus Florida.«

»Aha«, sagt der Portier.

»Ich glaube, er mag Sie«, sagt Felix und schiebt seine Kreditkarte über den Tresen, »er bellt sonst fremde Leute immer an.«

»Ah …«, sagt der Portier, »ja, bellen wäre nicht so gut, wegen der anderen Gäste.«

»He said«, sagt Felix zum Hund, »on his vacation in Mexico he has seen a cockroach that was half as big as you are.«

Der Hund beißt auf die Zähne. Er ist ein Muster der Selbstbeherrschung und gibt kein Wort von sich.

Das Hotelzimmer ist romantisch, mit einem Baldachinbett und Holzboden, das heißt, hier fehlt eine Frau, die mit nackten Füßen über das Holz geht, weil sie am Fenster eine Zigarette rauchen möchte. Nun sitzt aber der Hund auf dem Bett. Felix hat ihn dazu nicht eingeladen, und er weiß noch gar nicht, ob er das möchte. Er war nie Hundebesitzer, hat immer nur Katzen gehabt und geliebt: Katzen sind einfach etwas ganz anderes, das muss man mal ehrlich sagen. Die Beziehung zu ihnen ist geheimnisvoll und immer ein wenig unbefriedigend, sodass man mehr will. Während der Hund seine Liebe so überschwenglich versprüht, dass man das ganze Schwanzgewedle und Hochspringen doch schon bald satthat. Und man weiß auch nie, was da an den Pfoten des Hundes und in seinem Fell alles klebt, fangen wir mal bei Kot an. Ein Hund nimmt im Prinzip allen Unrat, der auf der Straße rumliegt, mit aufs Bett.

Felix legt eins der Kissen in die Ecke neben dem Badezimmer.

»That's your bed«, sagt er und zeigt auf die Ecke.

»I'm perfectly fine with the bed I got«, sagt der Hund auf dem Bett.

Felix hat einen solchen Abstieg hinter sich, gesellschaftlich, als Mann, als Weißer, denkt er, als alter weißer Mann, als ehemaliger Landschaftsgärtner, als ehemaliger Freund von Nicole, und jetzt nimmt ihm ein Hund sein Bett: Das ist doch nur folgerichtig. Soll er jetzt um sein Bett etwa kämpfen? In solchen Situationen ruft er sich in letzter Zeit oft in Erinnerung, dass er in zehn Jahren vielleicht schon tot ist. Tom Petty von *Tom Petty & The Heartbreakers* ist mit siebenundsechzig gestorben, Elvis noch viel früher. David Bowie wurde nur neunundsechzig, aber man braucht gar nicht so weit auszuholen: Felix' Freund Ralf starb mit einundsiebzig, seine Freundin aus der Schulzeit, Gitta, mit siebzig, Bob Dylan lebt zurzeit noch, aber dafür ist vor Kurzem Norberts Schwester Hanna mit dreiundsiebzig gestorben, und Norbert ist wohl auch bald dran, denn wie Felix vernommen hat, hat Norbert noch einen Zacken zugelegt beim Trinken. Die Leute sterben, wohin man blickt, und mit vierundsechzig, wie Felix, muss man sich eben sagen: Ich lasse mir doch nicht meine vielleicht letzten guten Jahre von einem Hund verderben! Ja gut, ich bin gesellschaftlich abgestiegen, ich lebe vom Baumvergiften, nicht gerade ein Partythema, aber es geht doch darum, sich die letzten guten Jahre nicht von einem Hund verderben zu lassen, mit dem man überhaupt nichts zu tun hat.

»Dann schlaf, wo du willst, du Arsch«, sagt Felix, und anstatt dass der Hund sich bedankt, sagt er: »Huh? Stop speaking german, will you!«

»Nein«, sagt Felix, denn plötzlich begreift er etwas: Die Sprache ist der springende Punkt! Er wird mit dem Hund konsequent nur noch Deutsch sprechen. Soll der Hund selber damit fertigwerden. Das ist die Entkoppelung, denkt Felix, so treibst du einen Keil zwischen dich und den Hund. Ja genau, was für eine bestechende Idee! Es ist eine Idee im Sinne von Bonny Feldmann: Zwischen sich und die Halluzination einen Keil treiben, damit man sich nicht zu sehr auf sie einlässt. Besser wäre es, gar nicht mehr mit dem Hund zu sprechen, aber besser ist nicht immer möglich, manchmal muss das Zweitbeste genügen.

»Und jetzt rück rüber«, sagt Felix, »ich schlafe rechts. Beim Fenster. So schlafe ich immer, verstehst du? Du schläfst auf der linken Bettseite, ich rechts. Darüber werde ich nicht verhandeln.«

»Oh«, sagt der Hund, »nigg fair hendeln? Beergarden. Kindergarden. Dusseldorf Bennhouf.«

»Bahn. Hof«, sagt Felix.

»Ban Houf«, sagt der Hund. »Doy The Ban Houf Dusseldorf Shy The. Grow The Shy The.«

Der Hund gibt sich immerhin sprachlich Mühe. Was er allerdings gegen den Düsseldorfer Bahnhof hat? Aber jetzt etwas ganz anderes: Felix bekommt eine WhatsApp auf sein Handy. Wenn er so spät eine Nachricht kriegt, befürchtet er immer, dass seine Schwester Simona gestorben ist, die ja schließlich ganze elf Minuten älter ist als er.

Da steht:

Lieber Felix, entschuldige, dass ich mich so spät noch melde. Aber ich wollte dir nur sagen, dass Frau Arnu und ihr Mann immer noch da sind. Sie haben bei mir geklingelt. Sie sagten, es sei dringend, wegen des Hundes ihrer Mutter. Ich habe ihnen nicht gesagt … du weißt schon. Ich will mich nicht einmischen, aber sie hat mir ihre Nummer hinterlassen, falls du anrufen willst, wegen des Hundes ihrer Mutter. 0160 355 24 89. Liebe Grüße, Fredi.

Das heißt, Frau Arnu hat Frederike, die Geigerin, aus dem Schlaf geklingelt. Die scheuchen seine Nachbarn auf, vielleicht haben sie auch bei den Demircans geklingelt, was noch peinlicher wäre, denn Felix hat immer noch das Tupperware-Plastikding, in dem die Demircans ihm vor einigen Monaten ihren selbst gemachten Yoghurt gebracht haben zum Probieren, weil er mal im Treppenhaus sagte, dass er Kaufyoghurt nicht mag. Oh nein, hoffentlich lassen sie die Demircans aus dem Spiel. Denn genau genommen hat Felix das Tupperware-Gefäß mal bei einem Mittagessentreffen Maria überlassen, weil sie ihm auch so ein Plastikding geliehen hatte, und Felix wusste nicht mehr, wo er es verlegt hatte, und deshalb … Aber wichtiger ist ja, denkt Felix, dass der Hund recht hat: Die sind im Haus und warten auf mich. Weil sie den GPS-Sender nicht mehr verfolgen können, da er im Tiergarten im Rhododendron liegt.

Der Punkt ist: Frau Arnu hat offensichtlich die Polizei nicht angerufen. Sonst hätte doch die Polizei bei Frederike geklingelt. Warum ruft Frau Arnu bei einem Hundediebstahl nicht die Polizei? Vielleicht ist sie politisch extrem oder Homöopathin und in einem polizeifeindlichen Elternhaus groß geworden. Das kann natürlich sein. Aber jetzt steht Aussage gegen Aussage: Der Hund behauptet ja, diese Leute seien gefährlich und würden auf dem Gesetz herumtrampeln. Und dazu passt ja das Muster »Polizei nicht anrufen«.

Verdammt. Felix denkt, jetzt reicht's! Was soll ich denn jetzt tun! Andererseits, überleg mal: Wenn keine Polizei im Spiel ist, könnte er den Hund doch einfach der Frau Arnu zurückgeben, und das Problem wäre unter der Hand gelöst. Aber überleg mal: Was machen die dann mit dem Hund?

Felix schaut den Hund an, der auf dem Bett hockt und ihn anschaut.

»No german anymore?«, sagt der Hund.

Er sagt ja, sie hätten ihn entführt, weil er spricht. Das klingt ziemlich verrückt, muss man sagen. Aber der Hund sagt es nun mal. Will ich jetzt den Hund, denkt Felix, diesen Leuten ausliefern, die keine Polizei im Spiel haben wollen, weil sie vielleicht irgendwas vorhaben mit dem Hund?

Na ja, es ist doch nur ein Hund. Es werden täglich wie viele Schweine in Deutschland geschlachtet? Sehr viele, Felix hat es mal recherchiert, es geht weit in die Zehntausende. Jeden Tag.

Aber es ist eben andererseits *dieser* Hund. Wenn man mal ein Tier persönlich kennengelernt und sich mit ihm darüber unterhalten hat, auf welcher Bettseite es schläft und auf welcher man selbst, dann fühlt man sich dem Tier gegenüber verantwortlicher als einem Schwein, mit dem man noch nie ein Wort gewechselt hat. So ist das leider. Es ist ein Verbrechen, aber es ist eben leider so. Felix isst ja seit vielen Jahren nur noch Bio-Fleisch, um sich nicht an dem

Verbrechen der Massentierhaltung zu beteiligen. Aber aus ethischer Sicht kann er dann doch auch nicht einen Hund an Leute ausliefern, deren Essgewohnheiten er nicht kennt. Der Hund existiert ja wirklich, dafür gibt es inzwischen Zeugen, Frederike hat ihn gesehen, der Portier hat ihn gesehen, die Polizisten wollten sogar wissen, wie teuer ein solcher Terrier ist.

Es wäre allerdings nicht nötig, dem Hund zu *sagen*, dass Felix ihn nicht ausliefern wird. Aber es ist halt inzwischen schon eine schlechte Gewohnheit geworden, und so sagt Felix: »We stay here.«

»Great«, sagt der Hund, »I'm all about it.« Was immer das heißen mag.

»But I want to make one thing clear«, sagt Felix, »and that is: You don't speak! It's all in my head!«

»That's grow the shy the«, sagt der Hund. Er sagt, er spreche doch jetzt sogar ein bisschen Deutsch, jetzt müsse es doch bei Felix mal klingeln. Er, der Hund, habe es doch schon mal gesagt: Es sei *crucial*, dass Felix endlich von seiner Wahnidee loskomme, dass er sich nur einbilde, dass er, der Hund, spreche.

»I mean, that's downright paranoid«, sagt der Hund. Felix solle mal zum Arzt gehen. Der Hund sagt, es gehe ihm jetzt wirklich auf die Nerven. Er könne ja verstehen, dass man eine gewisse Zeit brauche, um sich daran zu gewöhnen, dass ein Hund spreche. Aber nach einer Weile sollte man es doch wohl kapiert haben, vor allem, wenn man den Hund ja die ganze Zeit vollquatsche und ihm auch noch beibringe, was *train station* auf Deutsch heißt. Ein geistig gesunder Mensch, sagt der Hund, kapiere doch dann irgendwann mal, dass er sich das nicht einbilde.

»But you obviously got a screw loose«, sagt der Hund. »I mean, come on!« Der Hund springt Felix an die Brust und brüllt in sein Ohr: »DUSSELDORF! BAN! HOUF! HEAR THAT? SHY THE BEAR LYNN!«

16

Aber Felix hat auch seinen Stolz, oder besser gesagt: Niemals! Niemals wird er der Versuchung nachgeben, es sich einfach zu machen und zu denken: Gut, dann spricht er eben, c'est la vie. Wenn ich das akzeptiere, denkt Felix, was kommt dann als Nächstes? Gott hat die Welt in sieben Tagen erschaffen, das kommt als Nächstes. Oder: Tierische Fette senken den Blutdruck. Oder: Nicht Gott, sondern reptilienhafte Außerirdische haben die Welt erschaffen, und jetzt sind sie Präsidenten von Amerika, Russland und China. Im Prinzip kann dann alles als Nächstes kommen. Es sind den Einhörnern, Reptiloiden, geheimen Weltregierungen und lachenden Delfinen dann Tür und Tor geöffnet. Wenn ich anfange zu glauben, denkt Felix, dass dieser Hund spricht, kann ich genauso gut den Link jeder Spammail anklicken, in der steht, dass ich eine Million Euro gewonnen habe, wenn ich meine Kontodaten übermittle. Oder er könnte sich einbilden, dass Nicole ihn anruft und sagt, sie habe sich von Gerry getrennt, weil ihm das Bundespräsidentenamt zu Kopf gestiegen sei, und jetzt sehne sie sich nach einem normalen Mann, *einem wie dich*, mit dem sie einfach mal ein Wochenende in einem Romantikhotel verbringen könne, ohne dass gleich das spanische Königspaar an die Tür klopft.

Eine schöne Vorstellung, aber gleichzeitig der Untergang. Also: Niemals!

Felix sitzt auf seiner Bettseite und fixiert die rote Kordel des Vorhanghalters, denn ihm ist schwindlig. Jetzt einfach nur die Quasten dieser roten Kordel anstarren. Den Hund einfach reden lassen, ohne genau hinzuhören. Er sagt doch sowieso immer das Gleiche, jetzt fängt er wieder mit der Belohnung an, die Felix kriegt, wenn er den Hund nach Florida bringt.

»Take me back to Florida and you're worth three hundred thousand bucks«, sagt der Hund. Mit fast denselben Worten hat er das vor ein paar Stunden schon mal gesagt, nur waren es da noch fünfhunderttausend.

»Oh«, sagt der Hund, »okay, you're right, it's half a rock.«

»A rock?«

»Million, half a million!«

Und woher hat der Hund das Geld, wenn man mal fragen darf?

Er sagt, er habe natürlich kein Geld, aber seine Freunde in Florida haben es.

Das ist köstlich! Endlich was zum Lachen!

Felix fragt den Hund, ob er nicht eventuell seinen Wert ein wenig überschätze? Eine halbe Million würde man vielleicht für einen Windhund bezahlen, der auf der Rennbahn dauernd erste Plätze gewinnt. Aber für einen kurzbeinigen Jack Russell Terrier mit kaputtem Halsband?

»I think«, sagt Felix, »your friends will pay me a softdrink and a bucket of fried chicken, if I'm lucky.«

Der Hund sagt, er sei wirklich sehr geduldig, er werde es noch mal ganz langsam sagen, zum Mitschreiben: Felix habe einen Knall. Er sei Opfer seiner Wahnidee, dass er sich das Sprechen des Hundes nur einbilde. Es sei ja klar, dass er, Felix, dann auch nicht an die Belohnung glaube und nicht daran, dass der Hund nur in Florida vor den Thugs sicher ist.

»Your paranoia is totally pissing me off!«, sagt der Hund. Er fragt, welche Drogen Felix eigentlich konsumiere? Er habe ihn noch gar nicht saufen sehen, betrunken sei Felix also offenbar nicht. Der Hund möchte jetzt wirklich gern wissen, mit welchen Chemikalien Felix sein Gehirn in die Debilität boxe. Und es würde ihn auch interessieren, was Felix sich sonst noch so einbilde, außer, dass er, der Hund, gar nicht sprechen könne. Er sagt, es würde ihn nicht wundern, wenn Felix sich als Nächstes einbilden würde, er habe an den Bettpfosten gepinkelt.

Der Hund springt vom Bett und hebt dicht am Bettpfosten das Bein.

»Don't! Stop it!«, sagt Felix.

»I would if I could«, sagt der Hund und bekommt einen glasigen Blick.

Jetzt muss Felix zu allem Übel also auch noch dringend handeln. Er muss den Hund am kitschigen Halsband aus dem Zimmer zerren auf den Flur. Aber hier geht es ja auch nicht, morgen laufen doch hier die anderen Gäste durch. Der Hund versteht das auch und rennt schon die Treppe hinunter.

Der Nachtportier, der arme Kerl, richtet sich hinter seinem Tresen auf, er hat ganz kleine Augen, weil er geschlafen hat.

»Nur kurz Gassi«, sagt Felix, und der Nachtportier macht eine Geste, die wohl heißen soll, dass er sich einen anderen Job suchen wird.

Jetzt könnte der Hund direkt draußen vor dem Hotel tun, was er muss, aber die Bäume passen ihm hier alle nicht. Er läuft von einem zum anderen, schnüffelt an den Baumfüßen und geht zum nächsten. Felix sagt kein Wort, denn auf der anderen Straßenseite stehen drei Männer vor einem Mercedes mit offenen Türen, damit man auch jetzt spätnachts noch die türkische Musik hören kann. Angezogen von dieser Musik geht der Hund über die Straße und fängt an, mit seiner Nase die Sportschuhe der Männer zu untersuchen. Dafür hat er dann Zeit! Vorher im Zimmer konnte es ihm nicht schnell genug gehen! Die Männer achten gar nicht darauf, dazu sind sie zu guter Laune, es wird dauernd gelacht.

Jetzt Folgendes: Der Hund kommt wieder zu Felix, der etwas abseits der Männer bleibt, und fragt ihn, was *Don't move your foot, I wanna take a leak on it* auf Deutsch heißt. Felix weiß aber nicht einmal, was *take a leak* auf Englisch heißt.

»Pee!«, sagt der Hund.

Ach so, jetzt kann Felix es übersetzen. Er sagt: »Beweg deinen Fuß nicht, ich will draufpissen. Why you want to know?«

»Didn't hear you«, sagt der Hund, der sich wieder den drei Männern nähert, »please repeat what you said, but louder!«

»Beweg deinen Fuß nicht«, ruft Felix, »ich will draufpissen.«

Wie kann man nur so blöd sein. Das ist ganz eindeutig die Blase. Felix befindet sich in einer Blase, ihm ist gar nicht mehr bewusst, dass es auch noch eine Außenwelt gibt mit jungen türkischen Männern. Es könnten auch deutsche oder holländische Männer sein. Junge Männer mit Mercedes sind global überall gleich. Sie würden überall, wo ihre Autos mit offenen Türen und Musik stehen, so reagieren, dass sie alle drei mitten im Gespräch verstummen und zu Felix rübersehen.

Und natürlich sagt der, der sich am meisten gemeint fühlt: »Was?«

Und Felix sagt: »Nein, nichts, sorry.«

»Was hast du da gesagt, Mann?«

»Ich bin hier nur mit meinem Hund«, sagt Felix, »der muss nur mal.«

»Ja klar, und du auch, eh, auf meinen Fuß, was?«, sagt ein anderer der Männer, der sich jetzt auch gemeint fühlt. Auch dieses Überspringen des Sich-gemeint-Fühlens von einem jungen Mann auf den anderen ist ein globales Phänomen. Schon oft kam es in der Geschichte zu einem Massenhaften-sich-gemeint-Fühlen junger Männer mit anschließendem Angriff auf ein Nachbarland.

»Jetzt mal ganz ruhig«, sagt Felix, da die Männer auf ihn zukommen, »es war der Hund, ich meine, er wollte …« Doch was soll Felix jetzt noch sagen?

»Was passt dir nicht«, sagt irgendeiner der Männer, »he, mein Fuß, mein Schuh, echt, ich möchte es wissen, Alter, was ist es?«

17

Einen Faustschlag später liegt Felix wieder auf seiner Seite des Hotelbetts im Hotel *Honigmond* unter dem Baldachin für verliebte Paare, die ein paar Stunden Romantik suchen. Neben ihm hockt mit offenem Mund der Hund und lässt seine Zunge raushängen.

»Book the flight«, sagt der Hund einfühlsam, wie man am Bett eines Kranken spricht.

Felix drückt sich ein mit kaltem Wasser getränktes Hotelhandtuch auf das Auge, das im Takt seines Herzschlags pulsiert.

Der Hund, denkt Felix, denkt jetzt, dass er einen Beweis geliefert hat. Aber es beweist gar nichts. Oder? Nein. Man muss alles nur mal auf den Tisch legen und es sich anschauen: Gehört haben die jungen Männer nur Felix. Felix war in seiner Blase, deshalb hat er den Satz laut auf Deutsch gesagt. Er hat sich eingebildet, dass der Hund ihn fragt, was der englische Satz auf Deutsch heißt. Und wegen dieser Einbildung, denkt Felix, habe ich den Satz laut gesagt. Wie der alte Mann auf dem Fußgängerstreifen, denkt er, ich habe einfach nur mit mir geredet.

Bis hierhin ist es überzeugend. Aber es gibt da was, das Felix am liebsten gar nicht im Kopf hätte. Da war nämlich noch etwas. Und jetzt muss man einfach ehrlich sagen, dass erst danach der Faustschlag erfolgte. Ganz ehrlich: Es war für Felix deutlich zu sehen, dass die Männer zuerst ihm nur ein bisschen auf die Pelle rücken wollten. Sie sahen ja, er ist ein alter Mann, sie gehen doch nicht zu dritt auf einen alten Sack los, der wahrscheinlich schon manchmal seine Schuhe in den Kühlschrank legt, weil er denkt, es ist das Schuhregal. Und dann findet er die Schuhe natürlich nicht und wird aggressiv: Er beschuldigt die Putzfrau des Schuhdiebstahls, das liest man doch immer wieder in der *Apotheken Umschau*. So einen schlägt man doch nicht. Es sei denn, er sagt – nachdem er schon das mit dem Auf-den-Fuß-Pissen gesagt hat – *du peace shy the.*

Das war leider der Fall. Felix hat es selber gehört. Es hörte sich halt wirklich an wie »Du bist Sch***!«. Und Felix ist absolut sicher, dass nicht er das gesagt hat.

Er spürt den Hechelatem des Hundes auf seinem jetzt sehr empfindlich gewordenen Gesicht. Der Hund hat es gesagt. Und die Männer hörten es natürlich, und jetzt muss man auch mal für sie Verständnis haben: Die stehen da auf einer nächtlichen Straße, da ist nur ein alter Mann und ein Hund. Und dann hören sie in einer sowieso schon kritischen Situation »Du bist Sch***!«. Ja, sollen sie jetzt denken: »Das hat bestimmt nur der Hund gesagt, der alte Mann würde so was nie sagen!« Von so jungen Männern kann man doch nicht eine solche gedankliche Leistung erwarten. Nein, Felix hat Verständnis dafür, dass sie dachten, er habe es gesagt, denn es kam nun mal kein anderer infrage. Und dann haben sie eben mit der Faust auch entsprechend reagiert. So war das.

»Book. The. Flight. Right. Now«, sagt der Hund leise, aber eindringlich. Und zum ersten Mal ist Felix sich fast sicher, dass auch der Hotelportier das gehört hätte, jeder hätte es gehört, wenn er in diesem Hotelzimmer gewesen wäre, Frederike, Nicole, Norbert, der Mistkerl, Maria, Simona, seine Schwester, Gerry, der Bundespräsident und die drei jungen Männer. Die hätten sogar die Stimme wiedererkannt, sie hätten gesagt: *»Book the flight right now* hat derselbe gesagt, der vorhin *du bist Sch**** gesagt hat.«

Das ist alles nicht so leicht von der Hand zu weisen, denkt Felix und dreht ganz langsam den Kopf, der ihm wehtut, zu dem Hund hin, den der Augenkontakt ganz aufgeregt macht, er winselt fast ein bisschen und schlägt mit dem Schwanz auf die Bettdecke.

»Do it«, sagt er, »come on, I feel you're ready for the thruth. You're almost there!«

Das Ganze hat jetzt natürlich auch einen finanziellen Aspekt, das darf man nicht verdrängen. Angenommen, der Hund spricht wirklich, dann wäre er natürlich wesentlich mehr wert als ein Windhund. Es könnte dann, nur mal hypothetisch, denkt Felix, schon möglich sein, dass sein Besitzer oder seine angeblichen Freunde die genannte Summe für seine Rückbringung bezahlen würden. Es macht im Grunde genommen, denkt Felix, alles, was in den vergangenen Stunden passiert ist, sogar mehr Sinn, wenn ich davon ausgehe, dass er eben wirklich … So viel Geld, und wenn es auch nur dreihunderttausend wären, sollte man nicht leichtfertig einfach so ablehnen, denkt Felix, nur weil man sich in die Überzeugung reingesteigert hat, dass man sich das Sprechen des Hundes nur einbildet. Man muss selbstkritisch bleiben und sich sagen: Man könnte sich auch geirrt haben. Vielleicht hat der Hund von Anfang an gesprochen, und Felix wollte es nur nicht wahrhaben, weil es der Universitätslehre widerspricht. Und dem gesunden Menschenverstand. Aber gibt es den überhaupt? Ist nicht vielmehr der eine Einbildung? Wie viele Atomwaffen gibt es auf der Welt? Sind die etwa Zeugen des gesunden Menschenverstandes? Pfeif auf den gesunden Menschenverstand, denkt Felix, er steht dir nur im Weg bei der Wahrheitsfindung – und die Wahrheit lautet: Der Hund spricht, weil er's kann.

So sieht's doch aus, und jetzt möchte Felix sich endlich hinlegen, Licht aus, wer zieht die Vorhänge zu? Er muss noch mal aufstehen, die Vorhänge zuziehen, dann Licht aus, der Hund liegt im Mondschein schon ganz ruhig auf seiner Bettseite, Schnauze auf dem frisch bezogenen Kissen, Ohren entspannt herabhängend. Nein, es ist nicht der Mondschein, es ist eine Nachtlampe, die den Hund bescheint. Felix kann mit Hotellichtern, von denen es in jedem Hotelzimmer zahllose gibt, nicht schlafen. Den Mond hätte er scheinen lassen, aber diese Nachtlampe muss weg. Da er keinen Schalter findet, hängt er sein Hemd drüber. Es ist sowieso zu warm im Zimmer.

Jetzt endlich hinlegen, aber nicht mit dem nassen Lappen auf dem Auge: Soll es doch zuschwellen! Er hat doch noch ein anderes. Diese verdammten jungen Männer. Wo sie sind, ist Gewalt, das steht nun mal fest. Felix dreht sich auf die Seite mit dem unversehrten Auge und schläft trotz eines schmerzhaften Pochens im anderen Auge nach einer Weile ein. Aber sogleich schnappt die Traumfalle zu, und er findet sich in dieser gestaltlosen Umgebung wieder, das Einzige, das er weiß, ist: Es ist Florida. Aber ein Florida ohne irgendetwas, und da geschieht etwas Schlechtes, etwas namenlos Ungutes. Wenn er aus diesem besonderen Traum erwacht, weiß er nie, was er eigentlich geträumt hat, denn da ist nichts in dem Traum, nur diese Gewissheit, dass er sich mitten in etwas Ungutem befindet. Der Traum ist eigentlich eher ein Gefühl als ein Traum, so als würde im Schlaf etwas hochkommen. Verdammt, was hat er in Florida denn gemacht?

Er ist doch nur in der Mittagshitze gewandert, er liebt das, vierzig Grad und ab die Post, in Turnschuhen, die fast am Asphalt kleben bleiben, eine Stunde lang hält er so was durch. Danach hat er sich im Supermarkt *Publix* leckere Eiersalate und Käsesalate geholt und kleine Früchteküchlein mit glasierten Blaubeeren. Er hat sich mit seiner Englischlehrerin Clarissa getroffen, die sich Sorgen machte, weil ihr Sohn sich ein Maschinengewehr gekauft hat und behauptet, Bill Gates habe den Auftrag gegeben, Lebensmittelfabriken in den USA anzuzünden. Na ja, mit irgendwas muss so ein sechzehnjähriger Amerikaner in den endlos langen Sommerferien Floridas seine Zeit verbringen. Also nimmt er das Maschinengewehr zweimal täglich feldmäßig auseinander und fettet alle Teile ein, damit die Mechanik im Falle eines Angriffs des FBI tadellos funktioniert. Was soll man denn in Naples ehrlich gesagt sonst machen? Es gibt hier nur lange Strände, morgens Sonne, nachmittags Gewitter und abends Mücken. Felix hat auch nicht viel anderes gemacht als eben Früchtetörtchen essen und Englisch lernen. Abends hat er gelesen, YouTube geschaut und heimlich geraucht auf der Veranda seiner schönen Wohnung, die den Namen *Treetop Oasis* wirklich verdient hatte, nur leider: *No smoking on premises!*

Ein paar Tage lang übernachtete in der unteren Wohnung des Hauses die Tochter der Besitzerin, eine fünfunddreißigjährige Marketing-was-auch-immer, und ehrlich gesagt dachte Felix, warum denn nicht? Sie kam immer erst spätabends nach Hause, nachdem er seine letzte der fünf erlaubten Zigaretten geraucht hatte, und wenn er ihre Schlüssel klimpern hörte, stellte er sich auf der Veranda so hin, als würde er auf den Kanal rausschauen wollen. Und da sah er sie auf dem Gartenweg und sagte: »Hi, nice evening, no thunder today, how are you?«

Und der Witz war: Sie wollte reden.

18

Sie hieß merkwürdigerweise Andrea. *(»Oh, that's a german name!« »No, it's Italian.«)* Das Problem war, sie stammte aus Houston und sprach ein sehr schnelles, ein wenig schlampiges, texanisches Amerikanisch und nahm absolut keine Rücksicht darauf, dass Felix die Hälfte nicht verstand, sagen wir sogar manchmal auch überhaupt nichts. Sie war es wie die meisten Amerikaner nicht gewohnt, dass Englisch für jemanden eine Fremdsprache ist, deshalb musste Felix sie anfangs davon überzeugen, dass er keineswegs nicht richtig im Kopf war. Die Amerikaner denken nämlich nicht: »Oh, er kann nicht gut Englisch«, sondern sie denken: »Der kann nicht richtig sprechen, mit dem stimmt was nicht.« Aber als Andrea dann merkte, dass Felix normal intelligent war, erzählte sie ihm vom Stress in ihrem Beruf, immer lang arbeiten, keine Anerkennung, na, das Übliche halt, sagte sie immer. Zuerst stand sie immer unten auf dem Gartenweg und redete zu Felix hoch, aber am dritten Abend kam sie tatsächlich rauf und erklärte ihm alle Möbel auf der Veranda, die hatte sie nämlich alle selbst ausgesucht. Weil ihre Mutter, als es ums Einrichten dieses Ferienhauses ging, mal wieder keinerlei Interesse zeigte, ihr geht's nur um die Kohle – *ah, sorry,* sagte Andrea, *no offense, no, I mean, she loves her guests, really.* Wie auch immer. Und an dem Abend setzte sich Andrea dann auch tatsächlich auf das Verandasofa, nein, sie legte sich eher hin sogar, fragte ihn aber vorher um die Erlaubnis, ihre Füße hochlegen zu dürfen. *Feel at home*, sagte Felix und bot ihr ein Bier an, das sie annahm. Und danach öffnete sie ein kleines Etui aus Messing und zog unverblümt eine Zigarette hervor. *Don't tell me you don't smoke.*

Andrea rauchte an jenem Abend kurz hintereinander sechs Zigaretten und Felix ihr zuliebe ebenfalls eine sechste, denn er fand, es war eine Ausnahmesituation, da konnte er doch auch mal eine Zigarette mehr rauchen. Er hielt sich doch seit Jahren an die Fünferregel, jetzt konnte er doch mal an einem so regnerischen, warmen Abend auf der Veranda in Florida eine Ausnahme machen, und auch noch zwei Bier mehr trinken als üblich. Denn Andrea erzählte ihm so vieles, das er nicht verstand, aber er mochte einfach ihre Stimme, es war wie den Vögeln zuzuhören. Einiges verstand Felix natürlich schon, da war zum Beispiel die Mutter, die wieder einen neuen Freund hatte, der jedes Mal, wenn Andrea die Mutter besuchte, einen Sportdress anzog und im Garten mit nacktem Oberkörper Liegestütze machte. Die Mutter wurde wie immer eifersüchtig, schüttete mehr Gin als Tonic in ihr Glas, obwohl sie von Alkohol hohen Blutdruck bekommt, *she's the queen of self-aggression*, sagte Andrea. Felix verstand *queen of self-addressing* und stellte eine Frage über die Mutter, die überhaupt nicht zu dem passte, was Andrea ihm gerade erzählt hatte. Andrea sagte *you're sort of sweet, you know?*

Wenn Felix etwas weiß, dann dass er überhaupt nicht zu den Männern gehört, die sich einbilden, eine Frau stehe auf sie. Das heißt, er bildet es sich erst dann ein, wenn es wirklich keinen anderen Ausweg mehr gibt. Und hier, bei Andrea, die grob geschätzt halb so alt war wie er, sah es am nächsten Abend, den sie zusammen auf der Veranda verbrachten, tatsächlich so aus, als wäre hier eine Chemie im Spiel. Felix musste zugeben, dass diese Frau, die eigentlich die ganze Zeit von sich selbst redete, soweit er das sprachlich beurteilen konnte, ihn anzog. Es begann zu regnen, aus Eimern, das Wasser rann kaskadenhaft am Verandadach runter, und in der Dunkelheit zuckten die Blitze überall am Himmel, als wüssten sie nicht, wo anfangen. Es wurde kühl, und Andrea sagte, sie müsse morgen so früh raus, eine Besprechung mit ihrer Chefin. Sie überlege sich, die Chefin zu verklagen wegen Diskriminierung, denn die Chefin habe vor einigen Wochen direkt vor ihr über Diäten gesprochen, ihre Tante habe durch eine Steinzeitdiät in fünf Wochen einunddreißig Kilo verloren und könne jetzt wieder aufs Fahrrad steigen, ohne die Reifen auf Maximum aufpumpen zu müssen.

»But you're in a good shape«, sagte Felix und hörte das Knacken der Alu-Bierdose in seiner Hand.

»Hey, Flix«, sagte Andrea und richtete sich vom Sofa auf, »are you flattering me?«

Sie nannte Felix immer Flix, wenn sie ihn überhaupt mal ansprach und nicht einfach nur monologisierte.

»No, no«, sagte Felix, »I mean, I'm sixty-four.« Da war er noch vierundsechzig.

Und in diesem Moment sangen sie beide unabgesprochen gleichzeitig *will you still feed me, will you still need me …*

Dass eine so junge Frau überhaupt noch diesen Beatles-Song kannte! Und dann sang sie ihn auch noch genau im selben Moment wie er! Felix kam vor Begeisterung überhaupt nicht auf die Idee, dass es ja wohl kein Wunder war, dass jemand, der den Beatles-Song kannte, ihn genau dann zu singen anfing, wenn der andere sagte *I'm sixty-four*. Es war doch sogar eigentlich eher trivial.

Aber abgesehen davon, denkt Felix im Hotel *Honigmond* nach dem Erwachen aus seinem Florida-Traum, ist doch nichts passiert, oder? Es waren zwei ruhige, phasenweise langweilige Wochen, nur unterbrochen durch ein bisschen Andrea. Und darauf folgte ja auch nichts: Sie lachten ein bisschen, und danach musste sie früh raus, wie sie ja schon mal gesagt hatte. Sie ging runter in ihre Wohnung, und er ging schlafen, mit der Hand im Schritt – haha! Nein, er schlief einfach ein, damals noch ohne jede Angst vor Träumen. Und am nächsten Morgen war Andrea für immer weg, er sah es durchs große Balkonfenster der unteren Wohnung – wenn er das Gesicht mit der Hand abschattete, konnte er in die Wohnung sehen: ihre Schuhe, ihre Kleider, die sonst immer über dem Stuhl hingen, ihre Mineralwasserflaschen auf dem Nachttischchen, ihre weißen Socken auf dem Boden – alles weg und eingepackt. Felix konnte sich gar nicht erinnern, dass sie ihm ihre Abreise mitgeteilt hatte – vielleicht hatte er es einfach nicht verstanden.

Das war alles. Sie kam an diesem Abend und an allen darauffolgenden nicht wieder, die untere Wohnung blieb leer. Es war ja Juni, Tiefstsaison, wer fährt da nach Florida! Im Sommer ist es nur heiß und regnet, und der Sonnenuntergang gehört den Mücken.

Was also war da noch? Nichts! Warum dann seit Felix' Rückkehr aus Florida dieser Traum, der alle paar Nächte zuschlägt? Keine Ahnung! Und jetzt dieser Hund, der ausgerechnet nach Florida will? Aber wie oft hat Felix nicht schon völlig unerklärliche Zufälle erlebt? Einmal dachte er an Maria, und im selben Moment rief sie an. Das war noch harmlos. Einmal träumte er von Dinosauriern, und das Erste, was er am Morgen in einer Zeitschrift sah, waren Dinosaurier. Auch das war noch harmlos. Einmal begegnete er in Rom seinem alten Deutschlehrer Morgenthaler, den er seit ungezählten Jahren nicht mehr gesehen hatte, und er begegnete ihm in einem Café namens *Archimboldo*. Die letzte Begegnung von Felix mit Lehrer Morgenthaler lag weit zurück und fand auf der Abifeier statt, auf der Morgenthalter sagte, der italienische Maler Archimboldo sei sein Lieblingsmaler. Und da sagte Felix, der frische Abiturient und angetrunken, Archimboldo, der Menschgesichter aus Früchten und Gemüsen zusammengebaut hatte, sei der trivialste Maler aller Zeiten, worauf Morgenthaler sagte, *darüber werden wir uns später noch unterhalten, Sell!* Danach wechselten sie kein Wort mehr miteinander, sodass *später* in dem Café in Rom war, viele Jahrzehnte danach. Morgenthaler saß bereits in einem Rollstuhl, war aber geistig noch fit genug, um zu sagen, *dass ich hier bin, verstehe ich. Aber dass Sie hier sind, Keller, ist das größte Rätsel meines Lebens.* Keller oder Sell, Felix ließ fünf gerade sein. Das Wichtige war ja, dass Felix gar nicht bemerkt hatte, dass das Café so hieß, er hatte sich einfach ins nächstbeste gesetzt.

Der Hund will nach Florida, na und, das wollen Millionen, und Felix wollte es eben auch, da ist keine rätselhafte Koinzidenz im Spiel, sondern die populäre Sehnsucht nach Palmen und Wärme.

Felix dreht sich im Romantikbett auf die andere Seite, weg vom Hund, der tief und friedlich schläft, aber keineswegs lautlos, er schnarcht sogar irgendwie. Ist doch egal, Felix kann sowieso nicht mehr einschlafen, das steht fest.

Genau so, wie feststeht, dass der Hund spricht und nach Florida will, basta, das ist überhaupt kein Mysterium, außer man macht eins draus!

Vielleicht haben ihm seine Freunde da drüben in Naples, denkt Felix, ein Gen eingepflanzt, Gentechnik ist doch heutzutage schon im Mais drin, in den Kartoffeln, warum denn nicht auch in Hunden. Die haben doch schon Mäuse mit Ohren auf dem Rücken genetisch hergestellt, und jetzt haben sie einem Hund das Sprechen beigebracht, wo ist denn da der Unterschied? Es gibt doch schon längst Computer, die Sinfonien komponieren und Romane schreiben – wenn man's genau bedenkt, ist das sogar viel verrückter als ein sprechender Hund. Ein Computer besteht nur aus Plastik, Drähten und ein bisschen Silikon. Und wenn ein Haufen totes Material Romane schreibt, überschreitet das die Grenzen des gesunden Menschenverstandes um viele Meilen mehr als ein Hund, der spricht. Denn Hunde, denkt Felix, sprechen ja sowieso schon auf ihre Art, sie winseln, sie bellen, knurren, jaulen, da ist der Schritt zur menschlichen Sprache doch viel geringer, als wenn Drähte und Silikonklumpen plötzlich Gedichte schreiben. Und mal ganz abgesehen davon: Felix will einfach diese halbe Million. Selbst wenn's nur dreihunderttausend sind, will er sie.

Damit könnte er sich zur Ruhe setzen, das Baumvergiften an den Nagel hängen, er macht das ja nicht zum Spaß. Und es bleibt ja doch bei jedem toten Baum ein übler Nachgeschmack zurück. Mit dreihunderttausend könnte er sagen: Das war's! Die Kundenkartei wird verbrannt. Mit fünfhunderttausend könnte er sich ein kleines Motorboot kaufen und auf der Seenlandschaft Brandenburgs herumfahren.

Felix rüttelt den Hund wach.

»Let's talk business«, sagt er.

»Huh?«, sagt der Hund.

»Business«, sagt Felix. »Half a million dollar, and I'll bring you back!«

»Oh«, sagt der Hund und gähnt, »yeah, that's a deal.«

»Give me your …«, Felix weiß nicht, was *Pfote* heißt, »… your hand. I need a confirmation.«

»I give you my word as a dog«, sagt der Hund. Aber das klingt irgendwie sarkastisch, findet Felix. Er braucht etwas Physisches zur Bestätigung. Er streckt dem Hund seine Hand hin.

Der Hund schaut auf die Hand und sagt: »You want me to lick it?«

»No, put your hand on it! This here«, sagt Felix und zeigt auf die Vorderpfote.

»Paw«, sagt der Hund, »my paw«, und jetzt legt er seine Pfote auf Felix' Hand.

Felix drückt zu. Damit ist es besiegelt.

Nein, gar nichts ist besiegelt, denkt Felix, denn es gibt keinen Gerichtsstand, keinen Paragrafen, der mündliche Verträge mit Hunden regelt, aber was bleibt Felix anderes übrig? Ihm muss die kalte Pfote eines Hundes reichen.

19

Am nächsten Morgen ruft er vom Bett aus die Fluggesellschaft an. Er hat nach dem Handschlag doch noch drei Stunden geschlafen, das Zimmer ist schon taghell trotz der Vorhänge. Er hat in den drei Stunden nicht geträumt und fühlt sich überhaupt wie neu, bis auf sein beschädigtes Auge. Das fühlt sich an, als habe sich das Augenlid in eine Kastanie verwandelt. Aber abgesehen davon fühlt Felix sich so gut wie seit Langem nicht. Sein Kopf ist so klar wie ein Bergsee. Sogar der Hund sieht irgendwie besser aus, er hat weniger Flecken und ist ein bisschen dicker – aber vielleicht täuscht das. Felix hat den Hund ja noch nie bei Tageslicht gesehen, vielleicht sieht er einfach grundsätzlich am Tag gesünder aus als nach Sonnenuntergang. Wenn er genetisch verändert wurde, hat das doch bestimmt auch Nebenwirkungen.

Die Fluggesellschaft ist nicht so leicht erreichbar, Felix steckt in der Warteschleife, die ihm mit Düdelmusik versüßt wird.

Der arme Hund, denkt Felix.

»Did they something with you?«, fragt Felix.

»Who?«, sagt der Hund. »Na, die Leute«, sagt Felix, *»your friends in Naples.«* Er fragt den Hund, ob da irgendwelche Operationen im Spiel gewesen seien?

»Surgical what?«, fragt der Hund.

»Operations«, sagt Felix. »Genetical … enhancements.«

Der Hund legt den Kopf schief und schaut, wie Hunde schauen, wenn sie überhaupt nicht verstehen, was los ist, aber trotzdem zufrieden sind, weil es sie nicht stört, dass sie es nicht wissen.

»Don't overestimate me«, sagt der Hund kurz und knapp.

Das heißt, er weiß also nicht, ob seine Freunde genetisch mit ihm herumexperimentiert haben. Und so was wird ja auch nicht mit Operationen gemacht, denkt Felix, wo denke ich hin? Das machen die *in vitro.* Er hat keine Ahnung, wie sie es machen, aber vermutlich eben in vitro, denn das genetische Material ist ja der Bauplan. Der Bauplan wird verändert, nicht nachträglich der bereits ausgewachsene Hund. Dieser Hund ist eine Laborzüchtung, denkt Felix, er wurde entweder als genetisch veränderte Eizelle seiner leiblichen Mutter eingepflanzt oder im Brutkasten hochgezogen. Wie Dolly, das geklonte Schaf, das vor vielen Jahren Mediengespräch war.

»By the way«, sagt Felix, weil er jetzt einfach neugierig ist, » … äh, do you have a mother?«

»Do *you* have one?«, fragt der Hund. Und Felix fällt natürlich prompt drauf rein.

Er sagt: »Of course, everybody has a mother!«

»Then why do you ask me?«, sagt der Hund.

Aber gut, auch das ist eine aufschlussreiche Antwort. Der arme Kerl ist vielleicht wirklich mit der Pipette gezeugt worden, als Geschöpf einer Epoche, in der Transistoren Sinfonien komponieren und Hunde eben sprechen. Aber Moment mal, denkt Felix. Vielleicht ist das mit der Genetik schon Schnee von gestern. Gezeugt wurde der Hund vielleicht gar nicht mit der Pipette, sondern ganz normal am Straßenrand von zwei verliebten Terriern. Doch danach wurde ihm ein Chip aus taiwanesischer Produktion eingebaut. Felix hat gelesen, dass nur eine einzige Firma in Taiwan die Chips herstellen kann, mit denen Computer beim asiatischen Spiel *Go* jeden menschlichen Großmeister schlagen, und zwar mit überraschenden Spielzügen, die die Computer selbst erfunden haben und auf die in dreitausend Jahren bisher kein Mensch gekommen ist. Da ist es doch wohl viel naheliegender, dass dem Hund ein Chip eingepflanzt wurde, nicht *genetical* enhancements, sondern *digital.* Einfach ein Sprachchip, so was Ähnliches wie *Siri* vom iPhone, nur viel cleverer. Ja, so eine gute Idee! Man hat dann ein cleveres Sprachprogramm immer dabei, und zwar anders, als man ein iPhone dabeihat. Das Sprachprogramm läuft selbstständig neben einem her, begleitet einen bei Spaziergängen im Wald, und abends kann man es streicheln. Es ist ein Haustier für die Kinder und ein Sprachprogramm für die ganze Familie!

»May I ask you something«, sagt Felix, der übrigens immer noch in der Warteschleife der Fluggesellschaft steckt, sonst hätte er keine Zeit, solche bahnbrechenden Entdeckungen zu machen, »who was Albert Einstein?« Jedes Handy-Sprachprogramm kennt diese Frage, also müsste der Hund sie gleich wie aus der Kanone geschossen beantworten.

»Who?«, fragt der Hund.

»Albert Einstein!«

»Well«, sagt der Hund, »I think, he was my mother.«

Das ist genial! Der Hund schlägt Siri um Längen! Er ist viel witziger und überraschender. Vielleicht weiß er wirklich nicht, wer Albert Einstein war, aber das könnte daran liegen, dass der Hund im Moment nicht ans Internet angeschlossen ist. Felix würde den Hund jetzt gern mal auf USB-Anschlüsse untersuchen.

»May I«, sagt er und hebt eins der Ohren des Hundes hoch. Wenn sie einen Anschluss eingebaut haben, dann bestimmt hinter den Ohren, wo man den Anschluss nicht sieht. Oder eventuell auch zwischen den Hinterbeinen.

»Get your dirty hands off me!«, sagt der Hund, als Felix dort nachschauen will.

Dieser Hund ist so clever programmiert, Felix kann es kaum glauben! Jetzt versteht er zum ersten Mal, warum Frau Arnu und ihr Administrator hinter dem Hund her sind und warum es da *Freunde* gibt in Naples, die jedem, der den Hund zurückbringt, eine halbe Million bezahlen. Gut möglich, dass es *Freunde* von Apple sind, von Microsoft, oh Mann, Felix kriegt ein Surren in den Ohren und spürt sein Herz klopfen. Denn es sieht ganz so aus, als sei er über Nacht Teil von etwas sehr Großem geworden, von einer Revolution auf dem Sprachprogrammmarkt, *next generation chat programm HOBO: Computer goes dog!*

Jetzt mal ehrlich! Felix sitzt hier zusammen mit einem enormen Marktpotenzial auf dem Himmelbett! Hobo ist der Prototyp digital verbesserter Hunde, die einem im Auto die aktuelle Straßenverkehrslage mitteilen, morgens den Wetterbericht, die einem sagen, wer Albert Einstein ist, aber auf eine viel herzerwärmendere, kuschligere Weise als die kalte Siri-Stimme aus dem Handy-Lautsprecher. *Jeder* will einen solchen Hund! Es ist der disruptive Billiardenmarkt! Man stelle sich nur mal, denkt Felix, die vielen älteren Menschen vor, Menschen wie mich, die plötzlich einen Gefährten haben, der sie mit seinen treuen Hundeaugen anblickt und die Börsenkurse mit ihnen bespricht oder einfach nur ein liebevolles Gespräch mit ihnen führt über Gott und die Welt: Was brauchen sie da noch die Kinder, die sowieso nie zu Besuch kommen! Kinder können abends mit ihren Hunden unter der Bettdecke darüber sprechen, wie doof ihre Mütter sind, und wenn sie den Hund fragen, ob er eigentlich auch eine Mutter hat, sagt er: »Jeder hat eine Mutter. Meine hieß Albert.« Das finden die Kinder so lustig! Sie wollen den Hund in die Schule mitnehmen, in den Urlaub, in den Krieg, falls einer ausbricht.

Wenn ich, denkt Felix in der Warteschleife, ihn … ich meine, wenn er ein Prototyp ist … und wenn ich ihn … nur mal als Hypothese … wenn ich ihn … wenn ich rausfinden würde, ob er Apple oder Microsoft gehört oder einer anderen Silicon-Valley-Firma, und wenn ich ihn dann an die gegnerische Firma verkaufen würde, in China zum Beispiel … wenn ich ihn den Chinesen verkaufen würde, was die wohl bezahlen würden? Unsummen, denkt Felix, da könnte ich bei den Verhandlungen gleich in die Milliardenkiste greifen, mit Millionen müsste ich mich da gar nicht mehr abgeben.

»I don't like the looks of your eyes«, sagt der Hund, »what you're up to?«

»Nothing«, sagt Felix. Da muss irgendwo ein Deutsch-Knopf sein, denkt er, während er den Hund mit den Augen absucht. Ein Sprachwahl-Touchscreen oder so was. Der befindet sich bestimmt auch zwischen den Hinterbeinen, wie der USB-Anschluss – aber dort lässt der Hund ihn ja nicht ran. Wenn der Hund Englisch spricht, spricht er doch alle Sprachen, denkt Felix, das ist doch nur eine Frage, welches

Icon man antippt. Oder der Hund wird mit einer App über WLAN angesteuert: *Select language.* Natürlich – so dumm von Felix! Es ist eine App.

Aber genau weiß man es natürlich nicht.

Felix fragt sich, ob man um eine Leibeseröffnung überhaupt herumkommt. Wahrscheinlich nicht. Wahrscheinlich muss der Hund seziert werden, und es würde insofern auch keine Rolle spielen, als es ja um den Chip geht und nicht um den Hund, dem er eingepflanzt wurde. So bald man den Chip hat, kann man ihn auch einer Kuh einpflanzen, der Hund ist nicht zwingend.

Die Möglichkeiten, die sich vor Felix auftun, sind schwindelerregend. Der arme Hund. Felix schaut ihn an, sieht die feuchte Nase, die dünne Zunge, die Zähnchen, die ein bisschen gelb sind, die kugelrunden Augen, und er denkt, so ungerecht ist die Welt. Die einen leben glücklich und zufrieden, ohne je etwas Schlimmeres zu erleben als Karies. Auf die anderen wartet ein Schicksal auf dem Seziertisch, auf dem ihre Körper durchforstet werden auf der Suche nach epochemachender Technik.

Es ist doch nur ein Hund, denkt Felix. Milliarden wert, aber doch ein Wesen mit denselben physischen Empfindungen wie ein Schwein in einer Tierfabrik. Und solches Fleisch isst Felix nicht, eben wegen der Empfindungen der Schweine. Verdammt, er ist fast Vegetarier, er isst nur Tiere, die glücklich gelebt haben, und wenn er den Hund verkauft, wird dieser nicht mehr glücklich leben. Er hat Freunde, er will zu ihnen zurück, verdammt. Wenn es um Ethik geht, um Moral, letztlich um das christliche Erbe, dann muss man auch mit einer halben Million zufrieden sein, denkt Felix. Dann muss die eben genügen. Besser eine ethisch vertretbare halbe Million, denkt er, als eine Milliarde Blutgeld. Nun gut, vielleicht nicht *besser*, aber eben vertretbarer. Andererseits ist eine halbe Million zweitausend mal weniger als eine Milliarde, das ist eine atemberaubende Diskrepanz. Felix müsste sich ja dann zweitausendmal besser fühlen, als wenn er den Hund verkauft, und diese Relation hält er nicht für realistisch. Man kann sich nicht zweitausend mal besser fühlen als sehr gut.

Was hier alles von Felix verlangt wird! Er ist richtig schlecht gelaunt, als sich am anderen Ende der Warteschleife endlich eine Frauenstimme meldet, von der man genau genommen auch nicht sicher sein kann, ob es nicht ein Chat-Programm ist. Er ist nahe dran, die Frau zu fragen, ob sie eine Mutter hat.

Aber er fragt sie nur nach dem nächstmöglichen Flug und Rückflug eine Woche später. Länger möchte er nicht in Florida bleiben, ihn fröstelt schon bei der Vorstellung, eine Woche dort sein zu müssen. Lässt sich das Ganze eigentlich nicht auch in zwei Tagen abwickeln?

»How long will it take«, fragt er den Hund, »the whole thing? I mean, meeting your friends, getting the money and so on?«

»Well«, sagt der Hund, »your guess is as good as mine.«

Immer diese unverbindlichen Antworten! Aber das ist typisch für solche Computer-Sprachprogramme: Wenn sie nicht weiterwissen, behelfen sie sich immer mit irgendwelchen verschwurbelten Ausreden.

Felix bucht nun also zwei Hinflüge, einen davon als Hundeflug, und einen Platz nur für ihn eine Woche später zurück. Aber der Hund ändert alles.

Die Frauenstimme sagt, wenn ein Hund mitfliege, könne sie ihm nicht den nächstmöglichen Flug anbieten. Sie macht ihn auf die Bestimmung der Einreisebehörde der USA aufmerksam, wonach für einen deutschen Hund ein Impfpass auf Englisch notwendig ist. Vorgeschrieben ist die Tollwutimpfung, die beim Abflug mindestens dreißig Tage her sein muss.

Dreißig Tage! Dann dauert es ja noch ewig, bis sie abfliegen können? Was soll denn Felix so lange mit dem Hund machen? Aber es kommt im nächsten Moment noch schlimmer.

20

Es ist, als habe die Polizei das Gespräch mit der Fluggesellschaft abgehört und gedacht *Das ist jetzt der richtige Zeitpunkt, um dem verdächtigen Felix Sell einzuheizen. Genau jetzt, wo er keine Ahnung hat, wo er sich mit dem geraubten Hund einen Monat lang verstecken soll, setzen wir noch einen drauf!*

Also erhält Felix, kaum hat er die Buchung für einen Flug in fünf Wochen getätigt, einen Anruf von einer Polizeibeamtin namens Wachtmeister Gerdes. Sie behauptet, man habe Felix nicht an seinem Wohnsitz angetroffen. Er solle sich umgehend auf der Polizeiwache in der Götzstraße melden.

»Es liegt eine Anzeige gegen Sie vor«, sagt Wachtmeister Gerdes, »wegen Hundediebstahls.«

»Das ist ein Missverständnis«, sagt Felix.

»Sie können das dem Untersuchungsrichter erzählen«, sagt Wachtmeister Gerdes, »oder Sie können vorbeikommen und den Hund übergeben. Die rechtmäßige Besitzerin wird in diesem Fall die Anzeige zurückziehen, und die Sache wird als vorübergehende Aneignung eingestuft.«

Felix ist erschüttert über diese grausame Wendung des Schicksals. Jetzt hatte er sich doch gerade erst dazu durchgerungen, zu akzeptieren, dass der Hund tatsächlich spricht, und er hat sogar plausible Hypothesen entwickelt, warum das so ist, und hat sich völlig auf die halbe Million eingeschossen. Er hat das Geld praktisch schon *gefühlt*, er hat sich bereits reicher gefühlt und finanziell geborgen. Aber jetzt ist dies alles zerschlagen, und er kann nur wählen: Entweder er versteckt sich vor der Polizei, oder er beißt die Zähne zusammen und gibt den Hund zurück. Verstecken müsste er sich doch sowieso, nämlich vor den Thugs, die nun merkwürdigerweise doch die Polizei eingeschaltet haben, die müssen ganz schön verzweifelt sein.

Felix tut sein Auge weh, und es ist ihm jetzt alles irgendwie viel zu kompliziert. Also: Er hätte sich sowieso verstecken müssen, dann kann er es doch auch jetzt tun. Aber dann wird die Polizei ihn zur Fahndung ausschreiben, die Flughäfen werden geschlossen, die Flugzeuge von Polizisten durchkämmt, was weiß denn Felix, was da alles los sein wird. Jedenfalls wird er dann nicht abfliegen können, denn ein Hund, das hat er jetzt gegoogelt, ist eine bewegliche Sache, und selbst wenn durch die Entwendung keine Wertminderung stattfindet, winkt schlimmstenfalls eine Freiheitsstrafe von bis zu drei Jahren. Das Gesetz ist geradezu sarkastisch! Denn in diesem Fall findet zwar durch die Entwendung keine Wertminderung statt, jedoch entsteht durch die Rückgabe ein erheblicher finanzieller Schaden bei Felix. Doch darauf wird das Gesetz keine Rücksicht nehmen, da es sich auf die Seite des Hundebesitzers geschlagen hat.

In solchen Momenten wird Felix immer zum Rebell, der am liebsten mit einer selbst genähten Totenkopffahne auf den Balkon treten und die Passanten zum Umsturz aufrufen würde.

Aber so einfach ist das nicht, denn dann würden die von Felix aufgehetzten Leute Nicole und Gerry aus dem Schloss Bellevue zerren und an einer Laterne aufhängen, und das würde Felix das Herz brechen, soweit es Nicole betrifft. Liebe macht korrupt, das steht nun auch fest. Man schont die Mächtigen, die man liebt. Auch Gerry war ja früher eigentlich ein ganz akzeptabler Kerl, der hat doch selber mal einen Hund gestohlen, fällt Felix jetzt ein. Nein, ein Meerschweinchen war es, jetzt erinnert er sich genauer. Das Meerschweinchen von Kathrin Lorber, die in der Klasse für alles verantwortlich gemacht wurde, es interessierte niemand, ob zu Recht oder nicht, so ist das Schülerleben. Gerry hatte das Meerschweinchen bei einer Party, die Kathrin in Abwesenheit ihrer Eltern veranstaltete, um in der Klasse zu überleben, aus dem Käfig genommen und in die Wodka-Bowle geschmissen, in der aber zur Erleichterung des Meerschweinchens nur noch die Zitronenschnitze und ein Präservativ übrig waren. Mein Gott, wie sehr hat Gerry sich doch verändert, denkt Felix, was ist nur aus ihm geworden! Ein anpässlerischer Staatsbürger, denkt Felix, der sich nicht gescheut hat, sogar Bundespräsident zu werden, um sich beim Staat beliebt zu machen.

Aber gut, das steht auf einem anderen Blatt. Jetzt muss Felix doch erst mal eine Entscheidung treffen. Und woher hat die Polizei überhaupt seine Telefonnummer? Woher wohl. Das Verhalten von Frederike ist wirklich sehr enttäuschend. Felix hat sich schon immer gefragt, weshalb eine so sympathische und begabte junge Frau keinen Freund hat – aber jetzt liegt die Antwort ja wohl auf dem Tisch. Kein Mann will eine Frau, die seine Mobilfunknummer der Polizei verrät. Treue – ja, das ist ein abgedroschener Begriff heutzutage. Aber man denkt da immer gleich an Soldaten, die in Bauernhäuser eindringen und alle Bewohner auf dem Dorfplatz zusammentreiben. Aber Treue kann auch heißen, dass man nicht gleich beim ersten Verhör schon die Telefonnummer des Nachbarn rausrückt.

»What's up«, sagt der Hund, »talk to me! What happened? You look the worse for wear.«

Immerhin weiß Felix jetzt endlich, warum der Hund besser Englisch spricht als er: Der hat natürlich sämtliche englischen Idiome gespeichert. *The worse for wear.*

»What does that mean?«, fragt er.

»Look into the mirror and you'll know«, sagt der Hund.

Felix geht ins Badezimmer und sieht im Spiegel einen älteren Mann, dessen eines Auge in geradezu modischen Farben schillert. Insgesamt ergibt sich das Bild eines Verprügelten, der nicht genügend geschlafen hat und der fünf Jahre älter aussieht, als er ist, womit wir schon bei siebzig sind. Und mit siebzig sollte man nicht mehr darüber nachdenken müssen, wo man sich vor der Polizei versteckt. Das hätte man mit zwanzig tun sollen.

»The police«, sagt er zum Hund, der ja ein Recht darauf hat, die Wahrheit zu erfahren, »wants you back.«

»You mean the thugs want me back«, sagt der Hund. Felix solle jetzt nur nicht schwach werden, sagt der Hund. Er habe damit gerechnet, sagt der Hund, dass so was Ähnliches passiert. Er müsse jetzt nachdenken, ihm werde schon was einfallen. Auf keinen Fall dürfe Felix das tun, wonach er gerade aussehe: nämlich umfallen. Felix dürfe sich nicht einbilden, dass sein altes, ruhiges Leben eine halbe Million Dollar wert sei. Er dürfe sich jetzt nicht in die Sehnsucht reinsteigern, dass alles wieder so werde wie früher, wenn er auf das Geld verzichte. Der Hund sagt, für Felix werde nichts wieder wie früher sein, egal, was er tue. Denn die Thugs würden keine Zeugen übrig lassen, dafür seien die *stakes* zu *high*.

»What steaks?«, fragt Felix, aber nur zum Spaß. Nur um einen kleinen Scherz zu machen, ein bisschen Humor, einfach zur Entspannung Herrgott noch mal.

Also es steht für die Thugs zu viel auf dem Spiel, das hat Felix verstanden. Und der Hund braucht einfach ein bisschen Zeit, um alle Probleme zu lösen.

Felix denkt, was soll's, lass dich mal treiben. Und mal ehrlich: Ihm wäre es lieber, wenn der Hund eine Entscheidung treffen würde. Schließlich hat ihn der Hund in all das reingeritten, jetzt soll der Hund auch mal Verantwortung übernehmen und die Herde ins gelobte Land führen. Felix weiß sowieso nicht, was er tun soll, da kann genauso gut ein Jack Russel Terrier über seine Zukunft entscheiden. Wenn man sich mal vorstellt, wer in der Menschheitsgeschichte schon alles über die Zukunft von Millionen Menschen entschieden hat, das waren ja oft Leute von zweifelhaftem Charakter. Viele Millionen Leute wären besser dran gewesen, wenn sie ihr Schicksal in die Hände eines Jack Russell Terriers gelegt hätten, oder sagen wir, es hätte keinen Unterschied gemacht.

»Let's dip off«, sagt der Hund. Er sagt, er fühle sich im Hotel nicht mehr sicher. Einfach ein bisschen im Auto rumfahren will er. Immer schön in Bewegung bleiben. Er sagt, er habe eigentlich schon eine sehr gute Idee. Mit ein bisschen Glück könnte es klappen. Er sagt, eigentlich sei es sogar eine geniale Idee.

21

Genial, denkt Felix, während er im Auto vor sich hinfährt, ohne Ziel, einfach die Straßen Berlins rauf und runter. Man hört es nicht gern, denkt er, wenn ein Hund sich als genial bezeichnet, das müsste man umprogrammieren. Der Hund müsste geniale Ideen haben, aber die Lorbeeren dann seinem Besitzer überlassen und sagen: »Das war eine geniale Idee von dir! Alle Achtung!« Aber egal, denkt Felix, ich muss den Hund dem Wachtmeister Frau Gerdes bringen. Ich kann es nicht mit der Polizei aufnehmen, denkt er, die sind in der Überzahl. Haha. Sehr lustig, aber es ist tatsächlich eine reine Machtfrage, und hier unterliegt der Bürger. Felix könnte natürlich trotzdem versuchen, irgendwie in die USA zu gelangen mit dem Hund, aber das wäre ein Leben auf der Flucht. Darüber hat er schon mal nachgedacht, es bringt nichts, wenn er es noch mal tut. Er muss auf die verdammte halbe Millionen verzichten. Auch darüber hat er schon mal nachgedacht und ist zum selben Schluss gekommen.

Und was tut der Hund, das pièce de résistance? Er sitzt wie immer auf seinen Hinterbacken und guckt zur Windschutzscheibe raus. Zusätzlich guckt er links und rechts, und manchmal sogar nach hinten. Er versucht, dreihundertsechzig Grad zu gucken.

»Drive on!«, sagt er.

Felix lacht. Ja, klar, drive on. Felix kann noch den ganzen Tag drive on. Aber am Abend muss er dann drive on zu Wachtmeister Gerdes. Jedes Mal, wenn er hinter sich einen Polizeiwagen sieht, bleibt ihm das Herz stehen. Und es ist unglaublich, wie viele Polizeiwagen es in Berlin gibt! Die fahren manchmal sogar vor ihm! Oder sie biegen genau dann von rechts ein, wenn er kommt. Und jedes Mal kostet es Felix einen oder zwei Herzschläge, die nicht erfolgen, weil die Stadt von Polizei wimmelt. Felix ist sicher: In Weißrussland ist es nicht so schlimm wie hier, nein, sogar in Nordkorea nicht! Das sind freie Staaten im Vergleich zu Berlin, wo die Polizei praktisch schon auf dem Rücksitz hockt. Felix wusste vorher gar nicht, wie schlimm es um Berlin steht. Er hat bei den letzten Bürgermeisterwahlen die CDU gewählt, aber das war rein zufällig: Man kann doch auf dem Stimmzettel ankreuzen, was man will, es läuft immer, bei allen Parteien, auf noch mehr Polizei raus – da ist ja schon wieder einer, sogar ein Mannschaftswagen, da vorn an der Kreuzung!

Felix schwitzt wie ein Preisringer, er denkt, okay, leckt mich doch, ich fahre jetzt gleich zu Wachtmeister Gerdes, ihr habt gewonnen. Der Hund wird es nicht merken, für ihn wird es aussehen, als fahre Felix weiterhin ziellos durch die Straßen. Er wird es erst merken, wenn die Gerdes ihn hochhebt und sagt: »Da ist ja unsere bewegliche Sache!«

Aber erst mal hält Felix bei einem öffentlichen Mülleimer.

»Got to do something«, sagt er zum Hund und steigt aus. Das ist eigentlich schlechtes Englisch, denkt er, während er den Kofferraum öffnet.

Er schmeißt seine ganzen Arbeits-Chemikalien in den Mülleimer, sogar sicherheitshalber die ganze Sporttasche, falls sie auf der Polizeiwache sein Auto durchsuchen. Nur die Handaxt behält er, reibt sie aber an einem Rasenstück so blank wie möglich. Die werden doch nicht die Handaxt nach Chemikalien absuchen! Aber vielleicht eben doch. Jetzt merkt Felix, wie gern er mit dem Baumvergiften aufgehört hätte, wie gern hätte er das alles weggeschmissen mit einer halben Million im Rücken! Aber jetzt schmeißt er es weg, nur um sich nachher alles wieder besorgen zu müssen. Er muss weitermachen mit Buchen, Tannen, Fichten. In zehn Jahren muss er vielleicht sogar einen Eichen-Auftrag annehmen, um seine jämmerliche Rente aufzustocken. Das alles hätte ein Ende nehmen können, aber jetzt fängt es praktisch wieder von vorne an.

»Shut up!«, sagt Felix, als er sich wieder ins Auto setzt.

»I didn't say a word«, sagt der Hund.

»Shut up!«, sagt Felix und fährt weiter Richtung Polizeiwache Götzstraße.

Und dann kommt der Moment. Der Moment, der alles ändert. Denn in diesem Moment ruft der Hund: »Stop! Pull over!«

Felix tut der Hund richtig leid, vielleicht hat er trotz seiner digitalen Manipulationen noch Instinkte und spürt, dass Felix ihn hintergeht.

»I can't stop here«, lügt Felix, »it's forbidden by the law.«

»Stop!«, schreit der Hund. Erstaunlich, wie viel Schall aus einem so kleinen Körperchen kommen kann. »Don't you see, you moron, over there! That's our fricking lucky day!«

Erstaunlich auch, zu welchen Tricks ein Hund greift, wenn er instinktiv spürt, dass er hintergangen …

Aber jetzt sieht Felix es auch. Und instinktiv tritt er auf die Bremse. Hinter ihm hupt einer, der mit dem Manöver nicht gerechnet hat. Aber Felix hört es nur entfernt, was ist schon ein wütendes Hupen gegen das, was er da drüben vor dem Bio-Supermarkt sieht.

»Got it?«, sagt der Hund aufgeregt. »You get it now, huh? That's me over there!«

Der Hund hat ausnahmsweise völlig recht. Da drüben vor dem Bio-Markt steht *er*. Ein Jack Russell Terrier aus dem Bilderbuch. Kann sein, dass die braunen Flecken ein bisschen anders verteilt sind, aber wer merkt sich so etwas im Detail? Für jeden, der hinblickt, ist es derselbe Hund wie der, der neben Felix an der Seitenfensterscheibe klebt und bellt vor Aufregung.

Ach so, denkt Felix, jetzt kapiert er erst, was der Hund die ganze Zeit vorhatte, die *geniale Idee*. Und jetzt mal ehrlich: Nein. Darauf wäre Felix nicht gekommen. Er muss aber zugeben: Man hätte darauf kommen können. Es gibt ja nicht nur einen Jack Russell Terrier, das ist eine Rasse. Und Rasse heißt, es gibt so viele, dass man mit ihnen ein Zimmer tapezieren könnte. Jedenfalls sind sie weit verbreitet, das sieht man ja daran, dass da drüben auch einer steht. Und zwar in der richtigen Größe.

Der Russel-Terrier, der neben Felix sitzt, sagt: »Do it! Do it right now! Don't think about it! Just do it before it's too late!«

Ja, das stimmt, das ist richtig: Man darf jetzt darüber nicht nachdenken. Jeder Gedanke hemmt nur die Aktion.

Die Aktion muss sofort erfolgen, ohne dass die Zeit sich dehnt. Denn dehnt sie sich, nisten sich in der Dehnung Zweifel ein, und aus Zweifeln entstehen Ängste, und Ängste sind, als würde man sich ein Tuch mit Chloroform auf die Nase drücken, bevor man einen Lastwagen überholt. Felix hat mal ein Computerspiel gespielt, das *Armed Assault 3* hieß. Es war eine Gefechtssimulation, und dort lernte er zu handeln, ohne zu denken. Wo hätte er so was sonst lernen können: Im Alltag eines westeuropäischen Mannes gibt es nicht viele Gelegenheiten, bei denen alles davon abhängt, dass man nicht zögert. Im Gefecht bedeutet Zögern den sicheren Fangschuss mit anschließender Extraktion der Kugel durch einen traumatisierten Sanitäter, der selber verwundet ist.

»No!«, schreit der Hund und trippelt Felix mit seinen Tatzen wach. »Don't think, go! GO FOR IT!«

22

Ich muss es tun wie im Schlaf, denkt Felix, während er über die Straße geht. Ein Fahrradfahrer muss ihm heftig ausweichen und ruft: »Idiot!« Ja, und den Blick immer auf das Ziel gerichtet, denkt Felix, auch so etwas kann man nur bei *Armed Assault 3* lernen. Und nicht überlegen, denkt Felix, was man tut, wenn der Besitzer genau in dem Moment aus dem Supermarkt kommt, wenn man den Hund wegträgt: Wie im Schlaf! Im Schlaf! Ich bin im Schlaf, denkt Felix und behält immer das Ziel im Auge. Man muss aber manchmal einfach auch ein bisschen Glück haben: Der Hund ist nicht angeleint. Nur ein Halsband hat er, aber keine Leine. Ohne Glück nützt es auch nichts, wenn man sich wie im Schlaf vollkommen ruhig und seiner Sache gewiss bewegt und handelt, ohne zu zögern.

Da stehen zwei Frauen vor dem Supermarkt. Ignorieren, denkt Felix, jetzt halt dich nur nicht mit diesen zwei Frauen auf, sie wissen doch nicht, dass der Hund nicht dir gehört, lächle! Lächle, und nimm den Hund! Und Felix nimmt den Hund, er pickt ihn einfach von der Straße und muss ihn unten bei den runterhängenden Hinterbeinen festhalten, damit er ihm nicht wegrutscht, der ist auch noch ziemlich schwer, der andere ist leichter. Nur nicht dran denken, dass die eine der beiden Frauen so aussieht wie Dorothee Hildebrandt vom *Gartenbauverband Berlin-Brandenburg*, das kann doch nicht sein! Es kann doch jetzt nicht ausgerechnet Dorothee Hildebrandt vor diesem Supermarkt stehen – NICHT HINSCHAUEN!, denkt Felix. Nicht hinschauen, sie weiß, dass du keinen Hund hast, warum denn jetzt diese Frau hier! Aber sie ist eine Schwätzerin, war sie schon immer, und deshalb sieht Felix, als er eben doch hinschaut, dass sie ihn gar nicht sieht, sondern auf die andere Frau einredet, die aber nun Felix anschaut, weil der Hund sich in seinen Armen so merkwürdig bewegt.

Der Hund ist natürlich völlig konsterniert und weiß nicht, was hier los ist, beiß mir nur ja nicht ins Gesicht!, denkt Felix, und jetzt merkt er, dass er steht, er steht, anstatt zu verschwinden, er ist überfordert von der Situation, einen fremden Hund zu klauen, und das im Angesicht von Dorothee Hildebrandt vom Gartenbauverband.

Jetzt einfach umdrehen, denkt Felix und dreht sich um mit dem Hund, der immer konsternierter wird.

»Guter Hund, sehr guter Hund«, sagt Felix. Jetzt kommt endlich wieder Bewegung in seine Füße, die Füße finden von allein den Weg über die Straße zum Auto, aber jeder Schritt wiegt eine Meile. Der Weg zum Wagen ist der Weg nach Timbuktu. Der Hund beginnt jetzt zu bellen, aber die Karawane …

Aber er beißt nicht. Er bellt nur ein bisschen.

»Schau mal, schau mal«, sagt Felix und zeigt auf das Wagenfenster, hinter dem der Kopf des anderen, des richtigen Hundes zu sehen ist. »Da gehen wir hin«, sagt Felix, »ja, zu deinem Freund! Ja, zu dem anderen Hundeli!«

Der Hund in seinen Armen wufft und tritt mit den Hinterpfoten, er ist jetzt maximal konsterniert. Aber er beißt nicht, mehr kann ein Hundedieb nicht verlangen. Vielleicht ist der Hund auch froh über eine Abwechslung, und dann ist ja auch schon die Autotür offen. Jetzt muss man sagen: Der andere Hund, Hobo, ist wirklich clever. Denn er hat vorhergesehen, dass Felix den Supermarkthund natürlich auf dem Rücksitz verstauen wird, und deshalb hat Hobo sich selbst schon auf dem Rücksitz in Stellung gebracht.

Also Tür auf, den Supermarkthund auf den Rücksitz mehr werfen als legen, Tür sofort wieder zu und denken, die werden sich schon anfreunden. Noch ein kurzer Blick zurück zu Dorothee Hildebrandt, was eine dumme Idee ist, aber Felix will nicht mit dem Gedanken leben, dass sie ihn vielleicht bemerkt und erkannt hat. Sie umarmt aber gerade die andere Frau, sie hat gottlob einen Tunnelblick.

Im nächsten Moment sitzt Felix endlich hinter dem Steuer. Er hat keine Zeit, sich um den Radau auf seinem Rücksitz zu kümmern, den die beiden Hunde verursachen: Kennenlernradau. Er fährt los, wie im Schlaf, ohne nachzudenken, die Reifen quietschen beim Losfahren, weil er das Gas zu stark durchdrückt. Und hinten läuft es nicht so wie erhofft, denn der Supermarkthund ist wütend und panisch, seine Hundeseele ist außer sich. Er versteht überhaupt nicht, warum er in einem fremden Auto ist zusammen mit einem in seinen Augen vielleicht hässlichen anderen Hund, der sagt: »It's a she, wow! It's a she, man!«

Felix denkt, so wie sie knurrt, läuft da nichts, und er möchte das auch nicht in seinem Auto.

»Just keep her happy«, sagt Felix nach hinten. »But don't do anything!«

Nur noch eine Viertelstunde bis zur Götzstraße. So lange werden sie es ja wohl aushalten da hinten. Es ist doch jetzt Sommer, das ist doch gar nicht die Zeit, oder?

Felix sieht im Rückspiegel, dass Hobo dem anderen Hund ja schon bereits … und der knurrt auch nicht mehr, binnen einer Minute hat sich die Atmosphäre völlig verändert, von einer Atmosphäre des Kampfes zu einer des Kerzenlichts und der vom Himmel regnenden Hundekekse in Herzform.

»It's not mating season! Do you hear me!«, sagt Felix nach hinten. Es kommt keine Antwort. Diese überzüchteten Hunde wissen vielleicht gar nicht mehr, wann die Natur sie ruft, und denken, sie ruft die ganze Zeit.

Jetzt leckt sie ihm schon die Schnauze! Felix sieht es doch im Rückspiegel! Aber es ist ja auch süß zu sehen, wie primitiv Lebewesen sind, kleine Automaten auf vier Beinen, drückst du auf den Knopf, fangen sie an, sich zu paaren, drückst du auf einen anderen, schlagen sie sich die Schädel ein. Felix sieht im Rückspiegel ein Gemenge aus weiß-braunem Pelz, ein Gekringel und Gewedel, und natürlich hört keiner der beiden Hunde zu, als er sagt: »No mating in this car! Just talking and holding hands!«

Aber zu streng will Felix nicht sein, wer weiß, welches Schicksal auf den fremden Terrier da hinten wartet, immerhin wird er in die Hände von Frau Arnu fallen. Felix hat die Vorstellung, wie der Administrator von Frau Arnu den Hund anbindet und »Talk!«, brüllt, »Talk now! We know, you can talk!«. Sie werden denken, dass der Hund nicht spricht, weil er renitent ist, und das arme Tier nicht füttern: »You want food? Then TALK!« Sie werden ihm eine Wurst vor die Nase halten: »Smells good, doesn't it? You want it? Okay, say ›I want this sausage, please‹.«

Werden sie das tun? Oder werden sie nicht schon lange vorher merken, dass das nicht der richtige Hund ist? Auf den ersten Blick sehen die beiden wirklich völlig identisch aus, aber irgendwann wird der Administrator vielleicht entdecken, dass der Hund jetzt ein Weibchen ist. Kann sein, denkt Felix, aber Hundebesitzer schauen ja nicht dauernd nach, ob ihr Rüde über Nacht das Geschlecht gewechselt hat. Wenn es wirklich der Hund der Mutter von Frau Arnu ist, wird es die Mutter vielleicht merken. Aber es ist doch völlig unwahrscheinlich, dass es diese Mutter überhaupt gibt, Felix weiß ja jetzt praktisch mit Sicherheit, dass der Hund ein Prototyp ist für ein Chat-Programm im Hundepelz. Das ist doch eine völlig andere Liga! Der Hund hat recht, die beiden sind Gangster oder Agenten einer gegnerischen Softwarefirma, denen ist doch das Gendern von Hunden völlig egal, die sehen einfach die weiß-braunen Flecken und denken: »Das ist der Milliarden-Dollar-Hund!«

Software, Chips, denkt Felix, während er einerseits zur Götzstraße fährt und andererseits immer wieder im Rückspiegel die Fortschritte der beiden Hunde beobachtet, darum geht es doch nur, fast alles hat doch heute einen Chip drin. Und man schaue sich mal diese Zuckerbergs und Googles und Apples an, das ist doch eine einzige Giftkiste. Man soll doch nicht glauben, denkt Felix, dass die so jugendlich sind, wie sie aussehen, das sind ausgekochte Profithaie, die sich nicht scheuen, denkt Felix, Agenten loszuschicken, um Prototypen zu entführen: Quod erat demonstrandum. Felix denkt, dass er hier vielleicht sogar politische Arbeit leistet, mit allem, was er seit gestern Abend getan hat und noch tun wird, eine Art Widerstand gegen die Vereinnahmung von Chat-Programmen durch die großen IT-Konzerne, vielleicht ist das sogar was für die Geschichtsbücher. Na ja, vielleicht auch nicht, aber ausschließen sollte man späten Weltruhm nie, und plötzlich sind wieder die farbigen Schlieren da auf der Windschutzscheibe.

23

Felix hat sich eigentlich für nüchtern gehalten. Heute morgen hatte er die starke Empfindung, dass er jetzt wieder frei von LSD ist und die Welt in ihrer ganzen erschlagenden Banalität wahrnimmt, wie es sein muss. Aber als er jetzt wieder die farbigen Schlieren über die Windschutzscheibe schlängeln sieht – in wunderschönen, sich überlagernden Mustern, noch schöner und berührender als gestern –, denkt er, dass er sich etwas vorgemacht hat. Oder es ist ein *backlash*. Oder ein *flushback*? Wie hat Bonny Feldmann das immer genannt? Das ist schon ein Teufelszeug! Felix wird es nie wieder anrühren. Und irgendwie bringt er jetzt das Gehechel auf dem Rücksitz mit seinem Ärger über die Rückkehr des LSD in Verbindung, er möchte diesen Ärger an jemandem auslassen, dreht sich um und schreit: »Now stop it! This is a monastery!!«

Das mit dem *monastery* ist ihm einfach so eingefallen. Ach, wenn er seinen Humor nicht hätte! Aber er hat ihn nun mal, und immer wieder, wenn er zum Beispiel gar nicht mehr sicher ist, ob er sich die Hunde auf dem Rücksitz nicht vielleicht doch nur einbildet, oder ob er nicht vielleicht in Wirklichkeit schon seit zwanzig Jahren auf dem Trip ist, hilft ihm dieser Humor über die Implikationen hinweg, und er denkt dann, ist doch egal, in hundert Jahren sind alle, die du siehst, tot. Vor dem Fußgängerstreifen steht zum Beispiel eine Kindertagesstättenklasse, alle in Warnwestchen und mit ganz kleinen Füßchen, aber da sie alle schon vier oder fünf Jahre alt sind, werden sie in hundert Jahren tot sein. Also wozu sich noch über irgendetwas aufregen?

»I said stop it!«, brüllt Felix nach hinten, und als endlich das letzte der Warnwestchen über den Fußgängerstreifen getippelt ist, fährt er extra ruppig los, damit die Hunde hinten durch die Fliehkräfte voneinander runterfliegen.

Vor der Polizeiwache in der Götzstraße bremst Felix extra brüsk, damit die Hunde wieder voneinander gelöst werden, diesmal durch die Fliehkräfte in umgekehrter Richtung.

Felix steigt aus dem Wagen, reißt die hintere Tür auf.

»How was my driving?«, sagt er und zerrt den fremden Hund an den Hinterbeinen aus Hobos Umklammerung.

»And you«, sagt er zu Hobo, »you hide now! Head down!« Es darf ja jetzt niemand Hobo im Auto sehen.

»You're such a buzzkill!«, sagt Hobo noch, dann wirft Felix ihm die karierte schottische Wolldecke über den Kopf, die er immer im Auto hat, als Ersatz für die fehlende Sitzheizung. *Buzzkill*, Spaßbremse – »I know that word!«, sagt Felix und knallt die Tür zu. Er macht die Tür noch mal auf und sagt: »And don't move under the blanket!«

»Copy!«, hört er Hobo sagen.

Ach, und der andere Hund, der Felix wirklich leidtut, weiß schon wieder nicht, wo ihm der Kopf steht. Zuerst wird er von einem Fremden in ein Auto gebracht, dort lernt er einen anderen Hund kennen und lieben, und gerade wenn es am schönsten ist, wird er wieder von dem Fremden weggetragen. Aber mit einem Terrier kann man es offenbar machen, denkt Felix, während er den Hund die Stufen zum Büro von Wachtmeister Gerdes hochträgt, der andere ist ja auch ziemlich friedfertig. Felix nimmt sich vor, nachher mal *Terrier* zu googeln, vielleicht ist es interessant. Mit einem Rottweiler könnte man so etwas jedenfalls eher nicht machen, schätzt Felix, geschweige denn mit einem Pitbull. Aber wer will schon einen sprechenden Kampfhund! »Ja, mein Herr! Fassen, Beißen, zu Befehl, Blut wird fließen, ich schwöre es bei meiner Ehre!« Dafür hat allenfalls eine brutalisierte Söldnertruppe Verwendung. Aber der Milliardenmarkt sind friedliche, gewaltlose sprechende Kleinhunde der Marke Jack Russell Terrier für den ganz normalen Mittelstandsbürger, der selber komplett domestiziert ist, denkt Felix. Sprechende Pudel, Dackel, das ganze niedrigbeinige Hundearsenal ist geeignet für den westeuropäischen, von christlichen Moraledikten beherrschten Sachbearbeiter und seine treuherzige Familie, die in einem Einfamilienhaus mit Todesgarten wohnt.

Aber das ist jetzt eine andere Geschichte, nur nebenbei: Felix hat etwas gegen Todesgärten, und leider müssen neunzig Prozent der deutschen Gärten so genannt werden, all diese pflegeleichten, berasten, von stumpfsinnigen Gärtnern auf Kosteneffizienz getrimmten Kirschlorbeer-Wüsteneien, Liguster-Gulags, Thuja-Friedhöfe. Der Deutsche und sein vorstädtischer Pflanzenfriedhof: ein Herz und eine Seele. Ein Gartenzwerg mittendrin ist noch das Beste, was überhaupt passieren kann: Ohne Gartenzwerg sind diese Gärten unerträglich. Aber das ist, wie gesagt, eine ganz andere Geschichte, und Felix kann darüber überhaupt nur deshalb nachdenken, weil der Hund in seinen Armen wirklich keinen Mucks tut und nicht den geringsten Widerstand leistet, während er ihn durch die nach Amt riechenden Flure der Polizeistation trägt, bis an der Tür *C 14* steht. Das ist, wie man Felix unten gesagt hat, das Büro von Wachtmeister Gerdes.

»Ach«, sagt sie, als Felix mit dem Hund eintritt, »Herr Sell.«

Sie steht sogar extra auf, um den Hund zu kraulen, und damit ist bewiesen, dass die Polizei vollständig auf der Seite der Hunde steht, das hat sich ja schon gestern Abend gezeigt bei dem Polizistenpaar, das Felix beim Abtöten der Buche aufgesucht hat.

Doch Wachtmeister Gerdes hat auch eine offizielle Seite.

»Sie wissen, dass Hundediebstahl kein Kavaliersdelikt ist?«, sagt sie und setzt sich wieder hinter ihren Schreibtisch. »Viele Leute denken«, sagt sie, »ach, ein Hund, der gefällt mir, den nehme ich jetzt eben mal mit. Ist ja nur ein Hund. Aber das Gesetz ist hier ganz eindeutig.«

»Ja«, sagt Felix. Er möchte sich gerne setzen, und er möchte jetzt den Hund abgeben. Deshalb stellt er ihn auf dem Schreibtisch ab. Und danach setzt er sich in den Besucherstuhl.

»Ja, da weißt du«, sagt die Gerdes zu dem Hund und wuschelt ihn, »da weißt du, dass du da nicht sein darfst. Da muss er runter.« Also setzt sie ihn auf den Boden, und jetzt winselt der Hund und schaut zu ihr hoch.

Die Gerdes sagt, sie muss jetzt die Personalien aufnehmen, und Felix gibt alles preis, was er über seine Personalien weiß. Er legt auf Wunsch sogar seine Identitätskarte auf den Tisch. Die Gerdes sagt, es sei eine Straftat, aber da er, Felix, den Hund jetzt *ausgehändigt* habe, werde die rechtmäßige Besitzerin ihre Anzeige zurückziehen.

»Ja, weiß ich«, sagt Felix, »danke.«

»Aber glauben Sie nicht, dass das immer so läuft«, sagt die Gerdes, während sie etwas in ihren altmodischen Computer tippt, dessen Monitor noch so dick ist wie in der Zeit vor den Flachbildschirmen. »Es wird keine Extrawurst für Sie gemacht«, sagt die Gerdes, »das sollte Ihnen klar sein.«

»Das ist mir auch klar«, sagt Felix. Er hat nie um eine Extrawurst gebeten, daran denkt er gar nicht, er denkt, wenn das hier nur schnell erledigt ist! Wenn sie jetzt nur nicht den Hund genauer untersucht! Oder am Schluss noch Frau Arnu reinkommt und den Hund in Augenschein nimmt! Felix findet plötzlich, dass der Supermarkthund überhaupt nicht so aussieht wie der andere, er ist doch kleiner, oder nicht? Und er hat einen weißen Streifen zwischen den braunen Flecken am Kopf, und dieser Streifen ist doch eindeutig größer als beim anderen, oder nicht?

»Kann ich dann gehen?«, fragt er, was wahrscheinlich ein Fehler ist, aber er möchte so sehr gehen, dass die Frage ihm aus dem Mund springt.

»Nur mit der Ruhe«, sagt die Gerdes, »Sie hatten ja vorhin auch alle Zeit der Welt.«

Felix weiß nicht, was sie damit meint. Ja, stimmt, er hat viel Tagesfreizeit, weil er eben immer nachts arbeitet, aber das kann sie ja nicht wissen.

»Also alle Zeit der Welt hat ja niemand«, sagt Felix und denkt, nur eine Mutter hat jeder.

»Herr Sell«, sagt die Gerdes, »da sind noch ein, zwei Fragen, die ich Ihnen gern stellen möchte. Die Klage ist ja noch nicht offiziell zurückgezogen worden.«

Aha, denkt Felix, okay. Er fängt an, am Hals zu schwitzen.

»Sie müssen die Fragen nicht beantworten«, sagt die Gerdes mit einem Gesichtsausdruck, der bei Felix juristische Überlegungen auslöst: Offenbar ist das hier ein gesetzlicher Zwischenbereich, und er könnte sich Renitenz erlauben, rein juristisch gesehen, jedoch möchte er diese Polizeiwache im Frieden verlassen. Er möchte sich kooperativ zeigen, bevor irgendjemand merkt, dass es der falsche Hund ist.

»Ich bin gerne behilflich«, sagt Felix.

»Was wollten Sie mit dem Hund tun?«, fragt die Gerdes.

»Gar nichts«, sagt Felix, »ich kenne ihn gar nicht, er stand plötzlich in meiner Wohnung, als ich mein Bücherregal … ich hab mir ein neues gekauft.«

»Ein neues Bücherregal«, sagt die Gerdes.

»Ja, genau«, sagt Felix, »weil das alte zu … zu alt war.«

»Und dann stand der Hund plötzlich da?«

»Ja, genau. So war das.«

»Das ist kein Grund, nervös zu werden«, sagt die Gerdes. »Ich meine, Sie sind nervös, nicht wahr?«

»Nein«, sagt Felix. »Nein, also nicht nervöser, als jeder wäre, der überhaupt nicht weiß, was los ist. Ich habe den Hund zurückgebracht, bitte schön, hier ist er. Und jetzt will ich von ihm nichts mehr wissen. So ist das.«

»Aber Sie wussten«, sagt die Gerdes, »dass der Hund unter Umständen viel wert sein könnte?«

Felix war vorher schon nervös, aber jetzt steigert es sich zu Herzklopfen mit leichter Atemnot. Stecken die unter einer Decke? Die Gerdes und die Thugs, oder was läuft hier? Jetzt aber gewaltig aufpassen! Kein falsches Wort!

»Nein«, sagt Felix. »Ich verstehe nichts von Hunden. Keine Ahnung, was die wert sind.«

»Und Frau Arnu?«

»Was?«, fragt Felix.

»Der Hund gehört der Mutter von Frau Arnu«, sagt die Gerdes, »wir wissen, dass Sie das wissen.«

Aha, jetzt ist die Gerdes schon *wir*, und Felix kann nur *ich* sagen, deutlicher könnte die Ordnungsmacht ihm seine numerische Unterlegenheit nicht demonstrieren.

»Ich«, sagt Felix, »weiß es, weil Frau Arnu es mir gesagt hat. Also, sie hat es behauptet.«

Nein, denkt Felix, mach doch dieses Fass jetzt nicht auf!

»Und natürlich hat sie recht«, sagt Felix.

»Was ich meine, ist«, sagt die Gerdes, »dass es etwas anderes ist, ob Sie beispielsweise den Hund Ihres Nachbarn entwenden oder den Hund einer Persönlichkeit wie Frau Arnu. Ich glaube, da werden Sie mir recht geben, nicht?«

Eine Persönlichkeit? Was soll denn das heißen?

»Ich weiß nicht, ob ich Ihnen da recht geben kann«, sagt Felix, »denn ich habe weder den Hund meines Nachbarn noch den einer Persönlichkeit wie Frau Arnu entwendet, und ich weiß auch nicht genau, worin sich Frau Arnus Persönlichkeit von der meines Nachbarn unterscheidet, der ein türkischer Mitbürger ist.« Yes, denkt Felix, das ist die richtige Schiene! Das mit dem türkischen Mitbürger ist ihm ganz spontan in den Sinn gekommen, aber es ist die Bombe!

»Ich will Ihnen nichts unterstellen«, sagt er schnell, während die Gerdes noch Luft holt, »aber es klang für mich so, als wäre die Persönlichkeit eines türkischen Mitbürgers etwas weniger relevant als die einer deutschen Systemadministratorin. Das wäre dann ein Fall für das Rassismusbüro der Stadt Berlin«, sagt Felix in der Hoffnung, dass es ein solches Büro gibt. Und da kann man ja wohl blind darauf wetten, es heißt nur vielleicht anders.

»Die Frau im Sand«, sagt die Gerdes.

»Was?« Wenn das ein Verhör ist, zieht die Gerdes ja alle Register. Sprunghafte Themenwechsel, glitschiges Sich-dem-Rassismusvorwurf-Entziehen durch surreale Wortwahl.

»Wann haben Sie den Film gesehen?«, fragt die Gerdes und tippt etwas in ihren Computer.

»Den Film, welchen Film«, sagt Felix, »wo ist jetzt der Hund? Ich meine, es geht hier doch um den Hund des türkischen Nachbarn, da waren wir doch.«

»Nein, wir sind immer noch bei Frau Arnu«, sagt die Gerdes und tippt. »Wann haben Sie den Film gesehen?«

»Nie, den kenne ich nicht«, sagt Felix, »klingt nach deutschem Film.«

»Natürlich«, sagt die Gerdes. »Herr Sell, wenn Sie versuchen, den Dummen zu spielen: Ich kenne das. Sehen Sie, ich will nur sicherstellen, dass Frau Arnu ihre Anzeige nicht übereilt zurückzieht. Das hat nichts damit zu tun, dass ich sie für eine tolle Schauspielerin halte. Oder vielleicht doch, ja, gut, das kann sein, warum nicht? Ja, ich möchte, dass diese tolle Schauspielerin nicht noch einmal von einem …«, Frau Gerdes schaut auf dem Bildschirm nach, »Landschaftsgärtner im Ruhestand in irgendeiner Weise behelligt wird. Verstehen Sie das?«

»Schauspielerin?«, fragt Felix, er hat plötzlich einen völlig trockenen Mund. Da ist kein Quäntchen Spucke mehr drin.

»Ich verstehe nicht«, sagt er mit seiner knalltrockenen Zunge, »wer ist eine Schauspielerin?«

Aber leider weiß er schon, dass er richtig gehört hat. Aber es könnte ja sein, dass er nur glaubt, dass er es weiß, und dass die Gerdes ihn jetzt erlöst, indem sie irgendetwas sagt, das ihn denken lässt: Gottlob, sie hat nicht Frau Arnu gemeint!

»Das wissen Sie doch genau«, sagt die Gerdes. »Sie dachten, Sie könnten den Hund für viel Geld an einen Fan von Frau Arnu verkaufen. Was glauben Sie, was da alles läuft in dieser Hinsicht! Die klauen Unterwäsche, das ist das Beliebteste, oder ganze Mülltüten. Müll!«, sagt die Gerdes mit einem Kopfschütteln. »Aber damit geben Sie sich nicht ab, Herr Sell«, sagt sie, »Sie dachten, ich schnappe mir den Hund der Arnu und verkaufe ihn … ja, wem eigentlich, Herr Sell?«

»Brauche ich einen Anwalt«, sagt Felix und greift zur Wasserflasche der Gerdes, dazu muss er sich über den Tisch lehnen. Er schraubt die Flasche auf und trinkt.

»Sie hätten fragen können«, sagt die Gerdes, »wir haben hier Wasser.«

»Brauche ich einen Anwalt«, sagt Felix und stellt die leere Pet-Flasche wieder dort hin, wo sie vorhin stand.

24

Felix hat keinen Anwalt gebraucht, sonst würde er jetzt nicht wieder in seinem Auto sitzen und versehentlich den Rückwärtsgang einlegen, dann die Kupplung springen lassen, weil das alles so verwirrend ist, um es mal beschönigend zu sagen.

»Shut up! Keep down!«, sagt Felix zum Hund, der gar nichts gesagt hat und brav unter der Decke geblieben ist. Felix braucht jetzt Ruhe oder auch nicht, er weiß nicht, was er braucht. Erst mal will er einfach nur von dieser Polizeiwache wegfahren, jede zunehmende Entfernung zwischen ihm und dieser Polizeiwache ist schon ein Gewinn. Mit vierundsechzig ist er jetzt in der Situation, es als Glück zu empfinden, wenn er dreihundert Meter von einer Polizeiwache entfernt ist und nicht für immer drin sitzt.

Sie ist eine Schauspielerin! So stehen die Dinge. Frau Arnu ist die berühmte deutsche Schauspielerin Mona Arnu. Die Felix natürlich nicht kennt, weil er beim geringsten Anzeichen eines deutschen Films sofort auf die dümmste amerikanische Serie ausweicht, weil sie handwerklich trotzdem besser ist. Seit vierzig Jahren weicht er dem deutschen Film radikal aus, sogar die Fassbinder-Filme fand er ätzend und eine Art filmische Kohlsuppe. Felix hat keine Ahnung, wie die deutschen Schauspieler heißen, einen Fernseher hat er auch schon lange nicht mehr, und wenn in der Zeitung irgendetwas über den *neusten Tatort* steht, hat er dieselbe Empfindung, wie wenn er einen Rollstuhlfahrer sieht: Man könnte eines Tages selbst im Rollstuhl sitzen, aber bis es so weit ist, ist man unglaublich froh, dass man noch gehen kann. Maria schaut sich den *Tatort* regelmäßig an, Simona, seine Schwester, auch, und natürlich hat Norbert jeden Montag vom *Tatort* des Sonntags gesprochen, als wäre er dabei gewesen, wenn irgendein Kölner Ermittlerteam an einer Kölner Frittenbude über die Leiche einer Prostituierten spricht, die im Rhein herumgeschwommen ist und aus Rumänien stammte oder einem anderen Land, in dem keine deutsche Demokratie herrscht.

Maria. Felix fährt und denkt, soll ich sie anrufen? Oh ja, das würde er gerne tun. Maria ist immer der Mensch, den man am besten anruft, wenn es ein Problem gibt. Aber wie soll Felix ihr *dieses* Problem erklären? Soll er sie anrufen und sagen, Maria, bitte triff mich in einer halben Stunde im *Café Bilderbuch*, es ist so, da ist ein Hund, der behauptet, dass er von einer Frau Arnu und ihrem Systemadministrator gekidnappt wurde, weil er sprechen kann, und ich dachte, ja genau, das stimmt, er ist ein Sprachprogramm, ein Prototyp, und diese Frau Arnu verspricht sich ein Vermögen, wenn sie ihn einer Konkurrenzfirma verkauft, sei es Apple oder Microsoft, was weiß ich, es klang extrem plausibel, Maria. Ich habe es wirklich geglaubt. Ich habe dem Hund vertraut, aber dann verhörte mich die Polizei, und da stellte sich heraus, dass Frau Arnu Mona Arnu ist, eine allseits beliebte deutsche Mimikerin vom Film *Die Frau im Sand*, und ich habe es gegoogelt, Maria, es stimmt, wenn man *Mona Arnu* eingibt, kommen zweihundertausend Einträge und eine Menge Fotos, und auf einem davon steht der Systemadministrator in einem Smoking neben ihr und drückt ihr einen Kuss auf die Wange, weil die Fotografen etwas zum Knipsen brauchen. Und jetzt, Maria, kannst du dir ja wohl vorstellen – ich meine, ich war schon drauf und dran, einen Flug nach Florida zu buchen für den Hund und mich, weil er mir versprochen hat, dass ich eine halbe Million Dollar kriege …

Felix hört für einen Moment auf, zu denken. Denn, was er da denkt, dieses imaginäre Gespräch mit Maria, klingt so bescheuert, dass er es nicht in seinem Kopf haben will. Es ist wie gedanklicher Müll. Wer mit so was im Kopf rumläuft, muss sich nicht wundern, wenn seine Ex-Frau – in diesem Fall Maria – zu ihm sagt: »Felix, ich mache mir Sorgen. Bitte ruf Doktor Wipf an. Sonst tu ich's.«

Felix begreift, dass er sich in eine Lage manövriert hat, in die hinein ihm andere nicht folgen können. Auch Doktor Wipf, der Felix mal einen Hoden aus der Leiste wieder in das Säcklein gedrückt hat, würde da sagen: »Felix, das macht mir ehrlich gesagt Sorgen.« In dieser Lage, in der Felix steckt, kann man von allen, die einen lieben, nur sorgenvolle Gesichter erwarten. Wo du gerade drinsteckst, denkt Felix, dorthin kann dir keiner folgen, es sei denn mit einer Ampulle Beruhigungsmittel und einer Weste mit Schnallen. Einen Menschen wie Maria, denkt Felix, der in seinem Alltag funktioniert und sich einfach nur auf den nächsten *Tatort* freut, kann man da nicht mit reinziehen, für diesen Menschen wäre es der Abstieg in den Wahnsinn.

Das versteht Felix jetzt. Und auch, dass der Einzige, der ihm hierhin folgen kann, der verdammte Hund da hinten unter der schottischen Wolldecke ist. Und mit dem will Felix gerade überhaupt nichts zu tun haben. Dieser Hund ist entweder ein infamer Betrüger oder ein Verrückter oder etwas, für das es noch kein Wort gibt. Eine durchgeknallte künstliche Intelligenz, ein abartiges Sprachprogramm mit eigener Agenda. Was zum Teufel will dieser Hund?

Das *Café Bilderbogen* kommt Felix jetzt vor wie der Rettungsring. Dort trifft er sich oft mit Maria, schöne Gespräche, heißer Grüntee, nicht so leckere Kuchen, aber dafür im Sofa versinken. Und Gabelfrühstück mit passablem Rührei. Hunger. Genau, Felix wendet mitten in der Vorwärtsfahrt und steuert jetzt das *Café Bilderbogen* an, wo er sich ein wenig geborgen fühlen wird, wenn er das meistens doch eher trockene Rührei isst. Er hat Hunger, das ist ein schönes, verlässliches Gefühl, real, bodenständig. Und dann wird er bei Rührei und Grüntee überlegen, wie er sich aus dieser Situation, in der er völlig allein ist, weil ihm niemand hierhin folgen kann, wieder nach oben ans Licht der Alltäglichkeit hocharbeiten kann. Wie er wieder ins ganz normale Leben zurückfinden kann, in dem er tagsüber viel YouTube guckt und abends Bäume beseitigt, die Leute stören.

»Clear?«, fragt der Hund hinten unter der schottischen Decke. Er will wissen, ob die Luft rein ist.

»No«, sagt Felix. Denn es ist noch überhaupt nicht gesagt, dass er den Hund nicht in die Spree wirft und dann irgendwo ein neues Leben anfängt.

25

Im *Café Bilderbogen* sitzen alle drin, weil es zu regnen begonnen hat, ein richtiges, prasselndes Tropengewitter. Zwei Frauen am Nebentisch beschweren sich darüber, dass man in Deutschland im Sommer für jeden warmen Tag mit einem Regenguss bestraft wird. Geht mal nach Florida, denkt Felix. Da fällt die Bestrafung noch etwas krachender aus, der Himmel ist nachmittags manchmal fast schwarz, und in dieser Schwärze zucken monströse Entladungen herum. Danach brechen die Palmwedel ab, weil Unmengen von Regen auf sie niedergehen. Dagegen ist Deutschland ein Waisenknabe, und überhaupt: Was für Probleme die Leute haben, wenn sie im *Café Bilderbogen* einen Mango-Smoothie trinken! Felix hat ganz andere Probleme, solche, die einem Florida-Gewitter gleichkommen.

Er bestellt einen Mango-Smoothie, weil die Frauen da drüben einen trinken. Ob die Mona Arnu kennen? Sicherlich. Wenn die Wachtmeisterin Gerdes sie kennt, dann auch diese Frauen da drüben. Die waren alle im Kino in *Die Frau im Sand*. Felix hat gegoogelt, dass der Film bei der *Berlinale* nominiert war für den *Silbernen Bären*. Nicht für den *Goldenen*. Kann sein, dass die Arnu deshalb auf die Idee kam, den Prototyp eines *Talking Pet* zu kidnappen und sich mit dem Lösegeld über die sekundäre Nominierung hinwegzutrösten – oder vielleicht hat die demütigende Nominierung in ihr einfach den Wunsch geweckt, sich an der Gesellschaft zu rächen.

Was für ein kreuzbleicher Unsinn!

Genau, aber es tut doch gut, das mal Wort für Wort auszuformulieren. Dann merkt man nämlich, denkt Felix, was für ein kreuzbleicher Unsinn es ist! Mona Arnu ist ein Star, zumindest in Deutschland, denn für den deutschen Film gilt dasselbe wie für Las Vegas: *What happens in the Deutsche Film stays in the Deutsche Film.* Mona Arnu, denkt Felix, ist die *Schauspielerin ihrer Generation*, das steht so im Internet. Sie ist die *deutsche Kristen Stewart*. Das muss Felix so stehen lassen, denn er kann es ja selbst nicht beurteilen, da er sich prinzipiell nur die amerikanische Kristen Stewart anschaut. Ein Urteil maßt er sich höchstens an, was das Alter betrifft: Da scheint ihm Frau Arnu um einige Jahre älter zu sein. Mit *Generation*, denkt Felix, sind die Frauen da drüben gemeint und Wachtmeister Gerdes. Also Frauen, die Felix' sehr viel jüngere Schwestern sein könnten. Während Kristen Stewart nichts anderes als seine Tochter sein könnte. Diese Frauen identifizieren sich mit Mona Arnu, und das weiß die Arnu natürlich. Sie liest doch die Mails, die Wachtmeister Gerdes ihr schickt, sie liest die Einträge der Facebook-Gruppe *Deutsche Filme – Unsere Stars* und sieht, dass die Frauen, die dort ihrer Begeisterung für die Arnu Luft machen, alle Melanie heißen. Da braucht man nicht zu rätseln, wie alt diese Frauen sind: Der Name ist ein altersmäßiges Brandzeichen.

Und jetzt, denkt Felix, während er seinen Smoothie durch den Strohhalm hochzieht wie eine Stechmücke, soll also diese in Deutschland berühmte Schauspielerin ihre Karriere riskieren, um den Hund zu klauen: Jetzt mal ganz ehrlich, das passt doch zusammen wie ein Kamel und ein Wolkenkratzer. Warum sollte eine Schauspielerin mit Selbstironie so etwas tun? Ja, sie hat Selbstironie, denn auf der Visitenkarte, die sie Felix überreicht hat, steht ja *Mona Arnu, System Administrator.* Das bezieht sich auf *Die Frau im Sand*, denn Google sagt, die Arnu spielt in dem Film eine Systemadministratorin einer amerikanischen Firma, die medizinische Apparaturen an Krankenhäuser verkauft, und eines Tages findet sie heraus, dass da irgendwas nicht stimmt. Sie nimmt nun den Kampf gegen die mächtige Firma auf und wird am Ende auf Sylt in den Dünen verscharrt, wie das eben so ist, wenn man sich mit mächtigen Amerikanern einlässt.

Aber was, denkt Felix, während man ihm endlich sein Rührei bringt, das innen ganz trocken ist, wie immer, aber wenigstens schmeckt es nach Butter – was hat das, denkt er …

Wieso kommt der Hund, denkt Felix …

Da gibt es doch nur eine plausible Erklärung, denkt er, während er das trockene Rührei mit Mango-Smoothie schluckbar macht: Der Hund lügt. Oder er irrt sich. Vielleicht erzählt der Hund diesen ganzen Mist auch nur, damit ihm jemand den Rückflug nach Florida bezahlt. Darauf läuft es doch eigentlich hinaus: Felix hat ja den Flug gebucht und mit seiner Kreditkarte bezahlt. Ein Flug für Hund und Mensch. Und die Tollwutimpfung wird er auch noch bezahlen müssen. Und danach einen Monat lang Unterkunft und Verpflegung für den Hund.

Das ist einfach ein Penner, denkt Felix, ein Schnorrer, wie soll man das sonst nennen? Ein Hund, der auf Kosten anderer Leute lebt. Vielleicht stammt er tatsächlich aus Florida, das mag ja stimmen, aber die Arnu hat damit so viel zu tun wie ein Kamel mit der Stromversorgung eines Wolkenkratzers. Und der Mann, mit dem die Arnu bei Felix aufgetaucht ist, ist einfach ihr Lebenspartner, das steht, wie überhaupt alles, auch im Internet, plus Fotos, wie ihr Lebenspartner ihr einen Kuss auf die Wange drückt – in der Bildlegende steht, für alle, die es noch genauer wissen wollen: *Mona Arnu und ihr Lebenspartner, der Unternehmensberater Klaus Scheffel.* Scheffel! Auch das ist doch Selbstironie! Die beiden passen wahrscheinlich hervorragend zusammen. Es könnte höchstens sein, dass Mona Arnus Mutter den Lebenspartner nicht mag, oder umgekehrt mag Herr Scheffel den Hund der Mutter nicht, das kam ja sehr zum Ausdruck.

So. Und jetzt soll also, denkt Felix, während das Gewitter ein paar Blitzchen zündet und ein paar Fürzchen loslässt, eben ein typisch deutsches Mittelstandsgewitter, jetzt soll also die Nominierte für den *Silbernen Bären* der Berlinale zusammen mit ihrem Unternehmensberater einen Hund mit Sprachimplantat entführen – das glaubst du ja selbst nicht, denkt Felix. Das heißt also, der Hund erzählt den größten Mist.

Aber warum?

Felix lässt das Rührei halb gegessen stehen, legt Geld auf den Tisch, und obwohl er überhaupt keine Zeit mehr hat, obwohl er dringend sofort jetzt den Hund in dieser Angelegenheit befragen muss, bleibt er am Tisch der beiden

Frauen stehen und fragt: »Entschuldigen Sie, ich will nicht stören. Mich interessiert nur: Kennen Sie zufällig Mona Arnu?«

26

»They knew her!«, sagt Felix. Er hat den Hund eigenhändig unter der schottischen Decke hervorgezogen und auf den Beifahrersitz gesetzt. Er will es jetzt ausdiskutieren.

»They knew her«, sagt er, »just two women in a Café. I mentioned the name of Mona Arnu, and they knew her! Everybody knows her! She's a famous german actress. Why the hell should she kidnap you!«

»You're guess«, sagt der Hund, »is as good as mine.« Er sagt, er habe Hunger. Er habe seit gestern Abend nichts mehr gekriegt.

Felix fragt ihn, ob er nicht mehr ganz richtig im Kopf sei! Er rede hier vom Fressen, während er, Felix, ihm gerade erkläre, dass er ein verdammter Lügner sei?

»You're psychopathic!«, sagt Felix. »What happened in your childhood!«

Felix will jetzt wissen, woher der Hund kommt. Wo ist er geboren worden? Wer war seine Mutter? Warum will er nach Florida?

Der Hund sagt: »Now for the vaccination. Take me to the next dog doctor.«

Ja, eindeutig: ein Psychopath. Zeigt keinerlei emotionale Erschütterung, denkt Felix, obwohl ich ihn als Lügner überführt habe. Bleibt völlig kalt. Jetzt gähnt er sogar. Er will gegen Tollwut geimpft werden, und er will fressen. Sein Ziel ist Florida, koste es, was es wolle. Wenn er ein Messer in seinen Pfoten halten könnte, denkt Felix, wäre mir jetzt nicht mehr wohl. Und natürlich kommt jetzt das manipulative, einschläfernde Reden.

Der Hund sagt mit ruhiger Stimme, er bleibe dabei. Diese Leute hätten ihn entführt, Schauspielerin hin oder her. Er gebe zu, er wisse selbst nicht genau, was da los sei. Er wisse nur – und er sage es gern noch einmal –, er müsse nach Florida. Und ganz klar: Dort werde Felix die Belohnung erhalten.

»My friends will reward you for this«, sagt der Hund und nickt. Ja, er nickt!

»Your friends!«, sagt Felix. Was für Freunde kann einer wie dieser Hund schon haben! Wenn es sie überhaupt gibt, sind sie wahrscheinlich noch größere Lügner als er. Gott im Himmel, diese Gesellschaft ist wahrlich auf dem absteigenden Ast! Sogar den Hunden kann man nicht mehr trauen. Du läufst auf der Straße, und irgendeiner zieht ein Messer und sticht auf die Leute ein. Oder ein Hund erzählt dir, er sei entführt worden von einer deutschen Schauspielerin. Das sind alles Symptome eines Zuckerwürfels in einem Wasserglas: Die Gesellschaft löst sich einfach auf. Bald fangen die Hauskatzen an, das Nitrat aus ihren Kotwürstchen zu extrahieren, um kleine Hausbomben zu basteln.

Der Hund legt seine Pfote auf Felix' Hand und sagt: »I'm only asking you for one thing: Trust me.«

Das gibt's ja nicht! Diese Unverfrorenheit! Und jetzt legt der Hund auch noch seinen Kopf schief und schaut Felix mit einer Treuherzigkeit an, die ins Gruselkabinett der Madame Tussault gehört.

»No way!«, sagt Felix und zieht seine Hand zurück.

»Norway?«, fragt der Hund.

Er hat noch die Chuzpe, sich über Felix' schlechte englische Aussprache lustig zu machen! Dieser Hund, denkt Felix, ist ein ganz gefährlicher, die Sinne verwirrender …

Der Hund klettert auf Felix' Schoß, um von unten herauf noch viel treuherziger als vorhin zu schauen.

»Trust me. Why should I lie?«, sagt er mit so viel Überzeugungskraft in der Stimme, dass Felix denkt, dieser kleine Teufel. Aber dieser Gedanke ist schon eine Schwäche, es schwingt da schon eine kleine Zuneigung mit, wie man sie eben einem Hund gegenüber unweigerlich empfindet, wenn er mit diesen großen Kinderaugen einen anschaut, Augen ohne Arg. Ein Hund kann doch nicht lügen! Und genau in diese kleine Bresche in Felix' Widerstandskraft schlägt der Hund jetzt einen breiten Keil ein, indem er sagt: »The truth is: I cannot lie.«

Der Hund fragt Felix, wem die Leute mehr vertrauen: einem Menschen oder einem Hund? Nun, sie vertrauen einem Hund mehr, weil sie wissen, dass der Hund nicht lügen kann. Und es sei ungerecht, wenn Felix denke, das gelte nicht für einen sprechenden Hund. Die Tatsache, dass er sprechen könne, sagt der Hund, habe überhaupt keinen Einfluss auf seine Fähigkeit, nicht lügen zu können. Der Hund sagt, er pinkle ja auch an die Bäume, esse ohne Messer und Gabel direkt aus dem Napf und sch*** in den Garten – und das alles tue er, obwohl er sprechen könne.

»A dog is a dog is a dog«, sagt der Hund, »I'm not and will never be a human, a creature with only two legs!«

Ja, gut, kann schon sein, denkt Felix, dass er nicht lügen kann. Aber irren kann er sich. Wie viele Hunde haben sich nicht schon geirrt und sind im falschen Moment über die Straße gerannt! Oder sie irren sich, wenn sie glauben, dass sie geliebt werden, und in Wirklichkeit hat ihr Herr sie nur gekauft, weil er gelesen hat, dass es die Demenz verzögert, wenn man regelmäßig mit dem Hund spazieren geht. Der Hund irrt sich eben, wenn er glaubt, dass Mona Arnu etwas mit seiner Entführung zu tun hat, falls eine solche überhaupt jemals stattgefunden hat.

»You'll get the money«, sagt der Hund und blickt so seelenvoll aus seinen runden Augen! »Fivehundred grand«, sagt er. »I. Can. Not. Lie.«

27

Und schon sitzt Felix mit dem Hund im Wartezimmer der Frau Doktor Seligmann, Veterinärmedizin. Er kann es selbst nicht glauben. Aber vielleicht muss ich das auch nicht, denkt Felix, während der Hund im Wartezimmer einem Mädchen Angst macht, das den Käfig mit seinem Meerschweinchen auf dem Schoß hat. Das Meerschweinchen quiekt ein ganz dünnes Quieken, weil es natürlich befürchtet, dass der Hund die Gitterstäbe überwindet. Die Mutter des Mädchens bittet Felix freundlich, den Hund näher zu sich zu nehmen.

»Näher zu dir, oh Herr«, sagt Felix, weil ihm dieser Psalmvers nun mal in den Sinn kommt.

»Ja, einfach bitte weg vom Käfig«, sagt die Mutter.

»Er würde so was nur im Notfall fressen«, sagt Felix, und an dieser Antwort merkt er, dass er seine Selbsteinschätzung mit Vorsicht genießen sollte: Vielleicht ist die Droge eben doch noch in seinem System. Die Mutter trägt nämlich auch ein flammend rotes Kleid, dessen Farbe aber nicht stabil ist: Es gibt Fluktuationen, kleine Wirbel, kaum merkliche Oberflächenbewegungen – irgendwas stimmt entweder mit der Textilfarbe dieses Kleides nicht oder eben mit Felix.

Er überlegt sich, was Meerschweinchen auf Englisch heißt.

Jedenfalls wird er den Hund nach Florida bringen, basta. Das ist jetzt beschlossen. Ich lasse mich, denkt Felix, von der Realität nicht irre machen. Mona Arnu kann unmöglich an der ganzen Sache in irgendeiner Weise beteiligt sein. Aber wenn der Hund das glaubt, dann ist das eben so. Wenn man einem Hund nicht mehr vertrauen kann, wem dann auf dieser Welt? Und der Hund hat recht: Es ist unfair, einem Hund nur deshalb nicht zu vertrauen, weil er sprechen kann. A dog is a dog is a dog. In der Wiener Hofreitschule gibt es Pferde, die sich auf groteske, unnatürliche Weise bewegen, wie sich ein Pferd in der Natur niemals bewegen würde. In Zirkussen springen Löwen durch einen Feuerreif, und nachher laufen sie mit einem kleinen weißen Pudel auf dem Rücken an der Absperrung des Zuschauerraums entlang: Sind das etwa keine Löwen mehr? Lügen die jetzt etwa, nur weil sie mit einem Pudel auf dem Rücken herumlaufen? Muss man annehmen, dass ein Schimpanse ein hinterlistiger Lügner ist, nur weil er in einem Frack in die Manege kommt?

Er ist einfach dressiert, denkt Felix und schaut hinunter auf den Hund, der nun ganz dicht bei seinen Beinen hockt, ohne allerdings das Meerschweinchen aus den Augen zu lassen. Ein aufs Sprechen dressierter Hund mit einem Sprach-Chip irgendwo zwischen den Hinterbacken. Aber eben immer noch nur ein Hund. Klar, wie gesagt, denkt Felix, er irrt sich bestimmt, was Mona Arnu betrifft. Aber das muss nicht bedeuten, dass er sich auch hinsichtlich der Belohnung irrt. Das werden wir ja sehen, denkt Felix.

Kann es sein, dass er sich irgendwie an den Hund gewöhnt hat? Und wollte er nicht sowieso wieder mal nach Florida?

Nein, das ganz bestimmt nicht. Ihm graut sogar davor. Irgendetwas stimmt nicht mit Florida, das steht fest. Aber wer weiß, vielleicht hören die Träume ja auf, wenn er wieder hinfährt. Zugegeben, es ist eine magere Hoffnung. Aber jetzt schau dir doch diesen Hund an, denkt Felix. Wie er da unten auf dem Boden hockt und das Meerschweinchen terrorisiert. Er hat einfach was, denkt Felix.

»Good dog«, sagt Felix und krault die Ohren des Hundes.

»Hmpf!«, macht der Hund. »Mmh … wuff!«

»Shut up!«, sagt Felix. »Good dog!«

Das Mädchen mit dem Käfig auf dem Schoß rückt auf seinem Stuhl so nahe wie möglich an die Mutter ran, also näher geht nicht.

»Wenn Sie vielleicht den Hund«, sagt die Mutter, »noch ein bisschen weiter … entfernen könnten?«

Ja, kommt zu mir, denkt Felix. »Good dog«, sagt er, und hebt ihn auf seinen Schoß, »don't pay attention to the bad people over there.«

»Das habe ich verstanden!«, sagt die Mutter, und Felix sagt: »Ja, tut mir leid, aber er versteht eben nur Englisch.«

Später im Behandlungsraum befördert Frau Doktor Seligmann die Spritze lebhaft in den Hund und warnt schon vor einer eventuell geröteten Einstichstelle.

Felix übersetzt für den Hund: »She says, the point, where the syringe went in, could get red and hurt considerably.«

»Mmh … rff!«, macht der Hund und will sich die Einstichstelle lecken.

Da sieht man's doch ganz deutlich, denkt Felix, er handelt wie ein Hund, der in der freien Natur eine Spritze gekriegt hat, sofort will er die Wunde lecken. A dog is a dog is a …

So, das war es schon. Und jetzt müssen sie dreißig Tage warten, das amerikanische Gesetz versteht diesbezüglich keinen Spaß. Dreißig Tage – aber wo?

»Let me think about it«, sagt Felix, als sie wieder im altvertrauten Auto sitzen, in dem es jetzt übrigens, wie Felix feststellt, auch schon beim Einsteigen grundsätzlich nach Hund riecht. Das ganze Schwitzen des Hundes, und wer weiß, welche Drüsen da sonst noch aktiv sind, hat bereits auf die Sitzbezüge abgefärbt. Damit muss man wohl leben, wenn man sich an ein solches Stinktier emotional gewöhnt hat. Das ist der Preis dafür, nicht allein im Auto zu sitzen, aber auch nicht mit einem anderen Menschen. Der Hund ist eine Art Mittelweg zwischen Alleinsein und mit einem anderen Menschen zusammen sein. Er vereinigt in sich, denkt Felix, das Beste beider Welten. Oder besser gesagt, der Hund würde es vereinigen, wenn er nicht sagen würde: »Think about what? It's as sure as eggs is eggs: No one must see me!«

»Eggs is eggs?«, sagt Felix. »Dog is a dog is a …«

»No«, sagt der Hund, »clear as day! I'm not here! Gotta stay outta public!«

Okay, jetzt versteht Felix, logisch, das wusste er selbst: nach Hause geht nicht. Er kann da nicht mit dem Hund auftauchen. Der Hund ist ja offiziell der Polizei übergeben worden und befindet sich bestimmt schon längst wieder in der Obhut von Mona Arnus Mutter. Diese Tatsache will Felix nicht gefährden, das muss so bleiben, wie es ist. Frederike traut er leider nicht mehr so umfänglich wie zuvor, und den anderen Nachbarn hat er sowieso schon immer eher nur Lärm und ungefaltete Kartons im Papiercontainer zugetraut. Man kann es auch kurz machen: Niemand darf den Hund sehen.

Sagen wir mal, Frederike sieht Felix mit dem Hund im Treppenhaus, dann wird sie sich doch fragen: Wieso hat er denn den Hund immer noch? Nein, die Wohnung, darauf muss Felix verzichten. Obwohl er gerne das neue Bücherregal fertig eingeräumt hätte, und überhaupt, er hängt an seiner Wohnung. Sie ist ein nach außen gedrehtes Stück seines verdorrten Innenlebens. Sie riecht sogar nach ihm. Wenn Felix jeweils reinkommt, erkennt er schon am Geruch, dass niemand sonst in der Wohnung war. Und das erfüllt ihn mit einem Gefühl der Heimat. Heimat ist, wo nur man selbst ist und sonst keiner. Auf Lateinisch heißt das *Ubi solo, ibi patria.*

Wie auch immer: Der Hund muss dreißig Tage lang versteckt werden. Also wohin? Hotel? Zu teuer. Es muss etwas sein, das nichts kostet und sicher ist: Das klingt nach Familie! Felix wollte doch sowieso schon lange wieder einmal seine Schwester Simona besuchen, natürlich nicht vier Wochen lang, er hatte eher an zwei, drei Tage gedacht, aber jetzt muss er eben umdenken! Auch Simona muss umdenken und ihr Mann Carlo erst recht: Vier Wochen mit Felix unter einem Dach, da hackt der sich lieber ein Bein ab. Aber es muss ja nicht dasselbe Dach sein, denkt Felix, denn die haben ja eine Ferienwohnung, die ehemalige Wohnung von Carlos Mutter, die am Schluss dement war und behauptete, Carlo habe sie vergiftet. Als Felix damals zu Simona sagte, so weit hergeholt sei das ja nicht, erzählte Simona es Carlo, und das hat das Verhältnis Carlo – Felix nicht wesentlich verbessert.

Aber es muss auch mal Gras über die Sachen wachsen. Mensch, da wird sich Simona aber freuen, wenn Felix sie gleich anruft und fragt, ob er einen Monat lang die Ferienwohnung benutzen darf.

28

Simona am Telefon: Sie sagt, sie freue sich wirklich, endlich wieder mal etwas von ihm zu hören. Aber es wäre schöner gewesen, sagt sie, wenn er es nicht mit einer Bedingung verknüpfen würde, wie immer. Felix sagt, erstens sei es keine Bedingung, sondern ein Wunsch, nein, noch weniger, nur eine Bitte, sogar nur eine Anfrage, und zweitens verstehe er das *wie immer* nicht.

»Wie immer heißt wie immer«, sagt Simona, »es ist eine Angewohnheit von dir. Aber lass uns nicht gleich schon in der ersten Minute streiten.«

»Du hast recht«, sagt Felix, »lass uns damit noch fünf Minuten warten.« Er sagt, er wolle ja nur ganz unverbindlich wissen, ob die Ferienwohnung überhaupt frei wäre. Simona sagt, wie er auf Ferienwohnung komme? Es sei einfach eine Wohnung.

»Ja, aber doch in Tessarate«, sagt Felix, »im Tessin! Die vermietet ihr doch. Ich meine, nicht, dass ich es euch vorschreiben will. Ich denke nur, es wäre plausibel, wenn ihr sie vermieten würdet, denn ihr habt doch in Tessarate auch noch ein schönes Haus, in dem ihr wohnt.« Ist das schon in der ersten Minute wieder kompliziert mit Simona! Sie war schon als Kind so kompliziert, dass die Eltern oft ganz niedergeschlagen am Kamin saßen.

»Das stimmt doch nicht!«, sagt Simona. »Sie saßen nicht

meinetwegen niedergeschlagen am Kamin, sondern weil du heimlich die Äste unserer Eiche im Garten abgesägt hast, und dann hast du behauptet, es sei der Nachbar gewesen, du hättest es gesehen!«

»Ich wollte doch nur mehr Sonne in meinem Zimmer«, sagt Felix, »man lässt doch ein achtjähriges Kind nicht in einem so dunklen Zimmer wohnen, nur weil eine Eiche einem offenbar wichtiger ist. Was sind denn das für Eltern!«

Immer diese uralte Geschichte! Also Felix weiß schon, warum er Simona nur selten besucht, obwohl es traumhaft wäre: Gratisferien im Tessin, in diesem schönen, fast romantischen Dorf Tessarate. Aber, um es zu genießen, bräuchte man eine andere Schwester.

»Tesserete!«, sagt Simona. »Tesserete! Warum willst du hierherkommen, wenn du dir nicht mal Mühe gibst, den Namen richtig auszusprechen, das frage ich mich.«

»Wenn ich so oft dort wäre«, sagt Felix ganz ruhig, »wie ich möchte – denn es ist ein sehr schöner Ort –, könnte ich den Namen aussprechen. Oder sagen wir: Wenn meine Schwester mich öfter einladen würde, in ihrer Ferienwohnung Urlaub zu machen, könnte ich sogar den Nachnamen aussprechen, den sie wegen ihrer Heirat mit ihrem Tessiner Ehemann angenommen hat.«

»Dann sprich es aus«, sagt Simona, »sprich meinen Namen richtig aus, und du kriegst die Wohnung.«

Oh Gott, diese Spielchen! Als Kind wollte sie immer, dass er ihren Goldhamster *Hamsti* streichelt, sie behauptete, wenn er Hamsti nicht möge, möge er auch sie nicht, und wenn er sie nicht möge, erzähle sie den Eltern, dass er wixt. Genau so sagte sie es, mit einem obszönen x: *Wixt. Dass du wixt.*

Damals wusste er überhaupt noch nicht, dass Menschen das tun, und wenn er's gewusst hätte, hätte er nicht eingesehen, warum sie sich die Mühe machen. Und der Hamster war nach zwei Jahren in dem viel zu kleinen Käfig mit dem quietschenden Hamstertretrad psychisch auf der Kippe: Er war eine Zeitbombe mit dicken Backen. Kaum streckte Felix die Hand nach ihm aus, biss er zu.

Aber gut, Felix will diese Wohnung. Es ist, wie gesagt, schön in Tesserundsoweiter, und er wird Simona höchstens einmal die Woche besuchen, wenn Carlo sich in seinem Hobbykeller mit seiner Modelleisenbahn eingeschlossen hat. Also, wie heißt sie? Er will das jetzt wirklich hinkriegen, auch um Simona zu zeigen, dass sie ihn zu Unrecht für eine gescheiterte Existenz hält. Hat sie mal so gesagt, nachdem Felix die Landschaftsgärtnerei Reiter endlich verlassen und sich selbstständig gemacht hatte, sie sagte … jedenfalls etwas mit *gescheiterte Existenz.* Als Felix daraufhin völlig zu Recht vorübergehend den Kontakt zu ihr abbrach, rief Simona Maria und Felix' besten Freund Ralf an und erzählte ihnen, sie habe doch nicht Felix, sondern Norbert gemeint. Das mochte ja sein, aber Simona hatte es eben so gesagt, dass Felix sich gemeint *fühlte.* Und unter dem Strich zählt nicht, was jemand gesagt hat, sondern, wie man sich hinterher fühlt.

Und sie heißt: »Petraglio, Simona Petraglio«, sagt Felix.

Eine Weile herrscht am anderen Ende der Leitung das große Schweigen.

Dann sagt Simona: »Nein. So, wie du es aussprichst, schreibt man es. Aber ausgesprochen wird es …«

»Ja, jetzt weiß ich es wieder«, ruft Felix, »Petrallio! Das

hast du mir mal erklärt, es ist wie mit den Gnioki. Die spricht man Nioggi aus, obwohl man Gnocchi schreibt. Du heißt Petrallio, geborene Sell. Also kriege ich jetzt die Wohnung oder nicht?«

»Bettwäsche musst du selber mitbringen«, sagt Simona. »Und ich muss Carlo irgendetwas anbieten, sonst überlebt er das nicht.«

Anbieten? Was meint sie denn damit?

»Wir hatten Wasserschaden im Schlafzimmer der Wohnung«, sagt Simona. »Ich könnte Carlo sagen, dass du kommst, um das Schlafzimmer neu zu streichen. Der Maler verlangt dafür tausendsechshundert Franken, völlig verrückt. Wenn du es gratis machst, wird Carlo … na ja, du weißt ja, wie er in dieser Hinsicht ist: Wenn er Geld sparen kann, beißt er in den sauren Apfel, was dich betrifft.«

29

»Good news or bad news?«, fragt der Hund.

»Good«, sagt Felix, denn es ist ideal: Der Flug nach Miami, den er gebucht hat, ist mit Umsteigen in Zürich, Schweiz. Sie können also ebenso gut gleich in Zürich einsteigen, und Zürich ist nur zwei Stunden Zugfahrt von Tessarate, Tesserete und von Carlo Petraglio, Petrallio entfernt. Folgendes ist der Plan: Felix kauft jetzt gleich im Baumarkt einen Eimer billigste Schlafzimmerfarbe und einen Roller. Dann fährt er mit Hund und Auto ins Tessin, haust dreißig Tage bis zum Abflug in der Wohnung, streicht kurz vor Ablauf das Schlafzimmer, fährt dann mit dem Zug und dem Hund zum Zürcher Flughafen, und das war's. Was danach kommt, überlässt Felix dem Schicksal, eine halbe Million oder keine, Rückgabe des Hundes an seine Programmierer von Apple oder dem Pentagon, wer weiß, alles ist möglich. Vielleicht gibt es diese Programmierer auch nicht, na und? Dann verbringt er eben mit einem Hund in Florida ein paar Sommergewitter. Mit einem Hund, denkt er, während er zum Baumarkt fährt, ist es gefühlsmäßig etwas anderes.

Als er letztes Mal in Florida war, fühlte er sich allein. Im Garten tauchte zwar ab und zu ein Iguana auf, der groß war wie ein Hund – aber zu diesen Echsen kriegt man nicht so schnell einen Draht, sie sind sehr introvertiert. Es sind nicht

Tiere, die sich abends zu einem auf die Bettdecke legen, und wenn sie es tun, wünscht man sich, es wäre nie geschehen. Es war ein sehr schöner Urlaub, aber irgendetwas stimmt da einfach nicht, denkt Felix wieder, während er im Baumarkt einen Kübel Farbe auf den Einkaufswagen wuchtet, da war etwas. Ja, und vielleicht war da eben nur das: Er fühlte sich abends allein, und tagsüber genau genommen auch. Es war ein Rund-um-die-Uhr-Gefühl. Aber nächstes Mal, in einem Monat, wenn der Hund dabei ist, wenn Felix nur schon daran denkt, wird ihm wohler. So ein Hund in der Ferienwohnung, das ist eine andere Welt, als wenn man allein ist. Und wenn es dann auch noch ein Hund ist, mit dem man ein wenig über die Geschehnisse des Tages plaudern kann – das ist ja das Prinzip dieser Prototypen, denkt Felix –, dann kann man nur sagen: Was will man mehr? Felix denkt, ich gebe den erst kurz vor der Rückreise ab. Wenn ich ihn gleich nach der Ankunft seinen Programmierern, Freunden, you name it, übergebe, bin ich ja wieder allein. Da nützt mir dann auch die halbe Million nichts, denkt Felix, es sei denn, ich kaufe mir damit in Naples einen anderen Hund. Das könnte man natürlich tun. Aber es wäre dann eben eine Umstellung. Nein, jetzt mal ganz ehrlich: Entweder dieser Hund oder keiner. Da darf man sich nichts vormachen. Der Hund wird erst ganz am Schluss abgegeben, am besten erst am Flughafen am Abfluggate. Beschlossene Sache, denkt Felix und wirft einen Blick auf den Hund, der neben ihm auf dem Beifahrersitz gerade gähnt.

»Tired?«, fragt Felix und fühlt eine Art Glücksstrom durch sich hindurchfließen.

30

So, und jetzt werden erst mal eine ganze Menge Kilometer gefahren, und zwar in derselben Unterhose, um auch das einmal zu erwähnen. Im selben Hemd, in derselben Hose. Der Hund hat ja alles dabei, aber Felix reist natürlich ohne Gepäck, obwohl, eigentlich hätte er ja ohne Hund kurz in seine Wohnung gekonnt, um ein paar Kleider zusammenzuraffen. Aber er war so sehr im Fluchtmodus, dass ihm diese Möglichkeit erst an der Autobahnraststätte *Autohof Schwabach West* einfällt. Dann kauft er eben Unterwäsche on the road, und das Hemd, das er trägt, ist aus Viskose, das kann man wochenlang tragen, es riecht nur nach Schweiß, wenn man direkt daran riecht: Das ist Textiltechnik!

Auf dem Autohof führt Felix den Hund aus, wie die anderen Autofahrer es auch tun, und natürlich kommt es zwischen der öffentlichen Außentoilette aus Spritzbeton und den LKW-Parkplätzen zu unliebsamen Begegnungen mit Hunden von Leuten, die größere Wagen fahren als Felix, und die dementsprechende Hunde gekauft haben, die aussehen wie Rinder, die hinten aus einem Lebendviehtransporter aussteigen.

»What the f***«, sagt der Hund, »I can't pee here, those bullies will maim me!«

»Ah, come on«, sagt Felix, »they only want to play!«

»They don't wanna play, you moron«, sagt der Hund, »look at their body language! They're out to kill pet dogs!«

Also der Hund fühlt sich von den größeren Hunden hier diskriminiert, da kann man nichts machen. Es stört Felix ein wenig, er hätte lieber einen Hund, der sich gegen diese Muskelpakete durchsetzt und nicht gleich bei jeder Erbse unter der Matratze in den *safe room* rennt wie die Studenten an den amerikanischen Universitäten.

»This is life«, sagt Felix, »sometimes you must fight.«

Jetzt platzt dem Hund aber der Kragen! Er sagt, dann solle Felix doch selbst mit diesem fetten Schrank von Hundebesitzer kämpfen, der seine Dogge extra an der langen Leine lässt, um kleine Hunde und schmächtige Landschaftsgärtner einzuschüchtern.

Woher, denkt Felix, weiß der Hund, dass ich Landschaftsgärtner bin, habe ich das jemals erwähnt? Nicht, dass er wüsste. Aber so genau erinnert er sich nicht, vielleicht hat er's mal gesagt.

Wie auch immer – am Schluss nimmt Felix den Hund mit in die öffentliche Toilette der Tankstelle und bezahlt fünfzig Cent für eine Kabine, nur damit der Hund in aller Ruhe und unbehelligt von den big dogs an die Toilettenschüssel pinkeln kann. Und danach tunkt Felix auch noch alles mit Toilettenpapier auf, aber das ist ja zum Glück gratis.

»I didn't ask for that!«, sagt der Hund, als Felix ihn aus der Toilette zum Auto trägt.

»It was only human«, sagt Felix.

Aber so ist es immer: Man reißt sich für jemanden ein Bein aus, und dann bekommt man zu hören *Ich wollte das gar nicht.*

Apropos Ferienwohnung: Jetzt kommt Felix in den Sinn, dass er ja noch gar keine Unterkunft in Florida gebucht hat. Die Wohnung, die er letztes Mal gebucht hatte, *Treetop Oasis*, war doch wirklich sehr lauschig, inmitten von Palmwedeln, und die schöne Veranda, und Andrea – was wohl aus ihr geworden ist? Na, was wohl, denkt Felix, sie wird immer noch ganz von ihrer Arbeit aufgebraucht werden und die Probleme mit ihrer Mutter kultivieren, um es mal böse zu sagen. Wie auch immer, warum lange suchen? Für den Hund ist die Wohnung auch ideal mit ihrem Garten und dem unbebauten Stück Land nebenan, wo der Iguana jeweils im Gewitterregen mit erhobenem Kopf und stocksteif still dastehend förmlich duscht. Da gibt's weit und breit keine big dogs, die Leute in der Nachbarschaft dieser Wohnung haben alle kleine Hunde, weil große Hunde in den USA wegen des liberalen Waffengesetzes nicht nötig sind. Wer kauft sich denn einen kalbsgroßen und folglich im Unterhalt teuren und raumgreifenden Hund, wenn er zu Hause eine halbautomatische Neun-Millimeter-Pistole und für härtere Fälle ein vollautomatisches Maschinengewehr hat? Aber in Deutschland, wo der Bürger schon für ein Taschenmesser mit einer Klingenlänge von dreizehn Zentimetern vom Bundesverfassungsschutz ins Visier genommen wird, greifen die Leute natürlich vollautomatisch zum frei erhältlichen Kampfhund, den sie sogar mit in den Kindergarten nehmen dürfen, damit er seine zukünftigen Opfer kennenlernt.

Gut, jetzt aber die Wohnung: Felix guckt bei Airbnb nach, ob sie in einem Monat frei ist, und jawohl, sie ist es, denn wer fährt um diese Jahreszeit schon nach Florida. Es war ja schon Sommer, als Felix letztes Mal da war, und wenn er in vier Wochen wiederkommt, wird es immer noch Sommer sein, das hört da so schnell nicht auf. So, er bucht also die Wohnung mit wenigen Klicken, denn da steht *Pets allowed*. Das war Felix bei der ersten Buchung der Wohnung noch ganz egal, aber jetzt klingt es für ihn sehr gut, so als würde da stehen *Please smoke on the premises!*. Ach ja, die Zeiten, wie sie so waren: Als Felix noch mit Andrea auf der Veranda der Wohnung heimlich geraucht hat.

Jedenfalls schreibt er zur Buchung noch einige Zeilen an Tamara, wie die Mutter von Andrea heißt, der ja die Wohnung gehört: *Hi Tamara. Maybe you remember me.* Airbnb ist ja persönlicher als Hotel: Man ist gezwungen, sich die Vornamen der Vermieter zu merken und die kleinen Geschenke, die sie auf den Küchentisch legen, irgendwo außerhalb des Hausbereichs wegzuwerfen.

Jetzt ist alles geregelt, und der Hund hat gepinkelt: Weiter geht es nach Süden in die Sonnenstube der Schweiz. Nur ein Mann und sein Hund. Nur ein Mann, der sagt: »I booked our apartment in Florida. Nice house outside Naples. There's plenty of room for a dog. No big dogs, I promise you! Only an Iguana. You will like it. I mean, our house.«

Felix kommt irgendwie ins Reden, er sagt, es gebe da eine Menge Auslauf, und abends könne der Hund dann auf der Veranda ihm dabei zusehen, wie er rauche und Bier trinke. Aber – Achtung! Auch der Hund werde etwas kriegen, die besten Rindfleischleckerli aus dem Publix-Supermarkt, was er davon halte? Ob das nicht total gut klinge? Und wenn es dann regne, sagt Felix, könnten sie schön zusammen unter dem hölzernen Vordach der Veranda sitzen und ein bisschen plaudern. Und okay, gut, er sei, sagt Felix, auch bereit, darüber zu diskutieren, ob der Hund auf seinem Bett schlafen dürfe. Na, wie das klinge?, fragt Felix. Das klinge doch toll, oder nicht?, sagt Felix.

»Uh«, sagt der Hund, »well … yeah. Okay.« Räuspert sich der Hund gerade? Können Hunde sich räuspern? Es klingt jedenfalls wie ein Räuspern, dann sagt der Hund: »But I don't think …«

31

Das muss Felix jetzt aushalten. Dieses *I don't think.* Denn der Hund hängt ja noch etwas dran, er sagt, er denke nicht, dass sie da in Naples miteinander lange oder überhaupt in irgendeiner Wohnung sein werden.

»That's not just *some apartment*!«, sagt Felix. Es sei, sagt er, eine sehr teure Wohnung, weil sie eben besonders schön sei und *pet-friendly*. Wie für Hunde gebaut! Er, Felix, könne dem Hund ja mal die Bewertungen bei Airbnb vorlesen: So viele Leute hätten da geschrieben, wie wohl sich ihr Hund in der Wohnung gefühlt habe.

Der Hund sagt, okay, ja, das glaube er sofort alles. Wieder macht er dieses Geräusch, das wie das Räuspern von Nicole klingt – ja, genau so, jetzt muss Felix sich das eingestehen: Es ist das Räuspern von Nicole vor vierundvierzig Jahren, als Felix sie dazu einladen wollte, mit ihm auf den Trip zu gehen mit den zwei LSD-Pillen, und als sie ihm aber zuvorkam und sagte *Du, es tut mir so leid, aber ich muss dir etwas sagen.*

Nein! Nein, denkt Felix auf der Autobahn Richtung Ulm, das will er gar nicht mehr rekapitulieren! Er will das gar nicht mehr noch einmal im Kopf hören, switch off the volume! Das war gestern, und *gestern* hat schon viel zu lange gedauert, all diese Jahrzehnte: Ein solches Räuspern wird

Felix nie mehr akzeptieren! Wenn der Hund sich räuspern will, soll er es gefälligst machen. Aber Felix wird sich nie mehr darauf einlassen, das war einmal. So was kann man auch einfach überhören, und schon ist es, als habe es kein Räuspern gegeben. Das ist es, was man im Leben lernen muss, sonst nichts. Und ich hab's jetzt gelernt, denkt Felix, während er diesen blöden polnischen Lastwagen überholt, bevor dieser einen anderen ebenfalls polnischen Lastwagen überholen kann. Man muss diesen Dingen zuvorkommen, denkt Felix, sonst fährt man eine Ewigkeit hinter einem Lastwagen her, der sich zentimeterweise am anderen entlang vorwärtsarbeitet.

Der Hund sagt, sobald sie in Florida angekommen seien, genauer in Naples, werde er den Weg zu seinen Freunden wiederfinden, er habe diesen Weg im Kopf, könnte ihn mit verbundenen Augen finden. Er wisse genau, wie es dort rieche, er müsse nur den Anfang der Riechspur finden, und der Anfang der Riechspur befinde sich in Naples.

Ja, denkt Felix, rede du nur von Riechspur. Er ist sehr enttäucht vom Hund, aber eins ist klar: Das darf er sich nicht anmerken lassen. Sonst wird er vielleicht misstrauisch. Das ganze Gerede von wie schön es in der *Treetop Oasis* zusammen sein wird, war schon eine Entblößung von Felix' schwacher Seite. Jetzt einfach kalt bleiben, denkt Felix. Sein Ziel ist klar: Der Hund wird im letzten Moment übergeben, keinen Moment früher. Die Enttäuschung darüber, dass der Hund das nicht auch instinktiv will, muss Felix nun eben kalt runterschlucken. Der Hund möchte gleich zu seinen Freunden, na und? Das wird eben nicht so sein, damit wird der Hund fertigwerden müssen.

»I understand«, sagt Felix, »yes, of course.« Er sagt, na klar, sobald sie in Naples sind, wird er, Felix, alles tun, damit der Hund gleich die Riechspur aufnehmen kann zu seinen Freunden, logisch. Machen wir so!

»Thanks!«, sagt der Hund.

»You're welcome«, sagt Felix und denkt, bis dahin fließt noch eine Menge Wasser den Mississippi runter.

32

So, und dann Tessin: Es regnet. Es regnet von oben (Airolo) bis unten (Tesserette). Dieser Regen ist so eine Art nach außen gedrehter Felix, denn so wie diese verregnete Tessiner Landschaft sieht es in ihm drin aus, was Simona betrifft. Er hat sie seit zwei Jahren nicht mehr gesehen, denn vor fünf Jahren hat sie ihren Carlo Petraglio kennengelernt, bei einem Übersetzungsworkshop in Stuttgart. Das muss man sich mal vorstellen: Leute, die italienische Bücher auf Deutsch übersetzen, treffen sich in Stuttgart, wo man nicht mal richtig Deutsch redet. Und warum Simona sich ausgerechnet für Italienisch so interessiert, hat Felix auch nie begriffen: Es gibt doch viel mehr chinesische Bücher zu übersetzen oder englische. Aber nein, es musste Romanistik sein an der Uni, und dann verliebte sie sich natürlich bei ihren Italienaufenthalten in jeden Mann, der ancora sagen konnte und keine Socken trug. Simona schwärmte immer von den *eleganten Männern* in Italien, aber bei genauem Hinsehen tragen sie einfach keine Socken, das ist alles. Und wenn sie Socken tragen, dann solche, die bis unters Knie reichen, sodass man, wenn diese Männer an Podiumsdiskussionen die Beine übereinanderschlagen, keine nackte Haut zwischen Socke und Hosensaum sieht: Ja, das können sie, das muss man den Italienern lassen. Aber Carlo war ja noch nicht einmal ein Italiener, er ist nur Tessiner, also eigentlich einfach ein Schweizer, der kein Deutsch kann. Und in der Not spricht er dann eben Italienisch, mehr ist doch da nicht dran.

Felix hat Simona nach ihrer Heirat ein einziges Mal in Tesserete besucht, sie war so dick geworden! In einem dicken rot gepunkteten Sommerkleid stand sie vor dem Haus von Carlo und breitete die Arme aus, um Felix zu umarmen – aber sie kam mit den Armen nicht um ihn rum, weil so viel Material dazwischen war. Und hinter Simona stand Carlo in farblich passenden roten Bermuda-Shorts, und auch er breitete – damals noch – seine Arme aus und sagte *Ah, il mio cognato, benvenuto!*. »Das heißt Schwager«, sagte Simona, »nicht Kaninchen.«

»Ich dachte, es heißt Kaninchen«, sagte Felix, und Carlo war sofort beleidigt. Von diesem Moment an. Sogleich sagte er: »Nein, natürlich nicht Kaninchen. Warum sollte ich so etwas sagen?«

Carlo spricht perfekt Deutsch. Er ist der einzige Tessiner, der sich dessen rühmen kann. Die anderen schlagen sich alle mit Italienisch durch, sogar mit einem Dialekt experimentieren sie, den sie *Titsching* nennen. Aber Carlo braucht das alles nicht, er spricht Deutsch wie andere Wasser trinken: Mit solcher Selbstverständlichkeit. Ist er überhaupt ein Übersetzer? Nein! Er ist Großhandelskaufmann, was immer das bedeuten mag. Es bedeutet, er übersetzt nur, wenn er dadurch 0,3 Cent pro Tonne Schweinefleisch sparen kann. Das ist widerlich, findet Felix, aber man muss damit leben. Weshalb aber seine Schwester, die Dante ins Deutsche und im Gegenzug irgendeinen Liedtext von Udo Lindenberg ins Italienische übersetzt hat – um hier nur die berühmten Namen zu nennen –, wie so eine Frau, denkt Felix, während er vor Carlos Haus den Wagen so parkt, dass er notfalls schnell wieder wegfahren kann, auf die Idee kommen konnte, denkt er, einen solchen Psychopathen zu heiraten, das steht noch in den Sternen. Psychopath deshalb, weil Carlo, wenn er nicht gerade eine Tonne Schweinefleisch in die Därme Mailänder Wurstfabriken schickt, in seinem Keller kleine Figürchen auf Bahnsteige der Bahnhöfchen klebt, Figürchen mit Wanderstock, Mutterfigürchen in blauen Kleidern, die einen Kinderwagen aus den Fünfzigerjahren schieben – sogar das Babygesicht sieht man, obwohl es, wie alles an der Modelleisenbahn, extrem miniaturisiert worden ist. »Aber siehst du«, sagte Carlo bei Felix' erstem Besuch und hielt ihm eine dicke Lupe vor die Augen, »siehst du das Gesicht des Babys? Man sieht sogar die roten Backen. *Das* ist Miniaturisierung!«

Felix sagte, er sehe da kein Baby, sagte, da sei nur so ein kleiner Hubbel auf dem Kinderwagen, wahrscheinlich ein Gussfehler, diese Plastikfigürchen für Modelleisenbahnwelten werden ja gegossen, und da bleibt auf so kleinem Raum schon mal ein Gussrückstand übrig, den man für ein Babygesicht halten könnte.

Das war das Ende der kurzen Wärme zwischen Carlo und Felix, es brach ab da eine Kältezeit an, die man sich als flache, schneebedeckte Steppe vorstellen muss, über die der ewige Wind weiße Schwaden bläst.

Jetzt ist Felix aber wieder hier, diesmal steht keiner mit ausgebreiteten Armen da, er muss sogar klingeln und steht dabei auf einer Fußabtretermatte, auf der *Welcome* steht.

Manche Leute legen lieber eine solche Matte hin, als ihre Gäste persönlich zu empfangen, denkt Felix. Was ist nur aus den Familien heutzutage geworden, denkt er, warum leben wir nicht mehr in Großfamilien, in denen die Leute einander jeden Morgen die Fußmatten um die Ohren schlagen. Ja, es gab Probleme früher, denkt er, aber man löste sie innerhalb der Familie, also dort, wo sie entstanden waren. Heute entstehen die Probleme außerhalb der Familien, denkt er, und wenn man dann mal die wenigen Familienmitglieder trifft, die überhaupt noch in Europa leben, hat man gar keine gemeinsamen Probleme mehr, bei denen man sich näherkommen könnte. Es findet einfach alles außerhalb der Familie statt, selbst die eigene Schwester.

Simona, die ihm ganz fremd vorkommt, als sie da im Türrahmen steht: Sie trägt plötzlich eine Brille! Und sie ist geschrumpft, Himmel, hat sie abgenommen, hoffentlich ist das nicht ein Symptom! Bei der Umarmung spürt Felix, dass Simona ein bisschen zittert, aber am Wetter kann es nicht liegen. Felix zittert vielleicht auch ein bisschen, oder es ist sogar sein Zittern, das sich auf Simona überträgt. Vielleicht zittern sie auch zusammen, wer kann das schon sagen.

»Schön, dich zu sehen«, sagt sie, und dann sieht sie den Hund.

33

Also Folgendes: Simona und Felix sitzen im Wohnzimmer, und zwar, weil Carlo in Mailand ist, um auf einer Ausstellung eine Märklin-Lok *Krokodil* fahren zu sehen. Der Mann hat Leidenschaften! Die Lok, erzählt Simona, während sie Jasmintee und Cantuccini auf den Tisch stellt, kostet siebzigtausend Euro. Aha.

»Und er kauft die?«, fragt Felix.

»Neinnein«, sagt Simona, »er schaut sie sich nur an. Sie ist sein großer Traum.«

Nun gut, der Vorteil an diesem großen Traum ist, dass Felix und Simona sich ungestört unterhalten können. Carlo ist gar nicht glücklich, dass Felix in der Wohnung seiner verstorbenen Mutter wohnt, Simona sagt, es sei für Carlo wie Grabschändung. Aber weil Felix, wie gesagt, die Wohnung gratis streichen wird, muss Carlo dieses Sakrileg schlucken.

»Die Wohnung?«, sagt Felix. »Du meinst das Schlafzimmer.«

»Nein, die Wohnung«, sagt Simona, »die ganze.«

»Aber das war nicht abgemacht«, sagt Felix, »nur das Schlafzimmer!«, und Simona sagt: »Es war auch nicht abgemacht, dass du einen Hund mitbringst. Du weißt doch, dass ich Angst habe vor Hunden!«

Weil sie als Kind vom Schäferhund ihres Großvaters

gebissen worden ist, der hieß Diana. Diana biss zu, als Simona noch keine Angst vor Hunden hatte und mit ihm im Garten spielte. Diana wollte in den Ball beißen, den Simona in der Hand hielt, aber sie fasste es als Biss in ihre Hand auf.

»Was heißt hier *auffassen!*«, sagt Simona und lässt das Jasminteetässchen auf das Untertellerchen knallen. »Sie mussten mir den Handballen zunähen! Die Wunde war drei Zentimeter lang!«

»Jaja«, sagt Felix, »das heißt, deine Wunde war länger als dieser kleine Hund da draußen. Damit will ich sagen, dass du vor ihm wirklich keine Angst zu haben brauchst.«

»Was erzählst du da für einen Mist«, sagt Simona, »darum geht es doch gar nicht. Ich habe eben *Angst*, egal ob es ein großer Hund ist oder ein kleiner. Es ist eine *Urangst.*«

Hm, denkt Felix, deshalb steht da ein Buddha auf dem Kaminsims. Der gehörte früher nicht zu Simonas Ausstattung. Ein Buddha aus dem Buddha-Bedarfsladen. Aber kümmert dieser Buddha sich auch um kleine Hunde, die wegen fragwürdiger Urängste jetzt draußen in der Nachmittagshitze von Tesserete im Auto sitzen müssen? Wie viele Hunde, die nicht mit ins Wohnzimmer dürfen, hat Buddha schon im Auto einer Überhitzung preisgegeben?

»Aber lass uns von was anderem reden«, sagt Simona, und sie fragt ihn, wie er beruflich vorankomme. Sie fragt nicht einfach, wie es ihm beruflich ergeht, sondern ob er Fortschritte mache. Sie glaubt, dass Felix selbstständiger Landschaftsgärtner ist, und da dies nicht stimmt, kann er ebenso gut behaupten, er komme sehr gut voran und könne sich vor Aufträgen nicht retten.

»Und dann kommst du einen Monat lang nach Tesserete?«, fragt sie.

»Um dich wieder einmal zu sehen«, sagt Felix. »Wer ist denn sonst noch übrig von der Familie.«

Das stimmt, es sind noch zwei Tanten übrig, aber wann bekommt man die schon einmal zu Gesicht? Sie haben sich ganz in ihre Alterswohnungen zurückgezogen, werden beide von türkischen Pflegern betreut – da sieht man auch mal die Früchte der Immigration. Gäbe es diese Pfleger nicht, würden die beiden Tanten wohl das nächste Weihnachtsfest nicht mehr erleben. Das wäre zwar im Grunde nicht so schlimm, denn schon seit Langem verbringt die Familie Weihnachten getrennt. Das heißt, Felix würde die Tanten an Weihnachten gar nicht vermissen, so wenig, wie er sie an Werktagen vermisst. Ist das nicht schrecklich? Wer hat es nur so weit kommen lassen? Felix ist im Grunde am liebsten gar nicht mehr mit Familienmitgliedern zusammen, es macht ihn nur traurig, wenn er sie alle zehn Jahre einmal sieht. Dann lieber gar nicht mehr als nur so selten.

»Du siehst Tante Elli ja auch gar nicht mehr«, sagt Simona, »das macht sie übrigens sehr traurig. Dass du sie nie besuchst.«

»Und erzähl mal, was übersetzt du gerade?«, fragt Felix.

Simona schüttelt den Kopf.

»Dass du hier mit einem Hund ankommst«, sagt sie, »entschuldige, aber ich kann es irgendwie nicht fassen, Felix.«

»Ja?«, sagt er. Er beißt aus Ratlosigkeit in ein Cantuccino, die gibt es auch in Berlin. Aber die hier sind härter.

»Ach, Felix«, sagt Simona, und jetzt setzt sie sich neben ihn auf das Sofa, »Felix, was ist los? Willst du es mir erzählen?« Sie nimmt seine Hand, wie früher seine Mutter seine

Hand genommen hat, wenn sie ein Geständnis sanft aus ihm herausholen wollte.

»Was soll los sein?«, sagt Felix, und Simona sagt: »Etwas stimmt doch nicht. Felix, das spüre ich einfach. Ich bin deine Schwester. Du kommst doch nicht ohne Grund hierher, aus Berlin, und dann willst du einen Monat bleiben, obwohl du sagst, dass du dich vor Aufträgen kaum retten kannst. Flix, du kannst es mir sagen, das weißt du.«

Flix, der alte Name aus seiner Kindheit, und er nannte sie Mone. Flix und Mone, und oft mochten sie sich ja auch sehr, genauso, wie seine Mutter ihre Hand oft einfach nur deshalb auf seine legte, weil sie ihm ihre Zuneigung zeigen wollte. Es war nicht alles schlecht, im Gegenteil, es war meistens alles gut und warm.

»Was ist es?«, sagt Simona, und Felix denkt, soll ich es ihr sagen, aber was eigentlich? Dass ich die alten Trips geschluckt habe und seither einen Hund bei mir habe, der Amerikanisch spricht? Aber gibt es da nicht noch eine tiefere Ebene, gibt es da nicht noch etwas, das er Simona sagen möchte, aber selbst noch gar nicht kennt? Vielleicht? Müsste er nicht erst einmal wissen, was los ist, bevor er Simona erzählen kann, was los ist?

»Keine Ahnung«, sagt Felix, »warum?«

»Brauchst du Geld?«, fragt Simona, und das ärgert ihn jetzt wieder, denn sie hat ihm die Selbstständigkeit nie zugetraut, hat immer durchblicken lassen, dass er ihrer Meinung nach einen Fehler gemacht hat, als er bei Norbert ausgestiegen ist, obwohl Norbert andererseits *eine gescheiterte Existenz* ist – das ist alles ziemlich unlogisch. Typisch Simona, so unlogisch wie Dantes *Inferno*, das sie übersetzt hat: Wer wandelt denn schon in der Hölle und *weiß* es?

Die allermeisten Leute wandeln in der Hölle und wissen es nicht, das ist doch das Perfide an der Hölle!

Geld!

»Sehe ich aus, als bräuchte ich Geld«, sagt Felix, was eine hohle Replik ist, das weiß er selbst.

»Dann frage ich mal anders«, sagt Simona und drückt seine Hand, »hast du Vaters Uhr verkauft?«

Ah, jetzt kommt das! Die alte *Longines*! Die alte Wunde, Simonas Wunde. Sie konnte als Kind nicht genug kriegen von dieser Uhr, auf Vaters Schoß sitzen und sich das winzige Sekundenzeigerchen ansehen, dass sich irre schnell in seinem separaten Kreischen drehte, und das Mondgesichtchen in dem Mondfensterchen, das sich mit der Bahn des Mondes am Himmel in seinem Fensterchen von einem lachenden Pausbackengesicht zu einer kargen Sichel wandelte. Aber am Schluss, bevor der Vater starb, setzte er Felix als Erbe dieser Uhr ein, und zwar Felix' Meinung nach einfach deswegen, weil es eine Herrenuhr war. Es war nun mal keine Uhr für eine Frau, egal, wie sehr die die Uhr liebte – in dieser Hinsicht ließ Felix' Vater nicht mit sich reden. Aber Simona deutete es anders, schon am Tag der Beerdigung des Vaters sagte sie zu Felix: »Weil er dich immer mehr geliebt hat als mich.«

Quatsch! Natürlich konnte man das so interpretieren, denn Felix war als Kind an der Uhr so wenig interessiert wie an sonntäglichen Spaziergängen im Stadtwald. Aber der Vater war auch ein gelegentlicher Scherzbold gewesen, einmal hatte er zu Felix gesagt: »Du brauchst dir keine Sorgen zu machen, dass ich deine Schwester mehr mag als dich: Ihr seid mir beide im selben Maß gleichgültig.« Ja, und umgekehrt wurde das daraus, was jeder unabhängige Beobachter bestätigt hätte: Josef Sell liebte seine Kinder beide. Aber das eine Kind unterzog sich später einer Psychotherapie, und auch nur deshalb, weil es unsterblich in einen Psychologiestudenten verliebt war, und der musste ja jetzt in der Psyche seiner Freundin etwas finden, darum kam er nicht herum. Und was ist das Naheliegendste, das man da finden kann, oder sagen wir mal: Was kann man vom Bett aus als Psychotherapeut in einem solchen Fall finden, ohne sich allzu sehr strecken zu müssen?

Und jetzt soll Felix also die *Longines* verkauft haben!

»Wie kommst du denn darauf«, sagt er, »natürlich nicht! Warum sollte ich das tun?«

»Aber du trägst sie nicht«, sagt Simona. »Du hast sie seit Papas Tod immer getragen. Jedes Mal, wenn wir uns gesehen haben. Du hast immer die *Longines* getragen. Aber jetzt zum ersten Mal nicht.«

Stille. Nicht wirklich äußere Stille, man hört das Plätschern einer Art Wasserinstallation, so eine Art zum Buddha auf dem Kaminsims passender kleiner Wasserriesler, das hört man. Und von irgendwo in der Ferne Baulärm, Presslufthämmer. Die Stille ist mehr in Felix selbst, so als habe jemand den Volumenregler auf null runtergedreht.

Wo ist die Uhr? Felix schaut auf sein Handgelenk: Da ist eine runde hellere Stelle, wo die Uhr war, und eine schmalere, längliche hellere Stelle, wo das Uhrenarmband aus Krokodilleder war.

Wo ist die Uhr? Moment mal, das ist … er muss sich nur

erinnern, das ist alles. Es kann alles eine Auswirkung dieser beiden Trips sein, die er besser im Cover von *Deep Purple In Rock* gelassen hätte in ihrem vierundvierzig Jahre alten Plastikbeutelchen, hätte er die mal nur nicht da rausgenommen in einer schwachen Stunde, vor hundert Jahren – so kommt es ihm vor – in der Tropennacht.

Wo ist die Uhr?

Aber erst mal Simona abwehren, einfach alles bestreiten. Ich brauche Zeit, denkt Felix, was zum Teufel ist hier los! Hat er die Uhr verloren? Doch Simona drängt, sie fragt nach, jetzt muss er erst mal sagen:

»Das ist nur ein Zufall.«

»Dass du die Uhr nicht trägst?«, fragt Simona völlig zu Recht, denn was ist das denn für eine Antwort, *nur ein Zufall.*

»Ja«, sagt Felix, »die Uhr ist zufällig gerade jetzt, wo ich dich besuche, in der Reparatur. Nichts Schlimmes, die Uhr ist völlig in Ordnung, funktioniert wie am Schnürchen. Es ist eine reine Routineuntersuchung. Mach dir da keine Sorgen. Ich passe gut auf die Uhr auf. Man muss nur alle zwei Jahre mal einen Uhrmacher ranlassen, die Uhr muss gewartet werden, dann hält sie ewig. Das ist noch echte Uhrmacherkunst, da ist noch jedes Rädchen einzeln mit der Pinzette reingelegt worden, und deshalb muss das Räderwerk natürlich auch immer wieder alle zwei Jahre komplett gewartet werden, und das ist jetzt gerade der Fall.«

Simona schaut ihn lange an.

»Bis zu dem Punkt, wo du sagtest, dass sie ewig hält«, sagt sie, »habe ich dir geglaubt.«

34

Jedenfalls verstaut er eine Stunde später all die Eimer mit Farbe, die Simona gekauft hat, in seinem Auto – es sind viele Eimer, denn die Wohnung hat fünf Zimmer. Und Simona ist versöhnlich, sie lädt Felix nächste Woche zu einem Mittagessen ein, sie wird Wachteln braten, eine Tessiner Spezialität. Carlo ist nämlich nächste Woche wieder in Mailand, diesmal will er Schienen kaufen. Ganz nebenbei denkt Felix, dass die Mailandreisen von Carlo für ihn nach einer Geliebten klingen, denn Mailand ist ganz bestimmt nicht ein Zentrum für Modelleisenbahnen. Felix kann sich überhaupt nicht vorstellen, dass ein einziger Italiener abends kleine Bäumchen aus zerfuselten Plastikstreifen auf Miniaturberge klebt. Hingegen ist Mailand ein Zentrum für Seitensprünge, das hat Felix mal irgendwo gelesen. Aber es scheint Simona nichts auszumachen – das heißt, sie ist schon besorgt, aber nur wegen Felix. Sie war nicht von ihrer Überzeugung abzubringen, dass er die *Longines* ins Pfandleihhaus gebracht hat. Bei den Wachteln nächste Woche will sie ihn sicher kulinarisch zu einem Geständnis ermuntern.

Wenn Felix nur wüsste, was es zu gestehen gibt! Dafür würde er viel geben. Denn die Uhr, das macht ihm jetzt wirklich Sorgen.

Aber gut, jetzt fährt er erst mal über die unglaublich engen Straßen von Tesserete, die auch noch aus lauter Kurven bestehen, in die Strada Sowieso hoch, zur Wohnung der verstorbenen Mutter. Simona hat Felix fast ein wenig feierlich die Schlüssel in die Hand gelegt – es ist ganz klar, dass Carlo über seinen Schatten gesprungen ist. Das muss Felix ihm jetzt mal zugutehalten. Carlo hadert bestimmt mit sich, mit seinem Geiz, der ihn dazu gebracht hat, seinen Schwager in der Wohnung seiner Mutter … daran darf Carlo wahrscheinlich gar nicht denken. Seine Mutter hatte eine Seebestattung im Lago di Lugano, sonst würde sie sich im Grab umdrehen – und so ist es nur eine Welle, die sie verursacht mit ihrer Empörung darüber, dass Carlo diese *gescheiterte Existenz* aus Berlin in ihren ehemaligen Räumlichkeiten hausen lässt wie eine Ratte im Kühlschrank des Papstes.

»Don't drive that fast!«, sagt der Hund auf dem Beifahrersitz. Wegen der vielen engen Kurven schwankt er auf dem Sitz hin und her wie ein Metronom.

»I drive slowly«, sagt Felix.

»No, you …«, sagt der Hund und versucht das Schwanken durch Beinarbeit in den Griff zu kriegen, »… you're driving on too many curves.«

»There are only curves«, sagt Felix, »I only do, what the street tells me to do!«

Was ist denn jetzt mit dem Hund los? Er fängt an

a) zu winseln
b) zu sabbern
c) zu schmatzen

»I'm getting sick!«, sagt der Hund und verdreht den Kopf in beunruhigender Weise.

»Hey, Siri«, sagt Felix in sein Handy, »können Hunde seekrank werden?«

Und Siri sagt: »Ja, Hunde und viele andere Tiere können seekrank werden. Symptome dafür sind bei Hunden Winseln, Sabbern, Schmatzen und …«

Kotzen. Gott im Himmel, es nimmt einfach kein Ende, denkt Felix, während er gleichzeitig in einer engen Kurve einem schwarzen Mercedes-SUV ausweicht und sieht, wie da etwas aus dem Maul des armen Hundes quillt.

»Swallow it«, ruft Felix, »eat it!« Wahrscheinlich würde der Hund das gern tun, aber es geht halt nicht. Hier sind Mächte im Spiel, mit denen man sich besser nicht einlässt. Am Schluss rinnt sogar an der Windschutzscheibe etwas runter.

»Sorry«, sagt der Hund und rülpst. »I'm really …« Und dann kommt noch mal was, diesmal auf Felix' Hose.

»I'm so sorry«, sagt der Hund, »I'll clean it up, don't worry …« Und er fängt an, das Zeug von Felix' Hose zu lecken, was etwas Rührendes hat.

»It's okay«, sagt Felix.

»No, no, it's not okay«, sagt der Hund, der zum ersten Mal, seit Felix ihn kennt, irgendwie erschüttert wirkt und gar nicht mehr so selbstbewusst wie sonst immer.

Na gut, Felix lässt ihn machen. Es gibt ja eine Waschmaschine in der Wohnung der verstorbenen Mutter. Simona hat Felix erklärt, dass auf dem Display eine Warnmeldung wegen des Hauptwasserhahns angezeigt werden wird, wenn er die Maschine einschaltet, dass er die aber nicht beachten soll, denn der Hauptwasserhahn sei aufgedreht.

So, und dann kommen sie endlich in der Wohnung an, die riesig ist. Wie hat die arme Mutter von Carlo sich in diesen endlosen Fluren nur zurechtgefunden? Aber vor allem will man so etwas nicht streichen, man könnte ebenso anfangen, den Sand der Sahara zusammenzukehren. Und so viele Möbel! Die muss man dann alle mit Plastikfolie abdecken und in der Mitte der Räume zusammenschieben, das ist ja dann auch nicht gemütlich.

»I think, it's the side effects of that vaccination«, sagt der Hund, der an nichts anderes mehr denken kann als an seinen Ausrutscher vorhin im Auto bei der Kurvenfahrt. Jetzt macht er die Tollwutimpfung dafür verantwortlich, dabei ist der Fall doch klar: In Florida gibt es keine Kurven. Falls der Hund dort in einem Auto gefahren ist – und davon darf man angesichts des völligen Fehlens öffentlicher Verkehrsmittel ausgehen –, ist er nur das Geradeausfahren gewohnt. Die gebirgige Serpentine, die im Tessin nun mal Mode ist, hat er gerade vorhin zum ersten Mal kennengelernt.

Aber Felix sagt nichts. Er hat andere Sorgen. Und das Abdecken der vielen Möbel ist noch die geringste. Er zieht seine Hose aus, steckt sie in die Waschmaschine, die sofort eine Warnmeldung produziert, und danach setzt er sich in der Unterhose auf den Balkon und blickt über die unter ihm hingebauten Häuser von Tesserete. Der Hund schläft mit der Schnauze auf Felix' Füßen. Das ist ja auch ganz süß. Aber es erklärt nicht, wo die *Longines* seines Vaters geblieben ist.

35

Wann hat er denn die Uhr zum letzten Mal getragen? Seiner Meinung nach eben immer. Er hätte schwören können, dass er sie noch bei seiner Ankunft bei Simona getragen hat. Erst als Simona sagte, dass er sie nicht trägt, fiel es ihm auf. Das Gewicht der Uhr hat sich in all den achtzehn Jahren seit dem Tod seines Vaters in sein Körpergefühl eingegraben. Felix merkt ja auch nicht dauernd, dass er einen Daumen an der Hand hat, und genauso ist die Uhr Körperinventar geworden. Natürlich hat Felix vorhin, noch bevor er die Hose in die Waschmaschine steckte, sein Auto von vorn bis hinten durchsucht. Den Kofferraum, den Wagenboden, alles, sogar die Ritzen in den Sitzen hat er abgetastet und seinen Arm unter die Sitze gestreckt, um auch da zu tasten.

Er könnte die Uhr überall verloren haben: Als er das neue Bücherregal einräumen wollte, als er auf Befehl des Hundes von seinem Balkon runtersprang, im Krankenhaus, im Hotel *Honigmond*, am ehesten, als der junge türkische Mitbürger ihm eine verpasste, doch auch danach, bei der Baumvergiftung oder beim Diebstahl des Supermarkthundes, oder vor fünf Jahren! Ja, das ist der Punkt: Felix kann sich nicht erinnern, wann er zuletzt bewusst die Uhr an seinem Handgelenk wahrgenommen hat. Folglich könnte er sie theoretisch schon vor fünf Jahren verloren haben. Er hat gar nie auf die Uhr geschaut. Er ist nicht der Armbanduhrentyp. Er hat sie seinem Vater zuliebe getragen. Sein Vater bedeutet ihm etwas, aber nicht diese Uhr, sie wäre bei Simona in besseren Händen gewesen, obwohl es nun mal keine Damenuhr ist, steht das nicht sogar hinten auf dem Gehäuse – *Herrenuhr*? Ist das dort nicht eingraviert? Aber da sieht man's: Felix weiß nicht einmal, was hinten auf dem Gehäuse steht! Und jetzt hat er Vaters Erbe einfach so verloren und es noch nicht einmal gemerkt!

Wie sehr er diese Uhr jetzt plötzlich vermisst! Man kann eben nicht Objekt und Bedeutung trennen: Doch, die Uhr selbst hat Felix eben etwas bedeutet, *weil* er seinen Vater geliebt hat, und auch, weil die Uhr Simona etwas bedeutet, weil wiederum sie den Vater auch geliebt hat. Die Uhr war eben ein Objekt, das von der gemeinsamen Liebe der Kinder zum Vater nicht zu trennen war.

Aber irgendwie … nein, da kann doch etwas nicht stimmen, denkt Felix, wie er da auf dem Balkon sitzt in der milden Abendluft, die um seine nackten Beine streicht. Irgendetwas an dieser Uhrensache ist schräg, das ist das richtige Wort. Schief, nicht logisch, ein quer in der Landschaft liegender Baumstamm mit einem roten Fähnchen drauf. Irgendwas muss Felix übersehen oder vergessen haben, oder er hat vielleicht eine psychische Sperre.

»Huh?«, sagt der Hund, der erwacht, weil Felix die Füße unter seinem Kopf weggezogen hat, die dem Hund als Kissen gedient haben.

»My pants are ready«, sagt Felix, denn die Waschmaschine piepst.

»Pants are ready?«, sagt der Hund schlaftrunken.

Mein Gott, ist das süß, denkt Felix, ein kleiner schlaftrunkener Hund, der gerade nicht weiß, wo er ist und was seine Stellung im Leben ist.

»Good dog«, sagt Felix, »sleep, stay, wait a minute.« Felix holt im Wohnzimmer eins der dicken Sofakissen, die gemütlich aussehen, und legt es dem Hund unter den Kopf: »Is as good as my feet«, sagt er.

»Even better«, murmelt der Hund und schläft gleich wieder ein.

Diese Bemerkung, denkt Felix, wäre jetzt nicht nötig gewesen. Der Hund hätte sich doch liebevoll bedanken können! Das tut jetzt ein bisschen weh. Aber so ist Felix eben: Wenn er sein Herz an jemanden verschenkt, wird er zur Mimose, das weiß er selbst. Eine eifersüchtige, besitzergreifende Mimose. Damit wird der Hund leben müssen, Felix kann für ihn keine Ausnahme machen. Im Gegenteil weckt der Hund sogar die ganz große Mimose in ihm. Jetzt, wo Vaters Uhr weg ist … Felix weiß nicht, weshalb er das eine mit dem anderen in Verbindung bringt, von Küchenpsychologie will er nichts wissen.

Er hatte nie psychische Probleme mit seinem Vater, der Vater hatte gar keine Psyche, also in einem guten Sinn nicht: Er war realitätsorientiert, und über Gefühle sagte er einmal am Mittagstisch, sie seien eine Überlebensstrategie für Pelztierchen mit kleinem Gehirn. Felix hat im Grunde das Fehlen einer Psyche von seinem Vater geerbt: Er hält auch nichts von übertriebener Hormonausschüttung. Und das sind Emotionen ja letztlich, man kann es googeln: Sie sind das, was man fühlt, wenn Hormone die Rezeptoren im Gehirn stimulieren, und diese Stimulation nennt man Emotion. Man würde sie aber besser *Steuerung* nennen, denn Emotionen sind Steuerbefehle, die sich evolutionär bewährt haben. Viele Emotionen – das wird gern vergessen – sind ausgestorben, weil die, die sie hatten, überdurchschnittlich oft gefressen wurden oder sich ungern fortpflanzten. Übrig geblieben sind die Emotionen, mit denen man in einer tendenziell feindseligen Natur gut über die Runden kommt, und die vor allem dazu führen, dass in der Höhle sieben Kids rumtoben, die man mit drei verschiedenen Partnern gezeugt hat. Die Emotion, denkt Felix, während er seine Jeans aus der Waschmaschine nimmt und sie in den Trockner steckt, kommt vor dem Sex, und sie kommt nach dem Sex. Alle Emotionen drehen sich entweder um den Sex oder ums Überleben, das sind die zwei Zentralgestirne menschlicher Existenz – und den Rest haben die Dichter und Poeten dazuerfunden, denkt Felix, um sich die blanken Tatsachen schönzureden.

Die *große Liebe*, denkt Felix. Nicole. Er stellt den Trockner auf *Hot.* Das steht da: *Hot.* Es steht *Low. Medium. Hot.* Am Trockner hat Carlos verstorbene Mutter eindeutig gespart, da gibt es differenziertere mit aufs Grad genauer Temperaturwahl. Ja, die große Liebe, natürlich, Felix hat sie gefühlt, er konnte manchmal nicht atmen, wenn Nicole ihn ansah, er vergaß das Atmen einfach. Es war einfach zu wundervoll, was er da sah – wer wollte da noch atmen? Der Tod war ganz klar der nächste Schritt, denn alles außer diesem Gefühl der Liebe konnte doch nur schaler, weniger wichtig sein. Seine Liebe zu Nicole stellte den Volumenregler auf MAXIMUM, und alles, was danach kam, musste notwendigerweise minimaler sein. Das war real, Felix hat das so empfunden, und er ist heute noch erfüllt von der

Erinnerung an diese Empfindungen, jetzt gerade ist er voll damit, als der Trockner einen unglaublichen Lärm macht auf der Stufe *Hot*. Es war real, denn das ist ja der Trick, denkt Felix: Dass die Lebewesen die von den Hormonen verursachte Stimulation der Rezeptoren für das Nonplusultra halten, für etwas Großartiges, Bedeutendes, etwas, in dem so viel Sinn des Lebens steckt, dass man es sich dauernd in Spielfilmen ansieht und tausendseitige Romane darüber liest. Woran stirbt der Erpel auf der Entenjagd des *Landesjagdverbandes Brandenburg e. V.*? Daran, dass er absolut davon überzeugt ist, dass die Pürzelattrappe, die die Jäger an einem Seil vor ihm herziehen, der Arsch einer süßen Ente ist. Der Erpel fühlt das real. So real, wie Felix seine große Liebe zu Nicole gefühlt hat. Der Erpel und Felix empfinden das so intensiv, dass sie, wenn sie dazu das Talent hätten, berühmte Theaterstücke darüber schreiben würden, bei denen die Leute im Publikum weinen und denken: *Genau so ist es!*

So viel über die Realität von Emotionen. Felix ist ja nur drauf gekommen, weil er sich erinnerte, dass sein Vater auch ohne Psyche gut durchs Leben kam – und ein angenehmer Mensch war. Ja, und jetzt, wo die Uhr weg ist …

Felix weiß gar nicht, was genau er mit dem meint, was er da gerade denkt. Irgendwie verwirrt ihn das alles. Jetzt schau dir an, wie süß der Hund da mit der Schnauze auf dem weichen Kissen schläft! So etwas weggeben für eine halbe Million? Das muss Felix sich einfach noch überlegen, so, darum geht es. Wahrscheinlich wird er den Hund sozusagen verkaufen. Aber er muss es sich noch überlegen. Er wird sich nicht gut fühlen beim Verkaufen: Hormone. Könnte auch sein, dass es eine Möglichkeit gibt, das Geld zu kriegen und den Hund zu behalten. Das weiß man ja nicht, bevor man's nicht versucht hat.

Und eben: Jetzt, wo die Uhr … Sehen wir der Sache doch ins Auge: Die Seile sind gekappt. Felix ist vierundsechzig, und was hat er? Oder besser, was haben die Leute um ihn herum? Simona hat ihren Carlo, der in Mailand seiner Geliebten ein Miniaturbahnwärterhäuschen auf den nackten Bauch legt. Maria ist eine gute Freundin, aber sie hat diesen neuen Ehemann, dessen Namen Felix gerade nicht einfällt, was ja auch was heißt, und Nicole hat ihren Bundespräsidenten, der ihr ein Leben mit Bundeswehrblaskapelle ermöglicht. Aber was hat Felix? Er hat eine Handaxt und eine Sporttasche voller Chemikalien, aber auch nur, wenn er sich alles wieder neu kauft. Sein bester Freund Ralf ist tot, und seiner Nachbarin Frederike kann er nicht mehr trauen. Was für ein mageres Fazit! Da wird man doch wohl noch ein paar Hormone in einen Hund investieren dürfen! Einen Hund lieben – warum denn nicht, wenn man keine anderen Optionen hat!

Ich sollte mal ehrlich sein zu mir selbst, denkt Felix und zeigt dem Hund eine Büchse ungarisches Gulasch. Die hat er in der ersten Autobahntankstelle nach dem Gotthardtunnel gekauft: Hundefutter war ausverkauft.

»Are you ready for a big friendship?«, fragt Felix und lässt den Hund an der verschlossenen Dose riechen.

»Open it, and I'll tell you«, sagt der Hund mit einem dünnen Speichelfaden im Mundwinkel.

36

So, und jetzt die nächsten Tage: Stöckchenwerfen. Was will denn so ein Hund, hat sich Felix überlegt, er will apportieren. Also hat sich Felix in Tesserete eine geeignete Wurfgegend gesucht, was gar nicht so einfach ist bei der dichten Bebauung und der hügligen Landschaft. Wo du hier einen Stock hinwirfst, landet er im Naturknast irgendeines Einfamilienhäuschens. Überall diese frisch gemähten sogenannten *Gärten*, die Felix so verabscheut, da sie für ihn eingezäunte Straflager für überzüchtete Zierpflanzen sind. Von dieser Überzeugung bringen ihn auch die paar Chinesischen Hanfpalmen nicht ab, die hier gelegentlich in den Straflagern stehen.

Jedenfalls muss Felix zum Stöckchenwerfen ein Stück weit hochfahren zu einem Wanderweg, der in einen Kastanienwald führt, der so überforstet ist, dass man ihn mit Fug und Recht als Naherholungsnaturknast bezeichnen kann. Aber hier liegt wenigstens ab und zu ein geeigneter Ast rum, der dem Ordnungswahn des amtlichen Försters entronnen ist. Gut, Felix wirft also so einen Stock den Hang hoch, und der Hund sprintet wie von einem Pferd gebissen die Anhöhe rauf, und danach rennt er mit flatternden Ohren und dem Stock im Mund wieder runter, legt den Stock vor Felix' Füßen ins Gras und tänzelt um Felix herum: »Come on! Throw it! Throw it again! I fricking like that!«

Also es gibt Tätigkeiten, die Felix persönlich lieber ausführt als einen zerbissenen, versabberten Stock in die Hand zu nehmen und gute hundert Mal den Hang raufzuwerfen, und das in der Sonne des Südens. Aber der Hund ist so glücklich! Manchmal kriegt der Hund kaum noch Luft vor Anstrengung, aber er geht ans Limit und wird immer unverschämter. Bald wirft Felix ihm den Stock nicht weit genug oder nicht schnell genug, dann ruft der Hund: »Come on, sleepy head, throw that stick!«

Ach, es ist einfach schön, ein anderes Lebewesen durch eine einfache Tätigkeit so glücklich zu machen. Durch eine ermüdende, langweilige Tätigkeit, aber das nimmt man auf sich und erhält doch als Lohn diese flatternden Ohren, wenn der Hund den Hang runterrennt und seine Zunge mit den Ohren um die Wette flattert. Der Hund ist jetzt ganz Spiel und Aufregung, und am nächsten Tag will er natürlich wieder hin.

Es ist völlig klar, dass seine ach so guten Freunde in Florida gar nicht wissen, was den Hund glücklich macht. Sie haben offenbar Besseres zu tun, als einen versabberten Stock durch die Gegend zu werfen, wer kann es ihnen verdenken. Aber trotzdem ist das natürlich genau der Hebel, den Felix ansetzt, um dem Hund zu zeigen: Ich kenne deine Bedürfnisse. Ich spiele mit dir, während deine Freunde nur an dir rumprogrammieren – so muss man es sich ja vorstellen: Die Freunde programmieren, während der Hund immer fetter wird, weil niemand mit ihm spielt.

Abends, wenn Felix und der vom vielen Apportieren ganz erledigte Hund auf dem Balkon die Sommerluft genießen, sagt Felix: »What do you wanna do tomorrow? No, don't say it! Let me guess: Hm … throwing sticks?«

»Yeah! Yeah! I'm all about it!«, ruft der Hund und rennt erwartungsfroh auf dem Balkon rum, bis ihm die müden Beine versagen.

Felix hat den Hund überhaupt noch nie so lebendig und hundeartig gesehen. Es fällt irgendwie fast nicht mehr auf, dass er spricht, so hundemäßig benimmt er sich beim Stöckchenwerfen. Die Sache läuft wirklich gut, denkt Felix, in Florida wird der Hund sich wünschen, er könnte bei mir bleiben, und dann wird er mir vielleicht von selbst vorschlagen, seine Freunde … zu … na ja, sie um die halbe Million zu erleichtern, denkt Felix, und dann mit mir wieder zurückzufliegen.

Aber ist das nicht naiv? Stellt Felix sich das nicht viel zu einfach vor? Ist er überhaupt Psychologe genug, um in die Seele dieses Jack Russell Terriers zu blicken? Man darf sich ja nicht von der Kleinheit dieses Körperchens täuschen lassen: Da steckt ein großes, empfindsames Wesen drin, der Hund wird sich nicht so leicht von der Treue zu seinen Freunden abbringen lassen. Felix muss schon noch ein Sahnehäubchen oben draufsetzen. Aber Sahne wäre nicht das Richtige – hingegen Salametti schon.

So heißen diese kleinen leckeren Würste, die sie in Tesserete im Supermarkt verkaufen. Die kann man in Scheiben schneiden, die genau die richtige Größe haben, um sie auf einen angespitzten Stock zu spießen. Am nächsten Tag wirft Felix diese mit Salamettischeiben aufgedonnerten Stöcke, und das gefällt dem Hund natürlich noch mal um Dimensionen besser. Es ist nicht gesund, das ist völlig klar, aber hier geht es um nichts Geringeres als darum, die Liebe eines Hundes zu gewinnen, da muss man alle Ernährungsratschläge über Bord werfen. Nach zwei Stunden Stockwerfen mit Salamettizuschlag will der Hund jeweils nur noch trinken, weil die Wurst praktisch aus Salz und Fett besteht, aber auch daran hat Felix gedacht: Er tränkt den Hund mit San-Pellegrino-Mineralwasser aus der Einliterflasche. Der Hund lebt praktisch wie ein Kurgast im Grand Hotel Villa Castagnola in Lugano.

Einmal, auf der Rückfahrt vom Stöckchenwerfen, fragt der Hund: »What are you up to?«

»Me?«, fragt Felix, aber er weiß natürlich sehr genau, was der Hund meint. Der Hund ist ja nicht dumm, er wird sich fragen, warum macht der Kerl all die tollen Dinge, die meine Freunde nie machen, und dann sogar noch mit Salametti und Mineralwasser?

»We're friends«, sagt Felix und streichelt den Hund, und das Schöne ist, das Fell ist trocken, obwohl der Hund eigentlich verschwitzt ist.

»Okay«, sagt der Hund und schaut Felix von unten herauf an, nur ganz kurz – man könnte sagen, es ist ein psychologisch vieldeutiger Blick. Es hängt ganz eindeutig etwas Unausgesprochenes in der Luft.

So, und irgendwann muss Felix ja mit dem Streichen der Wohnung beginnen, sodass der Tagesablauf nun aus Abkleben der Fenster im Wohnzimmer und aus Stöckchenwerfen besteht. Das Streichen stinkt dem Hund, er sagt: »I can't stand that smell!«

Ja, das tut Felix leid, aber es ist biologisch abbaubare Farbe, soll er da jetzt auch noch Salametti reinschnetzeln, damit der Hund sich damit anfreundet? Irgendwann muss sich auch einmal beweisen, dass der Hund und er im nüchternen Alltag zusammenpassen und nicht nur, wenn's schön ist beim Stöckchenwerfen.

Felix streicht mit dem Roller, der Hund schaut zu, schweigt, und dann ruft Simona an und lädt Felix zum Abendessen ein: »Ohne Hund bitte«, sagt sie. Jetzt mal ehrlich: Felix ist ganz froh, dass er mal für einen Abend von dem Hund wegkommt. Das heißt überhaupt nicht, dass er sich ein Leben ohne Hund wünscht, ganz und gar nicht. Aber einfach mal einen Abend ohne über Stöckchenwerfen zu sprechen – und der Hund redet ja über nichts anderes mehr –, das wird man sich wohl noch wünschen dürfen, ohne gleich als Narzisst zu gelten.

Also fährt Felix ohne den Hund zur Simona, und das Unheil nimmt seinen Lauf.

37

Nicht, dass Simona das Unheil gewollt hätte, das kann man ihr nicht vorwerfen. Aber im Nachhinein kommt es für Felix aufs Gleiche hinaus. Und wie immer in der Familie Sell beginnt das Unheil mit Apfelküchlein. Die Mutter hatte schon die Angewohnheit, die Familie mit Apfelküchlein zu überraschen, weil sie wusste, dass alle diese Küchlein liebten. Aber jedes Mal, wenn Apfelküchlein auf den Tisch kamen, wurde nachher einer krank, oder es kam zu einem Beinbruch, einmal brach sogar in der Küche ein Feuer aus. Am Schluss löste Mutters Ankündigung von Apfelküchlein mehr Panik als Freude aus. Der Vater sagte mit vollem Mund: »Nimmt mich wunder, wer heute die Treppe runterfällt.«

Na gut, Simona überrascht Felix also mit einer Schüssel voller Apfelküchlein nach Mutters Rezept, dazu gibt es Südtiroler Süßwein.

»Weißt du noch?«, sagt Simona, und Felix weiß wie gesagt noch.

»Wie früher«, sagt sie, und er sagt: »Oh ja, und die schmecken sogar genauso gut!« Das stimmt nicht ganz, die Mutter hatte eine Begabung für Apfelküchlein, so was vererbt sich nicht so schnell. Aber es ist schön, dass Simona diese alte Tradition weiterführt, die Tradition der Stürze,

Verletzungen, fiebrigen Erkältungen, denkt Felix, und die Tradition, einander zu mögen. Das war so in der Familie, und was ist dagegen schon ein kleiner Treppensturz.

Ja, diese Apfelküchlein. Felix merkt wirklich, dass er Simona eigentlich gern hat, auch der Süßwein befördert diese Erkenntnis. Aber dann, im warmen Schein der Kerzen, wovon zwei Wespenkerzen sind, denn sie essen draußen auf der Veranda, fängt Simona plötzlich mit Nicole an. Sagt, sie habe gestern in der *Bunten* ein Interview mit ihr gelesen, ob Felix es auch gelesen habe? Er sagt, nein, er lese die *Bunte* nicht. Natürlich liest er sie, weil Nicole ja oft drin vorkommt, aber warum soll er das zugeben. Simona sagt, Nicole sei jetzt Schirmherrin der UNICEF, Felix weiß nicht genau, ob das eine Militärorganisation oder etwas für Kranke ist. Er sagt, jaja, habe er gehört.

Simona sagt: »In dem Interview sagt Nicole, sie will sich für Bildungsgerechtigkeit einsetzen und dafür, dass Mädchen aus sozial benachteiligten Familien in der Schule gefördert werden. Aber weißt du, was sie noch gesagt hat? Warte, ich lese es dir vor, das musst du im Originalton hören!«

Felix möchte gar keinen Originalton von Nicole hören, außer am Telefon vielleicht, wenn sie ihn anrufen und sagen würde: »Gerry war ein Fehler, das sehe ich jetzt ein, Felix. Lieber hätte ich dich geheiratet, dann müsste ich jetzt nicht Schirmherrschaften übernehmen für Kinder, die ich gar nicht kenne.«

Also Simona liest vor aus der *Bunten*: »Zitat Nicole: Ich habe in der Gymnasialzeit selbst sehr gelitten. Es war damals, für ein Mädchen aus einfachen Verhältnissen, schwierig, nicht gemobbt zu werden. Zitat Ende.«

»Ja gut«, sagt Felix, »wenn das schon alles ist.«

»Und schon nimmst du sie wieder in Schutz!«, sagt Simona. »Siehst du denn nicht, dass sie lügt? *Ich* bin in der Schule gemobbt worden, und zwar von ihr! Nicole hat doch selbst gemobbt, wo es nur ging! Alle hatten Angst vor ihr und ihrer Schlampenclique! Also wirklich!«

»Na ja«, sagt Felix. Es war schon ein bisschen so. Nicole konnte ganz schön übel sein, aber nur zu den anderen Mädchen. Den Jungs steckte sie verzierte Zettelchen in die Manteltasche, und der, der am meisten Zettel in der Tasche hatte … und das war eben irgendwann Felix. Allerdings erst, nachdem die Taschen der anderen Jungs schon aussahen, als stecke eine Wassermelone drin, denn Nicole sparte nicht mit Zetteln, wenn sie küssen wollte. Aber später, denkt Felix, während Simona noch mal irgendwas von *Schlampenclique* sagt, später hat Nicole einen Wesenswandel hingelegt wie eine Schmetterlingsraupe. Sie liebte nur noch Felix und schenkte den anderen Mädchen der Klasse diese Kaugummis, die in den Tüten mit den Fußballerbildchen steckten. Mein Gott, denkt Felix, wie naiv man damals mit siebzehn noch war, heute sammeln sie in dem Alter sexuelle Erfahrungen wie wir früher Fußballerbildchen.

»Na ja«, sagt Felix also, und jetzt sind er und Simona wieder am selben Punkt wie vor fünfundvierzig Jahren: Genau wie damals nimmt Simona es ihm tödlich übel, dass er sich auf Nicoles Seite schlägt, anstatt sie dafür zu verurteilen, dass Nicole über sie, seine Schwester, in der ganzen Schule rumerzählt hat, sie habe Genitalwarzen, und jeder, der in ihre Nähe komme, werde diese Viren auch bald in der Geschlechtsgegend haben. Also gut, das ist ja jetzt Schnee von gestern, und so fügt Felix seinem »Na ja« noch ein »Nicole hatte halt Probleme damals. Aber später nicht mehr.«

»Später nicht mehr!«, sagt Simona und kippt ein halbes Glas Süßwein weg. Die Kerzen flackern jetzt sogar, obwohl sie vorher ganz gerade brannten. In der Ferne über dem Lago di Lugano grollt ein Gewitter, es scheint, dass die Tessiner Natur von Felix jetzt sogar endlich Solidarität mit seiner Schwester einfordert.

»Später bist du mit ihr rumgezogen«, sagt Simona, »und hast dauernd einen roten Kopf gehabt. Vom anderen will ich gar nicht reden.«

»Von welchem anderen?«, fragt Felix und fühlt die Röte in seinem Gesicht hochsteigen. Ihre Zimmer im Elternhaus lagen ja dicht nebeneinander, da war fast überhaupt keine Mauer dazwischen, man hörte jedes kleine Grunzen. Und wenn Felix nachts an Nicole dachte, hörte man das unter Umständen sogar noch unten im Wohnzimmer.

»Ja, mein Gott«, sagt Simona, »komm, egal.«

»Ja, finde ich auch«, sagt Felix, »hast du noch eine Flasche?«

Also öffnet Simona eine zweite Flasche Süßtiroler, 13 Grad Alkohol, aber sie kann nicht aufhören.

»Es geht mich nichts an«, sagt sie, »aber ehrlich: Wenn du mich fragst, hat dich deine sogenannte Liebe zu Nicole ein Leben lang daran gehindert, offen zu sein für eine Frau, die wirklich zu dir passt. So. Das ist meine Meinung. Und übrigens auch die von Maria.«

»Ja, klar«, sagt Felix, »das weiß ich selbst. Das muss ich nicht von dir und Maria hören. Aber wer weiß, freut euch nicht zu früh.« Als Felix das sagt, weiß er, der Wein funktioniert zu gut. Ein weiteres Indiz dafür ist, dass Felix trotzdem weiterspricht: »Ich habe ihr eine Mail geschrieben, Nicole, gerade vor ein paar Tagen. Und einen Tag später«, sagt Felix, »hat sie schon zurückgemailt. Sie sagte, tut mir leid, dass meine Antwort so lange gedauert hat, ich musste mich um die Königin von Spanien kümmern … und dann«, sagt Felix, »hat sie mich eingeladen. Mich. Sie hat mich eingeladen, ob du's glaubst oder nicht.«

So, das musste einfach raus, weil es so wundervoll klingt. Das wollte Felix sich einfach sagen hören.

Und was sagt Simona?

»Fahr da nur nicht hin. Wenn dir dein Leben lieb ist.«

»Wohin?«, sagt Felix.

»Dahin, wo sie dich eingeladen hat«, sagt Simona. Sie bläst die Kerzen aus und sagt: »Komm rein. Wir reden drin weiter. Das ist sicherer.«

38

Simona verschließt die Balkontür und zieht sogar die Vorhänge zu. Sie setzt sich in den Sessel neben dem kalten Kamin, und Felix soll sich in den anderen Sessel setzen.

So, und jetzt, wo die Balkontür zu und die Vorhänge zugezogen sind, kann Simona die Wahrheit sagen.

Sie sagt: »Die Wahrheit ist, dass Nicole eine Rassistin ist. War sie schon immer. Als wir Martin Luther King durchnahmen, was hat sie da gesagt?«

»Huh?«, sagt Felix. Dieses *Huh* hat er vom Hund übernommen, weil es ihm irgendwie gefällt.

»Im Geschichtsunterricht«, sagt Simona, »sie nannte ihn einen *Bimbo mit Leibwache.*«

Aber das war doch nur ein Scherz! Ja, Felix hat das auch gehört, und die Hälfte der Klasse lachte, einfach, weil es einem eine angenehme Hühnerhaut verschaffte, wenn jemand so etwas sagte. Es waren eben andere Zeiten.

»Sie erzählte Witze über Afrikaner«, sagt Simona, »wie viele Afrikaner braucht man, um eine Glühbirne einzuschrauben? Antwort: Kommt drauf an, wie viel Munition sie haben. Das erzählte Nicole auf dem Pausenhof, du hast es doch auch gehört.«

»Ja, aber den Witz hat doch keiner verstanden«, sagt Felix – was soll denn jetzt diese Vergangenheitsbewältigung?

Und Gerry. Jetzt kommt Simona auf ihn zu sprechen, sie

sagt, er war noch einen Zacken schlimmer. Man denke nur mal daran, wie Gerry bei dem Verkleidungswettbewerb auf der Abifeier als Bob Marley aufgetaucht ist. Hat sich eine Rasta-Perücke aus Putzfäden gebastelt und Schuhwichse ins Gesicht … es schüttelt Simona sogar jetzt noch, so widerlich war das. Vor allem als Gerry dann ins vor Rückkopplungen pfeifende Mikrofon brüllte *No women, no ficki, oh yeah, no women, no ficki!* Rassistisch und schwulenfeindlich. So war das, sagt Simona, Gerry habe doch dauernd Ulli Fischer gequält und ihm von hinten Besenstile zwischen den Beinen durchgedrückt, solche Sachen.

Felix denkt, na ja, Ulli Fischer, jeder wusste, wie es um ihn stand: Er liebte David Bowie. Und mit Liebe war Liebe gemeint, er schrieb Bowie Briefe voller … eben Liebe. Und er kriegte nie eine Antwort, das hat Ulli so traurig gemacht, das konnte man ja nachvollziehen.

Aber heute, sagt Simona, heute tut Gerry Bundespräsident so, als setze er sich von morgens bis abends für die Schwulenehe ein. Und was sagte er in seiner letzten Neujahrsansprache? Er sei stolz, in einem Land zu leben, in dem die Liebe kein Geschlecht kenne und in dem der Hass auf ausländische Mitbürger eine Straftat darstelle.

»Er!«, sagt Simona und verschüttet beinahe ein wenig süßen tirolschen Wein. »Er, der *no women, no ficki* mit Schuhwichse im Gesicht gegrölt hat, und der Ulli Fischer *Bowie-Ficker* nannte, am Elternbesuchstag! Das konnte er, Gerry! Manipulative Reden schwingen, und das kann er heute noch! Am Elternbesuchstag«, sagt Simona, »stand er auf, während Ulli noch seinen Vortrag über Goethes *Wilhelm Meister* hielt. Und er sagte: ›Ich muss die geschätzte Elternschaft leider darauf aufmerksam machen, dass die Liebe, um nicht zu sagen die sexuelle Sehnsucht des Vortragenden nicht Goethe gilt, sondern David Bowie, für dessen einen kleinen Kuss er zu sterben bereit wäre.‹«

Ah ja? Felix ist ganz überrumpelt – mit Simonas präzisem Gedächtnis kann seins nicht mithalten, obwohl das von ihr soeben geschilderte Ereignis im Großen und Ganzen auch in seinem Kopf eine Spur hinterlassen hat. Er weiß allerdings nur noch, dass Ulli Fischers Eltern im Klassenzimmer zu grauem Stein erstarrten und unter den verlegenen Blicken der anderen Eltern sich allmählich in roten Stein verwandelten, der sich schließlich – jedenfalls die Mutter – in einen Schwall Tränen auflöste.

»Okay«, sagt Felix, »sag mal, wie geht's eigentlich Carlo und dir, ich meine, eure Ehe: Ihr wirkt glücklich. Das freut mich.«

»Ja, danke, dass du fragst«, sagt Simona und hält ihm ihr Glas hin, das er mit neuem troller Südwein vollgießt, und sich selber gönnt er auch noch etwas von dieser flüssigen Tröstlichkeit.

»Aber das hier ist zu wichtig«, sagt Simona. »Ich möchte, dass du erkennst, was hier abläuft.«

»Wo?«

»In Berlin. Stell dir doch mal vor«, sagt Simona, »wie das für Gerry und Nicole sein muss, jetzt.«

»Jetzt wie?«, sagt Felix.

»Wie das für sie ist«, sagt Simona langsam, damit Felix jedes Wort kapiert, »dass es Zeugen gibt. Zeugen dafür, was sie wirklich sind.«

Felix denkt, oh, oh jetzt …

»Und ihr seid also glücklich, du und Carlo«, sagt er. Aber Simona ist unerschütterlich auf ihrem Pfad.

»Stell dir mal vor«, sagt sie, »du bist ein Rechtsextremer. Ein Rassist, Schwulenhasser, Ku-Klux-Klan, ein Reichsbürger. Und du willst an die Macht, damit du die Gesellschaft von all dem Abschaum befreien kannst, den du so hasst. So. Aber dumm bist du nicht. Du weißt ganz genau«, sagt Simona und zeigt auf Felix, »dass du heutzutage keine Chance hast, an die Macht zu kommen, wenn du offen zugibst, dass du ein Rassist und Schwulenhasser bist. So was wollen die Wähler einfach nicht mehr. Da kriegst du höchstens zwanzig Prozent der Stimmen, und das reicht nicht, um in Deutschland ein faschistisches Regime zu installieren. Also: Was tust du?«

»Ich?«, sagt Felix.

»Natürlich nicht du«, sagt Simona, »die! Was tun die? Ich kann's dir sagen: Sie treten in die SPD ein. Wie Gerry. Oder sie werden Mitglied der Grünen, wie Nicole.«

39

Auf diese Weise erfährt Felix an einem Sommerabend in Tesserete, dass die SPD und die Grünen unterwandert worden sind von Rechtsextremen, die in diesen harmlosen Parteien sich wie Wölfe im Schafspelz bewegen. Sie tun so, als seien sie Linke, betreiben linke und grüne Politik, und deshalb werden sie in hohe Staatsämter gewählt, die ihnen als Rechtsextreme sonst auf ewig verschlossen bleiben würden. Ist das nicht diabolisch clever? Simona gibt zu, dass das wirklich eine gute Idee ist.

»Und sobald sie alle wichtigen Posten in der Regierung, in der Armee und bei der Polizei mit ihren eigenen Leuten besetzt haben«, sagt Simona, »schlagen sie zu und errichten einen faschistischen Staat. Nein, ich bin nicht verrückt. Das wolltest du jetzt bestimmt sagen. Du kennst mich«, sagt Simona, »ich bin überhaupt nicht der Typ für Verschwörungstheorien. Aber das hat mich wirklich überzeugt, vor allem, weil ich ja *weiß*, dass unser geschätzter Bundespräsident einer von diesen Leuten ist.«

»Na ja«, sagt Felix, mehr fällt ihm dazu im Moment nicht ein. Dann sagt er aber doch: »Ein bisschen verrückt klingt es schon.«

»Natürlich«, sagt Simona, »weil es ein perfider, monströser Plan ist. Es ist ein verrückter Plan, deshalb klingt es verrückt, wenn man es ausspricht. Das wollen die ja auch:

Dass jeder, der die Leute darauf aufmerksam machen will, wie ein Psycho klingt. *Oho, Leute, passt mal auf, glaubt ihr etwa, der SPD-Kanzler sei wirklich ein Sozialdemokrat? Oder die Vorsitzende der Grünen wirklich eine Grüne? Nein, in den Regierungsparteien sitzen lauter getarnte Faschisten an den Schalthebeln der Macht!* Du musst doch zugeben«, sagt Simona, »dass das völlig verrückt klingt.«

»Ja, ich gebe es sogar ganz ohne Vorbehalte zu«, sagt Felix.

»Genau«, sagt Simona, »und so wollen die das auch haben: Dass es keiner glaubt. Wenn du damit zur Presse gehst, geben die dir einen Orangensaft und rufen heimlich den Notfallpsychiater an. Das ist das eigentlich Geniale an dem Plan! Und weil der Plan so genial ist«, sagt Simona, »funktioniert er international, nicht nur bei uns.«

Felix erfährt, dass der globale Anführer der *Getarnten QAnon* Barack Obama ist. Die heißen *Getarnte QAnon*, und Obama war der Erste von ihnen, der das Weiße Haus unterwandern konnte. Aber sie waren noch nicht bereit für die totale Machtübernahme, deswegen hängen noch nicht überall überlebensgroße Bilder von Obama.

»Aber so tief wollte ich dich gar nicht mitreinziehen«, sagt Simona und streckt Felix ihr Weinglas hin, das er er mit dem Rest vom Trollwein aus dem Süden füllt. Wäre er nüchtern, würde er sich jetzt vielleicht Sorgen um Simona machen, das kann aber bis morgen warten. Dieser Carlo tut ihr einfach nicht gut, das krähen die … Katzen von den Dächern. Sie war früher überhaupt nicht empfänglich für Irrationales, nicht mal für die heilige Kommunion, sie hat sich schon mit zwölf in der Kirche verweigert und den Papst mal einen

Schotten im Langrock genannt. Sie sagte, der Papst sollte lieber mal einen knielangen Rock tragen anstatt diese komischen Abendkleider. Simona war auch gegen Erich von Däniken und gegen Außerirdische, und als Bob Dylan Christ wurde, schaltete sie das Radio aus, wenn er sang.

Aber jetzt sitzt sie mit angewinkelten Beinen auf dem Sofasessel und glaubt, dass Gerry Lohse im Schloss Bellevue mit der einen Hand eine Grußbotschaft an die Vorsitzende der Sozialdemokratischen Partei Finnlands schreibt und mit der anderen ein geheimes Dokument unterzeichnet, in dem er anordnet, dass nach der Machtübernahme eine halbe Million türkische Mitbürger zur Zwangsarbeit bei der Deutschen Post verpflichtet werden, damit man in Deutschland endlich mal wieder ein Paket kriegt.

»Simona«, sagt Felix, »es könnte ja auch sein, dass es verrückt klingt, weil es verrückt *ist*, was meinst du?«

Aber das ist nur Öl ins Feuer von Simonas Überzeugungen, sie eröffnet sogar eine Neben-Brandstelle, und zwar eine, deren Funken auf Felix überspringen. Denn sie sagt, sie bestreite doch gar nicht, dass es verrückt sei, was die *Getarnten QAnon* vorhätten. Die seien zu allem entschlossen, und jetzt erzähle sie ihm etwas, das überhaupt der Grund sei, weshalb sie ihm das alles erzähle. Vielleicht verstehe er dann, wie sehr ihn das alles persönlich etwas angehe. Und zwar gebe es in Berlin einen alten Bunker aus dem Zweiten Weltkrieg, den keiner mehr kenne. Er sei auf den Plänen nicht mehr verzeichnet.

»Und in diesem Bunker«, sagt Simona, »machen die *Getarnten QAnon* Tierversuche an Hunden. Ich sage es jetzt mal ganz laienhaft, ich behaupte ja nicht, dass ich verstehe, wie sie das technisch machen. Aber sie verkabeln die Gehirne der Hunde mit Chips.«

Mit künstlicher Intelligenz, KI.

Und diese Hunde schleusen die *Getarnten QAnon* bei Politikern ein, die wirklich Sozialdemokraten und wirklich Grüne sind, und die sich wirklich für eine gerechtere Welt und gegen den Klimawandel einsetzen. Die Hunde sammeln Informationen über diese guten Politiker – »na ja, in Anführungsstrichen gut«, sagt Simona, »so gut wie Politiker eben sein können. Aber immerhin sind sie keine Faschisten.« Und diese Informationen verwenden die *Getarnten QAnon* dann im Wahlkampf gegen diese »guten« Politiker.

Auch das findet Simona wieder diabolisch, aber genial. Das ist ja das Gefährliche an diesen Leuten: Sie sind hochintelligent und werden von Milliardären unterstützt, deren Namen Simona nicht zu erwähnen braucht, jeder kennt sie. Sie sind auf dem Gebiet der künstlichen Intelligenz sogar den Chinesen überlegen.

»Und jetzt stell dir mal vor«, sagt Simona, »du bist Politiker und hast einen Hund in deiner Wohnung, der alles mitkriegt, was du tust, der alles mithört, was du vertraulich zu deiner Frau sagst. Der erfährt Dinge, die nicht mal der Geheimdienst weiß. Und natürlich sagst du auch als Linker oder Grüner nach ein paar Gläsern Wein im privaten Kreis mal *kriminelle Ausländer sollte man ja wirklich ausweisen, aber wenn ich das öffentlich sage, kann ich den Fraktionsvorsitz vergessen.* Und solche Sachen«, sagt Simona, »oder du sagst *Wollen wir heute mal wieder mit Handschellen*, und der Hund hockt mit gespitzten Ohren auf dem Teppich im Schlafzimmer. Da fällt«, sagt Simona, »eine Menge Erpressungsmaterial an, das kannst du dir ja wohl vorstellen. Und deshalb möchte ich dich jetzt etwas fragen, Felix. Es ist wirklich wichtig, dass du mich nicht anlügst. Sag die Wahrheit, ich bitte dich. Woher hast du diesen Hund?«

40

In Felix' Kopf herrscht jetzt ein hektisches Kommen und Gehen von Gedanken. Manche dieser Gedanken stolpern übereinander, so bewegt geht es zu. Felix versucht, einen klaren Gedankengang durch all diese anderen Gedanken hindurch zu finden.

»Den Hund?«, sagt er. »Den habe ich gekauft, warum?«

»Das habe ich doch gerade gesagt. Sie setzen solche Hunde ein.«

»Einsetzen? Wer?«

»Gerry und Nicole im Speziellen!«, sagt Simona. Sie steht sogar von ihrem bequemen Sessel auf, um im Wohnzimmer barfuß hin und her zu gehen.

»Du hast ihn also gekauft!«, fragt sie in verschärftem Ton.

»Oh ja«, sagt Felix. Er hat so eine Stelle an der Stirn, die sich taub anfühlt – es ist möglicherweise sein Gehirn, das ihm die Gefolgschaft verweigert. Denn eins muss man ja mal sagen: Wie kommt Simona auf die Idee von Hunden, denen ein Chip eingepflanzt wurde? Und das ist ja nur das eine: Wie kommt sie auf die Idee von Hunden, die *eingeschleust* werden? Also die plötzlich zum Beispiel im Wohnzimmer stehen und sagen, sie seien durstig, wie es ja bei Felix' Hund war.

»Tut mir leid«, sagt Simona, »aber das glaube ich dir nicht. Warum solltest du dir einen Hund kaufen. Du hast Hunde nie gemocht. Du magst Katzen. Du liebst Katzen und hast zweimal in deinem Leben eine Katze gehabt.«

Simona sagt, sie habe lange darüber nachgedacht. Sie habe zuerst einfach nicht kapiert, warum Felix hier mit einem Hund aufgekreuzt sei. »Warum du plötzlich einen Hund hast und ihn sogar mit auf eine Reise nimmst.« Sie sagt, sie habe es sich damit erklärt, dass er einsam sei – aber warum hat er sich dann nicht wieder eine Katze gekauft? Und plötzlich fiel es ihr wie Schuppen von den Augen. Deshalb bittet sie Felix jetzt noch einmal, von Schwester zu Bruder, ihr die Frage zu beantworten, woher er diesen Hund hat?

Na gut, was ist schon verloren, wenn Felix ehrlich ist? Warum sich auf die Kaufvariante versteifen?

»Zugelaufen«, sagt Felix.

Simona kommt zu ihm und umarmt ihn herzlich.

»Danke«, sagt sie, »das ist nämlich jetzt sehr wichtig, weißt du.«

»Er ist dir also zugelaufen«, sagt sie, »ich wusste es, ha!« Sie ballt für einen Moment die Faust aus Glück darüber, dass sie es wusste.

»Und wo und wann ist er dir zugelaufen?«

»Simona«, sagt Felix, »hör mal, ja, er ist mir zugelaufen, aber es ist doch nur ein Hund!« Das stimmt aber nicht, das muss Felix ja selbst zugeben. Er möchte nur am liebsten jetzt in die Wohnung der verstorbenen Mutter zurück und über alles erst mal nachdenken, bevor er hier den Boden unter den Füßen verliert.

»Auf der Straße«, fragt Simona, »ist er dir auf der Straße zugelaufen?«

»Nicht direkt«, sagt Felix, »er war vielleicht vorher auf Straße. Aber dann stand er in meinem Wohnzimmer.«

»Er stand plötzlich in deinem Wohnzimmer«, sagt Simona.

»So ungefähr«, sagt Felix.

»Und wann genau war das?«

»Vor einer Woche ungefähr.«

Jetzt merkt Felix, dass er sich von dieser Befragung etwas erhofft. Das ist der Grund, warum er eben nicht zurück in die Wohnung geht. Er erhofft sich irgendeine Art der Aufklärung. Aber die kann ja nur auf den Hirngespinsten von Simona beruhen. Es wäre also nach wie vor besser, wenn er jetzt gehen würde. Aber die Hoffnung stirbt zuletzt, und jetzt lebt sie eben noch.

»Vor einer Woche, hm«, sagt Simona. »Und wenn ich dich jetzt bitte, dich zu erinnern, ob es da irgendein Ereignis gab, das mit Nicole oder Gerry zu tun hatte, und das du mit dem Erscheinen des Hundes in Verbindung bringen kannst – was würdest du da sagen?«

»Ein Ereignis? Ich habe Gerry seit fünfhundert Jahren nicht mehr gesehen und Nicole … da gibt's überhaupt keinen Zusammenhang mit dem Hund.«

»Aber vorhin hast du doch gesagt, dass du Nicole vor ein paar Tagen eine Mail geschrieben hast, und dass sie schon einen Tag später geantwortet hat. Ist dir der Hund in dieser Zeit … *zugelaufen*?«

Oh Mann, denkt Felix, ist das jetzt ein Volltreffer, was ist hier los? Wie kommt Simona auf diese Idee, wie stellt sie diese Bezüge her? Genau, daran hat Felix überhaupt nicht gedacht, aber das Zulaufdatum des Hundes fällt genau mit dem Datum der Tropennacht zusammen, in der er Nicole eine Hallo-wie-geht-es-dir-Mail geschrieben hat. Man kann es sogar auf die Stunde genau eingrenzen: Der Hund ist am Ende der Stunde erschienen, an deren Anfang Felix die Mail an Nicole abgeschickt hat. Oder sogar schon eine halbe Stunde danach. Aber das ist das Erfolgsrezept der Verschwörungstheorien: Sie arbeiten mit der Obsession des Menschen, überall Muster zu erkennen. Andererseits gibt es natürlich auch Muster, die es wirklich gibt: Das wiederum ist das Erfolgsrezept der Kriminalistik.

Also Verschwörungstheorie oder Kriminalistik? Wie soll Felix das jetzt auf die Schnelle entscheiden.

»Das ist ein Zufall«, sagt er. »Ich meine, es gibt einen Zusammenhang, aber nur, wenn man ihn sucht. Ja, okay, der Hund stand in meinem Wohnzimmer, kurz nachdem ich die Mail an Nicole …«

»Ich wusste es!«, sagt Simona und ballt wieder ihre Freudenfaust. Es läuft wirklich gut für sie, Herrgott noch mal!

41

Aber das sieht Felix falsch. Simona sagt, sie will nicht recht haben, sie will nur, dass Felix heil aus der Sache herauskommt. Dazu muss er erkennen, was hier abläuft.

So, und was läuft ab?

Simona sagt, genau weiß sie es natürlich nicht, aber sie hat eine Vermutung. Und während sie weiterspricht, stellt sich heraus, dass ihre Vermutung so präzise ist, als wüsste Simona alles genau. Ihr ist gestern plötzlich eingefallen, sagt sie, dass Nicole Felix überwachen lassen könnte, das ist für sie als Frau des Bundespräsidenten ja wie für unsereins einen Caffè Americano bestellen. Der Bundesnachrichtendienst ist doch gespickt mit »Nicoles Leuten«, sagt Simona. So, und jetzt schleust der Bundesnachrichtendienst also einen dieser modifizierten Hunde bei Felix ein, und zwar weil Nicole und Gerry offenbar eine Phase ihrer Machtergreifung erreicht haben, in der es ihnen wichtig erscheint, sämtliche Zeugen zu beseitigen, die ihre wahre politische Gesinnung kennen.

Oh nein, denkt Felix, nein, bitte, Simona, »liebe Simona«, sagt er, »wo soll das enden? Ich meine, du erklimmst da Höhen, die … eigentlich Tiefen sind, verstehst du? Wollen wir nicht lieber einfach noch einen schönen Abendspaziergang machen?«

»Nachher«, sagt Simona. »Vorher zähle ich jetzt einmal die Toten auf, die aus unserer ehemaligen Abiklasse. Das sind Rahel Barth. Anne Höfer. Klemens Hildebrand mit d am Schluss, wie er doch immer sagte. Dein bester Freund Ralph. Meine damals beste Freundin Angela Sonntag. Willy Brüggemann: Alle in den letzten zwei Jahren gestorben.«

Nun … das hat Felix gar nicht mitbekommen. Bei Ralph natürlich schon, aber Willy Brüggemann? Der war doch Biathlet oder sogar Triathlet, also jedenfalls eine Sehne von einem Mann. Und warum erfährt Felix von diesen vielen Toten denn erst jetzt?

»Weil ich die Klassentreffen veranstalte, Felix«, sagt Simona, »zu denen du nie kommst, du und Nicole und Gerry: Ihr kommt nie. Bei Nicole und Gerry ist ja klar, warum nicht. Aber bei dir ist es nur Trägheit und Desinteresse.«

»Jaja«, sagt Felix, »und wie alt waren denn die?«

Das ist eine ziemlich dumme Frage, sie waren natürlich so alt wie er. Ja schon, aber er hat gefragt, weil die dann doch erst zweiundsechzig oder dreiundsechzig waren, und in dem Alter stirbt man doch nicht so gehäuft.

»Eben«, sagt Simona, »es handelt sich um eine Übersterblichkeit.« Sie sagt, sie hat es gestern sogar genau errechnet: In der ehemaligen Abiklasse gibt es eine vierunddreißig Prozent höhere Sterblichkeit als beim Durchschnitt der deutschen Bevölkerung. Vier. Und. Dreißig. Prozent.

»Vielleicht saßen sie alle im selben Bus«, sagt Felix.

Simona sagt, auf diese dumme Bemerkung will sie gar nicht eingehen. Sie will nur, dass Felix sich erinnert, wen ihre Freundin Angela Sonntag damals alles zu ihrer Geburtstagsparty in der Jagdhütte ihres Vaters eingeladen hat.

Und das war, sagt Simona, die Party, auf der Nicole den Witz mit den Afrikanern und der Glühbirne erzählte und auf der Gerry mit seiner Wischmopp-Rasta-Perücke auftauchte, die er zwei Monate zuvor bei dem Verkleidungswettbewerb getragen hatte.

Also woran Simona sich alles erinnert! Ist das noch gesundes Gedächtnis oder schon die bei angehenden Dementen auf ihre Jugendjahre fokussierte Erinnerung? Und ist es bei Felix, der sich nicht einmal an die Geburtstagsparty als Ganzes erinnert, geschweige denn an ihre einzelnen Teilnehmer, bereits die Erinnerungslücke eines angehenden Dementen, der die Phase der auf die Jugendjahre fokussierten Erinnerungen übersprungen hat?

»Es sind«, sagt Simona, »genau diese Leute. Alle, die gestorben sind, waren auf der Party, außer dir, Nicole, Gerry, mir und Walter Scheibler.«

Felix möchte sagen *Zufall, reiner Zufall*, aber er sagt es nicht. Denn Nicole war damals noch viel schlimmer, als Simona weiß. Sie war wirklich damals etwas beeinflusst von ihrer Tante, die in Südafrika lebte, und bei gelegentlichen Heimatbesuchen Dinge über Afrikaner behauptete, die man heute gar nicht mehr andeuten sollte, da schon die Andeutung übel klingt. Außerdem hörte sich Nicole prinzipiell David Bowie nicht an, und als Felix mal nach heißen Küssen auf seinem … wie hieß das? … auf dem Sack, der mit Plastikkörnern gefüllt war, und auf dem man zu zweit sitzen konnte – als Felix da *Ziggy Stardust* auflegte, weil er aus irgendwelchen bescheuerten Gründen hoffte, es könnte Nicole dazu animieren, sich ihm weiter zu öffnen, da sagte sie *Du hörst nicht im Ernst diese Tuntenmusik!*. Sie sagt, sie finde Bowie widerwärtig, wie eine zertretene Schnecke an der Schuhsohle.

Aber gut, das waren doch Jugendsünden, denkt Felix, außerdem wollte Bowie sicher, dass jeder ihn finden darf, wie er will, das war ja genau der Geist, den Bowie verkörperte. Felix fand ihn genial, aber Nicole zuliebe legte er dann *Deep Purple In Rock* auf, in dessen Cover er dann später die Trips …

»Du denkst nicht wie diese Leute«, sagt Simona. »Die wollen kein Risiko eingehen, nach all dem Aufwand, den sie betrieben haben, stell dir das doch mal vor: Die haben jahrzehntelang *under cover* gelebt. Haben sich ständig unter Linken und Grünen bewegt und an Parteitagen linke Sprüchlein geklopft und Biowein gesoffen. Haben sich angezogen wie Linke und linke Bücher gelesen, linke Musik gehört, und immer war da die Angst, dass einer es merkt. Dass einer sie entlarvt als das, was sie wirklich sind!«

Und jetzt, wo Nicole und Gerry ihrem Ziel der Machtergreifung ganz nahegekommen sind, wollen sie einfach kein Risiko mehr eingehen. Sie sind in all den Jahren der Verstellung, der Lüge und der Heimlichtuerei paranoid geworden. Manchmal wissen sie vielleicht selbst nicht mehr, ob sie in Wahrheit nicht doch Sozialdemokraten sind, sie misstrauen sogar sich selbst. Überall wittern sie Verrat, verdächtigen sich gegenseitig, linke Spione zu sein, schauen abends unter dem Bett nach, ob da irgendeine Wanze der *taz* liegt. Dieser ständige Druck, sagt Simona, hat sie zu Raubtieren gemacht, denn in so einer Welt kann nur ein Raubtier überleben.

»Felix, diese Leute«, sagt Simona, »denken völlig anders als du. Das sind Leute, die dreißig Jahre lang sozusagen durch einen feindlichen Dschungel gekrochen sind. Die sind aufs Überleben getrimmt in einem Maß, das kennst du gar nicht. Die sind völlig auf ihr einziges Ziel fixiert, und jetzt, wo Gerry das Bundespräsidentenamt übernommen hat, werden die nicht links und nicht rechts schauen. Die werden jeden aus dem Weg räumen, der ihr Endziel gefährden könnte. Es spielt gar keine Rolle«, sagt Simona, »ob du oder ich ihnen wirklich gefährlich werden kann. Können wir ihnen gefährlich werden? Nein! Aber die denken nicht mehr rational«, sagt Simona, »die folgen nur noch ihrem Instinkt. Es ist für sie besser, einen Unschuldigen mehr zu töten als einen potenziellen Feind zu wenig. Felix, das sind keine normalen Leute«, sagt Simona, »wie du oder wie ich. Wir sind die Lämmer, und sie sind die Werwölfe. Und das Einzige, was wir tun können, ist, uns vor ihnen zu verstecken. Denn sonst werden sie uns kriegen, weil sie uns in jeder Hinsicht überlegen sind.«

Und dann fragt Simona Felix noch einmal: Dieser Hund – ist Felix an ihm irgendetwas aufgefallen? Irgendetwas, das ihn von normalen Hunden unterscheidet? Ein auffälliges Verhalten, ein Piepsen, ein Blinken. Es gibt auch Hunde, die sprechen können, sagt Simona.

42

Jetzt reicht es Felix. Ihm schwirrt der Kopf von all diesen Werwölfen, die nicht mehr rational denken, aber es ist der Hund, der das Fass zum Überlaufen bringt.

Felix steht sogar von seinem Sessel auf, obwohl er dringend sitzen müsste, ihm ist ja schwindlig.

»Woher willst du das denn wissen!«, sagt er. Woher will sie denn wissen, dass der Hund spricht, das kann sie sich doch nur aus den Fingern gesaugt haben. Oder nicht? Oder … ihm läuft es jetzt auch noch heiß über den Rücken bei der Vorstellung, dass sie es vielleicht weiß … aber nein, das darf er gar nicht denken, er darf jetzt nicht auch noch verrückt werden.

Aber der Hund spricht ja, und wenn Simona das weiß, weiß sie es vielleicht, weil sie selber diesen *Versteckten QAnon* angehört, vielleicht ist das hier eine einzige Falle.

»Oh, Felix«, sagt Simona, »ich sehe es dir an. Es ist also so, er spricht. Dein Hund spricht.«

»Ja, vielleicht spricht er mit dir«, sagt Felix, »das ist dann der nächste Schritt, Simona. Aber ich verspreche dir, ich werde dich in der Klinik besuchen.«

Und dann geht Felix. Er stolpert beim Gehen über den Zipfel des Teppichs, der sich extra aufgerichtet hat, so scheint es, um ihn ins Stolpern zu bringen, und das gelingt. Felix fällt ein wenig und muss sich auf dem Sofatisch abstützen, um nicht flach hinzufallen. Das ist dieser süße, schwere Trollianische Wein mit seinen dreizehn Punkten Alkohol. Davon hat jeder von ihnen eine ganze Flasche gekippt, und das ist jetzt die Strafe dafür.

»Felix, wir reden morgen darüber«, hört er Simona hinter sich sagen, »aber erzähl niemandem, worüber wir gesprochen haben, niemandem, hörst du? Bitte!«

Autofahren sollte Felix jetzt genau genommen nicht mehr, aber wie soll er sonst in seine Wohnung da oben auf den Hügeln kommen. Auf der halsbrecherischen Fahrt durch diese immer enger werdenden Tessiner Kurven sieht Felix weniger die Straße vor sich als Gerry mit seiner Putzfadenperücke und dem mit Schuhcreme geschwärzten Gesicht. Jetzt mal ehrlich, denkt Felix, woher soll Gerry denn wissen, ob damals nicht einer ein Foto von ihm gemacht hat. Ein solches Foto würde sich in der Presse ungünstig auswirken, es versteht ja keiner mehr Spaß in diesen Tagen. Und dann Nicole. Woher soll sie wissen, dass Felix damals, als sie über David Bowie herzog, nicht sein neues Taschentonband mitlaufen ließ. Das war ja für damalige Verhältnisse der letzte Schrei, tonbandmäßig, und man legte Kassetten ein, anstatt wie vorher diese Bandnudelbänder.

Oh!

Felix muss scharf bremsen in einer Kurve, weil da etwas über die Straße gehuscht ist. Einen Moment lang ärgert sich Felix über die Leute, die ihre Haustiere nachts frei herumlaufen lassen: Sie müssten doch wissen, dass da manchmal betrunkene Autofahrer unterwegs sind! Die letzten Meter zur Wohnung fährt Felix im Schritttempo, am liebsten würde er die Hupe gedrückt halten, um nur ja nichts zu überfahren.

In der Wohnung ist es still, denn der Hund gehört nicht zu denen, die das Kommen ihres Herrchens schon eine Viertelstunde vorher irgendwie erahnen, und die vom Sofa aufspringen und schon zur Tür rennen, wenn das Herrchen im Erdgeschoss in den Aufzug einsteigt. Die größte Gefahr, die für Einbrecher von diesem Hund ausgeht, ist, dass sie in der Dunkelheit über ihn stolpern, weil er gern mitten auf dem Teppich schläft. Vielleicht hängt das mit seiner digitalen Veränderung zusammen. Jetzt liegt er aber zur Abwechslung nicht auf dem Teppich, denn dieser steht wegen der Malerei zusammengerollt in einer Ecke des Wohnzimmers. Sondern der Hund liegt auf einem Sofakissen im Flur und hört weder das Schlüsselgerassel von Felix noch das Poltern, als Felix beim Schuheausziehen das Gleichgewicht verliert und gegen das Beistelltischchen im Flur kracht. Nein, das stimmt nicht ganz: Der Hund erwacht, sagt aber nur »Huh?«, und als er sieht, dass es nur Felix ist, der da neben dem umgestürzten Beistelltischchen auf dem Hosenboden sitzt, schläft er gleich wieder ein. Es war halt heute ein anstrengender Stöckchenwerftag für ihn.

Alkohol ist einfach eine blöde Droge, denkt Felix, vielleicht gut für die Südtiroler, aber schlecht für Leute, die im Flachland leben und sich nicht dauernd auf Berge abstützen können.

So sitzt Felix neben dem Beistelltischchen auf dem Boden und betrachtet im Mondlicht, das durch das Fenster fällt, den Hund, der genau im Fadenkreuz des Fensterrahmens liegt, das das Mondlicht als Schatten auf ihn wirft. Was soll

Felix jetzt mit diesem Hund nur tun? Wer weiß denn, ob Simona nicht vielleicht entfernt recht hat. Vielleicht nicht ganz recht, aber ein bisschen, so eine Art Streifschuss des Rechthabens. Die meisten Leute haben ja fast bei allem, was sie sagen, und wenn es noch so verrückt ist, zu einem gewissen Prozentsatz recht. Niemand hat hundert Prozent nicht recht. Die meisten haben zu zehn oder zu zwanzig Prozent recht, sogar Leute wie Nicole und Gerry, falls sie wirklich rechtsradikal sind. Ja, aber was bedeutet das jetzt? Das bedeutet, denkt Felix, dass der Hund so süß aussieht, wie er da im Mondlicht schläft, er ist wirklich knuddlig, und ich finde es auch schön, denkt Felix, dass er so tief schläft wie überhaupt kein anderer Hund, außer denen, bei denen der Tierarzt gesagt hat *Wir müssen ihn von seinem Leiden erlösen*. Felix denkt, dass dieser Hund hier schon von seinem Leiden erlöst ist, wenn er einfach nur ein Mittagsschläfchen macht. Man muss ihn nicht einschläfern, das besorgt bei ihm schon die Natur. Bedeutet das aber nicht, dass er nichts zu verbergen hat?

Ach Quatsch, denkt Felix. Er sieht seine eigenen Socken jetzt im Mondschein, denn die Beine liegen ja flach, und in einigem Abstand ragen dann die Füße hoch. Der Hund schläft, denkt Felix, weil er sich seiner Schuld nicht bewusst ist. Wenn ihn diese *QAnon* manipuliert haben, denkt Felix, dann fühlt es sich für den Hund so an, als sei die Manipulation etwas ganz Natürliches. Gute Manipulation fühlt sich immer besonders natürlich und richtig an, Herr Professor, denkt Felix. Da wären wir wieder mal bei Emotionen, Herr Professor. Das sind ja die Manipulationen unserer Gene, mit denen sie uns dazu bringen, voller Begeisterung ein Kilo Atome zu essen, die an sich nach überhaupt nichts schmecken, weil es Atome sind. Aber wir glauben, sie schmecken nach Kartoffelauflauf mit viel überbackenem Reibgouda. So, und wohin führt das?

Felix weiß es nicht so recht. Es führt wahrscheinlich dazu, dass er jetzt den Hund wecken muss. Er muss wissen, ob da was dran ist. Er ahnt schon, dass er es nicht herausfinden wird. Aber es muss jetzt einfach Klarheit … versuchsweise … hergestellt werden. Denn falls der Hund wirklich *auf mich angesetzt wurde*, denkt Felix, sollte ich ja wohl nicht mit ihm nach Florida fliegen. Denn dann ist das alles hier nur eine Falle, und jetzt mal ganz ehrlich: Was hat Nicole einmal gesagt, auf der Achterbahn, damals auf dieser Kirmes, auf der Felix für sie ein Lebkuchenherz geschossen hat, auf dem in Zuckerguss stand *Du bist meine kleine pervekte Welt.* Das stand da so mit dem falschen v. Da hätte ich eigentlich schon gewarnt sein müssen, denkt Felix. Aber Nicole fand es so lustig und hängte sich das Herz um den Hals, und bevor die Achterbahn sich in diesen Abgrund stürzte, rief sie Felix ins Ohr *Klar habe ich auch Angst! Aber mein Leben soll ein Feuerwerk sein und keine verdammte Kerze!*

Ja, genau: ein Feuerwerk. Diese ganzen Emotionen, die sich aufstellen wie elektrisierte Katzenhaare. So jemand wird nicht Landesvorsitzende der Grünen, um einfach eine Grüne zu sein – das wäre ja nur ein Leben als Kerze. Also da gibt es schon Verdachtsmomente, denkt Felix, und dann wieder denkt er, dass er jetzt am liebsten mit dem Hund rausgehen und um den Block spazieren möchte, als Mann mit seinem Hund, als das perfekte Paar genau genommen, ein Paar, bei dem fast alles stimmt. Hat man schon mal Leute gesehen, die sich mit ihrem Hund wegen einer Kleinigkeit streiten? Die zu ihrem Hund sagen *Du bist ein Narzisst, das sagt ja sogar deine eigene Mutter!*. Ja, Felix möchte mit diesem Hund da einfach nur ein normales Leben führen, ein Leben als zwei Kerzen, die gemütlich nebeneinander brennen und die nur ins Flackern geraten, wenn im Supermarkt das Hundefutter mit den extra großen Kroketten ausverkauft ist.

So, Felix, aufstehen! Er steht auf, stellt das Beistelltischchen wieder ordentlich hin, und dann hebt er den Hund vom Teppich hoch.

»Come to daddy«, sagt Felix.

»Huh?«, sagt der Hund. »What gives? Is that the moon? Hell, yeah, that's the fricking moon!«

»Everything's alright«, sagt Felix und knuddelt den Hund, »we're doing just a little walk, here in the apartment.«

Das ist doch eine gute Idee! Einfach ein bisschen mit dem schlaftrunkenen Hund rumlaufen, ihn kraulen, soweit das geht, wenn man ihn tragen muss, und ihm das Gefühl geben, dass er zwar nicht weg kann, aber auch nicht weg will, weil es so gemütlich ist.

»Well, I …«, sagt der Hund, »… okay, if you do the walking I don't mind.«

Genau, so ist es gut: Der Hund ist einverstanden, solange er nicht selber in der Wohnung rumlaufen muss, das ist doch bestens.

Und dann geht Felix ganz sanft zum Verhör über.

43

Zuerst fragt er den Hund, ob es ihm gut gehe, ob er etwas Schönes geträumt habe, ob er sich entspannt und sicher fühle.

»Safe?«, sagt der Hund. »What you mean: Safe?«

Einfach safe, sagt Felix, safe and sound. Das mit dem safe hätte er vielleicht nicht sagen sollen, es hat den Hund ein klein wenig misstrauisch gemacht. Aber ein bisschen Ohrenkraulen beseitigt die letzten Reste dieses kleinen Misstrauens, und schon gähnt der Hund wieder, wobei er ein bisschen aus dem Mund riecht, der Duft oder Geruch streift unweigerlich Felix' Nase, weil er den Hund ja ganz dicht an sich drückt. Er kann sogar das Herz des Hundes spüren, das ist gut.

Das ist sogar sehr gut. Es ist eine Art behelfsmäßiger Lügendetektortest.

»Alright«, sagt Felix und versucht, den Hund so zu drehen, dass er den Herzschlag an seiner eigenen Brust noch besser spüren kann.

Oh ja, so ist es gut: Pumm/pum Pumm/pum …

Schneller, aber für einen Hund normaler, relaxter Puls …

»Okay«, sagt Felix mit möglichst ruhiger, hypnotischer Stimme, »Hobo.« Er nennt den Hund sonst nur selten bei dessen Namen, aber jetzt bietet es sich an.

»You know, Hobo«, sagt Felix, »I have a very good friend.«

Und Felix erzählt Hobo von einer sehr guten Freundin, die er schon so lange kennt, dass sie praktisch wie eine Schwester für ihn ist oder sogar wie eine Mutter. Ja, und diese Freundin, die heißt Nicole.

»Nicole Lohse«, sagt Felix, und jetzt wäre es gut, wenn ihm irgendeine raffinierte Überleitung einfallen würde, eine Überleitung zu der Frage: »Do you know her?« Aber ihm fällt keine ein, und so fragt er es direkt.

»What?«, sagt der Hund.

»Nicole Lohse«, wiederholt Felix. »Maybe you heard her name?«

»Heard her name?«, sagt der Hund.

»Yes, heard her name!«, sagt Felix, und jetzt muss er aufpassen, dass er nicht ungeduldig wird. Aber das ist schwierig, denn der Hund leckt sich über die Schnauze und schaut Felix mit schiefem Kopf an.

»Ask me something I know«, sagt der Hund.

Okay, so einfach kann es ja nicht sein. Gut, Felix hat ja immer die *Bunte* dabei, das muss Simona nicht wissen. Es ist dieselbe Ausgabe, die Simona ihm heute gezeigt hat – es wäre nicht nötig gewesen, sie ihm zu zeigen, denn er schaut jede Woche in der *Bunten* nach, ob etwas über Nicole drinsteht. Aber jetzt zeigt sich, dass das vorausschauend war, all die Jahre. Sein jahrelanges *Bunte*-Kaufen ist im Nachhinein zielsicher auf diesen Moment an diesem Abend zugelaufen, denn jetzt kann er dem Hund ein Foto zeigen. So. Und er muss dem Hund das Foto aber so zeigen, dass er gleichzeitig den Herzschlag des Hundes überprüfen kann. Das heißt, er muss den Hund ins Schlafzimmer tragen, sich mit dem an die Brust gedrückten Hund auf die Matratze setzen und aus der Nachttischschublade mit der einen Hand die *Bunte* hervorholen, und mit der anderen Hand muss er den Hund an sich drücken, damit Felix in dem Moment, wenn er dem Hund das Foto von Nicole und irgendwelchen Kindern von UNICEF zeigt, spüren kann, ob sich des Hundes Herzschlag beschleunigt.

»This is Nicole Lohse«, sagt Felix. »Maybe you know her?«

»Hell, you're crushing me!«, sagt der Hund und strampelt in Felix' Pressgriff.

»Know her!«, presst Felix hervor, denn es strengt ihn sehr an, den Hund so stark an sich zu drücken, dass er den Herzschlag jederzeit überprüfen kann.

»Let me catch my breath!«, keucht der Hund.

Das Herz des Hundes rast wie wild. Aber es ist natürlich für Felix schwierig zu beurteilen, ob das daran liegt, dass der Hund Nicole auf dem Foto erkennt, oder dass er fast keine Luft mehr kriegt.

Fünf Minuten später verfüttert Felix in der Küche zwei ganze Salametti-Würste an den Hund, Scheibchen um Scheibchen.

»You f*** crushed me«, sagt der Hund zwischen zwei Bissen, »I could hear my bones cracking!«

»I know«, sagt Felix, »sorry. Want some cheese too?«

Der Hund frisst nämlich auch gerne Käse, und er sagt Ja.

Also füttert Felix den Hund mit Käse und Salametti.

»I couldn't breathe!«, sagt der Hund, und Felix gibt ihm noch mehr Käse, die Wurst ist alle.

Gut, der Hund konnte eine Weile nicht mehr so gut atmen, aber jetzt reicht der Sauerstoff ja wieder, um Felix während des Fressens Vorwürfe zu machen.

Es ist jetzt zwei Uhr nachts. Ein Mann und ein Hund sitzen in der Küche. Während der Hund alles frisst, was nicht gesund ist, zeigt der Mann ihm auf seinem Handy Dutzende von Fotos des deutschen Bundespräsidenten und seiner Gattin. Der Hund guckt zwar beim Fressen hin, aber er behauptet, niemanden zu erkennen. Der Mann jedoch hat inzwischen die Frage gegoogelt *Können Hunde Personen auf Fotos erkennen?*. Und die Universität von Helsinki hat eindeutig festgestellt, steht bei Google, dass sie es können. Aber so richtig anerkannt ist diese Studie bisher nicht, denn die Universität von Budapest hat festgestellt, dass Hunde nicht einmal die Gesichter von dreidimensionalen Personen erkennen.

So, und jetzt muss Felix sich also zwischen Helsinki und Budapest entscheiden.

»One last question«, sagt Felix zu dem Hund, der nach den vielen salzigen Speisen einen Riesendurst hat und einen Suppenteller voll Wasser wegschlabbert.

Und die letzte Frage lautet: Ja, was? Felix hat zwar eine Ahnung, wie diese letzte Frage lautet, aber wie soll er das formulieren?

»Last question«, sagt der Hund, »I'm all about it. One more question and then I'll hit the hay.«

Was das wohl wieder heißt, wahrscheinlich irgendwas mit Weiterschlafen.

Ja gut, also die letzte Frage ist eigentlich die, ob der Hund weiß, warum er in Berlin war. Und warum nicht in Florida, wo er ja seiner eigenen Aussage nach hingehört. Der Hund wird behaupten, diese Frage habe er schon bis zum Abwinken oft beantwortet: Weil er entführt worden sei von den Thugs.

Ja, nur: Klingt das jetzt nicht unplausibler denn je? Plausibel klingt hingegen Folgendes – immer vorausgesetzt, Simona hat ein bisschen recht mit ihrer Verschwörungstheorie: Dann weiß Gerry natürlich, dass Felix kürzlich in Florida war. Er hat einfach seine Kontakte zum Bundesnachrichtendienst spielen lassen, so was läuft doch bei einem Stehempfang im Schloss Bellevue oder bei einem Schweinebraten unter SPD-Kumpeln in irgendeiner von Gerrys Leibwächtern abgeriegelten Dönerbude – na gut, dann eben nicht Schweinebraten, dann Gemüsedöner, was weiß denn Felix, was diese *Getarnten QAnon* essen! Da besprechen die jedenfalls solche Dinge, da wäscht eine Hand die andere, das weiß jeder, der *House Of Cards* gesehen hat. Also: Der Bundesnachrichtendienst hat auf Gerrys Wunsch hin Felix' Flugbewegungen recherchiert, und nun wussten sie, welchen Programmcode sie dem Hund eintippen müssen: *Überrede Zielobjekt, dich nach Florida zu bringen.* So, und warum Florida? Na, das leuchtet Felix ja am allermeisten ein. Wenn der Bundespräsident Zeugen liquidieren will, wird er das ganz bestimmt nicht auf deutschem Hoheitsgebiet tun. Er wird es in Florida tun, an einem Ort, den niemand mit ihm selbst in Verbindung bringen wird, und dieser weit vom Schloss Bellevue entfernte Ort hat außerdem noch den Vorteil, dass Miami in der Nähe liegt. Und Miami verfügt über zwei Dinge im Überfluss: Sand und *Hitmen.*

Zufällig weiß Felix das, denn seine Englischlehrerin Clarissa hat ihm während seines letzten Aufenthalts erzählt, in Miami kriege man in manchen Stadtvierteln kein frisches Gemüse, aber jederzeit einen Killer für zweitausend Dollar. Dieser Killer muss dann nur nach Naples fahren an die relativ abgelegene Adresse 5289 Lake Avenue, und dort wartet er im dichten *Firecracker-Flower*-Gebüsch im Garten darauf, dass Felix nachts heimlich auf der Veranda im zweiten Stock raucht. Er schießt einfach aus dem übrigens tropisch schönen Gebüsch mit einem Schalldämpfer, der in Amerika frei verkäuflich ist, eine einzige Kugel in den Kopf seiner Zielperson. Danach steigt der Killer in sein Auto und überlegt sich, ob er im *Burger King* oder bei *Denny's* essen soll.

Quatsch, denkt Felix, ein Mord ist viel zu auffällig. Gerry wird es wie einen Einbruch aussehen lassen, Einbruch mit Todesfolge. So. Das klingt alles plausibel, es ist dann klar, warum der Hund in Berlin war: Eben um Felix nach Florida …

Und wenn es so ist, weiß es der Hund doch gar nicht. Er ist doch nur ein Werkzeug, genauso wie der Hitman aus Miami. Würde man den Hitman fragen: Warum erschlägst du diesen Mann mit einem Blumentopf, würde er sagen *weil ich dafür bezahlt werde*. Er würde nicht sagen *weil der deutsche Bundespräsident Zeugen beseitigen muss*. Mit anderen Worten: Der Hitman weiß es nicht, genauso wenig, wie der Hund weiß, warum er in Berlin war und nicht in Florida.

Der Hund fragt Felix, ob er ihm jetzt endlich diese letzte Frage stelle, oder ob er ihn noch eine Weile anstarren wolle?

Aber das ist genau der Punkt, denkt Felix: Man hat es hier mit Leuten und Hunden zu tun, die genau wissen, was sie tun, aber nicht warum. Oder noch schlimmer: Sie denken, sie wissen es, aber es stimmt nicht. Man kann sie befragen und sogar verhören, aber es liegt in der Natur der Sache, dass man die Wahrheit von ihnen nie erfahren wird. Es ist so was Ähnliches wie Zeitunglesen oder sich die Tagesschau ansehen. Erfährt man da etwa die Hintergründe?

Nein, man sieht ausschließlich die *Auswirkungen*. Aber selbst die Leute, die die Hintergründe *produzieren*, machen sich oft nur etwas vor: Auch sie sind nicht die Akteure. Es gibt gar keine Akteure. Nicht einmal das Universum selbst hat eine Ahnung, was in ihm los ist, die Dinge geschehen einfach, und das Universum schaut zu und denkt *Was das wohl wieder alles bedeutet?*.

Der Hund gähnt. Er fragt, ob da noch was komme?

»No«, sagt Felix. Und dann sagt er – und das ist die Summe all seiner Gedanken: »We fly to Florida.« Denn schon seit Langem läuft es ja immer auf etwas hinaus, das vielleicht keine große, bedeutende Wahrheit ist, sondern nur ein kleines Chemiespiel seiner Emotionshormone.

»You and me«, sagt Felix, »we fly to Florida.« *Because I like you*, denkt Felix.

Man muss es ja auch mal so sehen: Wenn Simona ein bisschen recht hat, wenn der Hund also Teil eines verrückten Planes von Gerry und … ja, von Nicole ist, der Nicole seines Lebens, dann – wer weiß, was die mit dem Hund tun, wenn er seinen Auftrag nicht zu ihrer Zufriedenheit ausführt. Davor darf man nicht die Augen verschließen, denkt Felix, die könnten ihn aus dem Weg schaffen, einschläfern. Dafür ist der Hund ja bekanntlich prädestiniert. Für Leib und Leben des Hundes ist es besser, nach Florida zu fahren, damit Gerry und die seinen glauben, dass der Hund bestens funktioniert. Und dann schnappe ich mir die halbe Million, denkt Felix.

Der Hund hat sich wieder auf sein Sofakissen gelegt, und Felix steht auf dem Balkon, im Licht des Vollmondes, der genau ihm gegenüber scheint. Was für eine Nachtluft! Was für ein silbernes Licht! Was für ein hässlicher Garten da unten – sogar im Mondlicht sieht man die Verwüstungen, die der von Carlo beauftragte Billiggärtner angerichtet hat. Die Palme neben dem Oleanderbusch sieht aus wie für ein Kostümfest mit dem Motto *Tropical Dreams* verkleidet. Also die halbe Million, denkt Felix, die brauche ich jetzt wirklich. Es könnte ja sein, dass er für sich und den Hund ein neues Zuhause suchen muss, außer Reichweite des Bundespräsidenten und der UNICEF, die Nicole wahrscheinlich schon zu ihrem Machtinstrument gemacht hat. Mit der halben Million könnte Felix sich mit dem Hund in Costa Rica niederlassen, da war er schon mal: schönes Land. Mehr ist ihm damals – das war vor vielen Jahren – nicht aufgefallen, es sah aus wie in Kolumbien, aber Kolumbien war ein Land mit Busfahrern, die auf dreitausend Metern Höhe andere Busfahrer auf Straßen zu überholen versuchten, die mit Holzkreuzen gespickt waren. Also Costa Rica, zum Beispiel. Oder Island.

Einfach mit dem Hund an einen sicheren Ort fahren und dort Stöckchen werfen und es miteinander schön haben. Ist das nicht schon ein perfekter Plan? Simpel und ästhetisch? Außerdem jetzt mal sachlich und im Ernst: Felix kann doch mit dem Hund sowieso im Moment nicht in seine Wohnung in Berlin zurück. Er hat den Hund doch offiziell zurückgegeben, da kann er sich ja schlecht mit demselben Hund wieder sehen lassen. Darüber muss erst mal Gras wachsen.

44

Also: Kapitel beendet. Und jetzt Abreise. Genau neunundzwanzig Tage nach der Tollwutimpfung, die ja beim Eintritt in die Vereinigten Staaten von Amerika dreißig Tage her sein muss. Neunundzwanzig Tage plus eine Übernachtung in Zürich in einem Hotel, weil der Flug nach Miami für Felix' Geschmack zu früh losgeht. Er will nicht mitten in der Nacht aus Tesserete abfahren müssen, um am Reisetag rechtzeitig am Flughafen anzukommen. Er fährt jetzt aber trotzdem mitten in der Nacht los, nur halt einen Tag früher. Das klingt kompliziert, ist aber einfach: Felix will nicht, dass Simona merkt, dass er abreist.

Er hat ihr möglicherweise viel zu verdanken, falls ihre *QAnon*-Geschichte ein wenig stimmt. Aber andererseits stellte sich heraus, dass Felix nicht der Typ Mensch ist, der gern eine ganze Fünfzimmerwohnung streicht. Er hat eins der Zimmer gestrichen und sogar eine Wand im Wohnzimmer. Aber danach schien es ihm genug zu sein. Die Leiter war zudem ein wenig wacklig, und man hätte bereits neue Malerrollen kaufen müssen, und jetzt mal ehrlich: Es ist Carlos Mutter, nicht meine, denkt Felix, während er nachts um drei Uhr sein weniges Gepäck in den Wagen bringt. Nach dem Tod von Carlos Mutter ist es auch Carlos Wohnung, nicht meine, denkt Felix – ein gestrichenes Zimmer und eine Wand sind wohl Dankbarkeit genug. Punkt. Aus.

Es regnet zum ersten Mal, seit Felix in Tesserete ist, und jetzt muss er halt den schlafenden Hund durch diesen Regen zum Auto tragen. Heute hat Felix wieder drei Stunden lang Stöckchen geworfen, der Hund hat sich die Lunge aus dem Leib gehechelt, am Schluss sind ihm die Pfoten eingeknickt. Felix legt ihn auf die Rückbank und deckt ihn mit der schottischen Decke zu. So. Das war das Kapitel Tesserete.

Felix fährt über die Serpentinen hinunter ins Tal, auf die Autobahn Richtung Zurigo. Er hat an die frisch gestrichene Wand im Wohnzimmer ein Beistelltischchen hingerückt und darauf eine Flasche Südtiroler Süßwein gestellt. An die Flasche hat er einen Zettel mit der Aufschrift *FÜR SIMONA* geklebt, damit Carlo sich an dem Wein nicht vergreift. Und an die Flasche hat Felix einen verschlossenen Briefumschlag gelehnt, auf dem steht *AUCH FÜR SIMONA*. In dem Brief hat er sich bei Simona herzlich bedankt für alles, für die Apfelküchlein, »die interessanten Gespräche«, und dass er hier wohnen durfte.

Die ganze Zeit auf der Autobahn denkt Felix an dieses kleine Geschenk, das er Simona hinterlassen hat, denn es tröstet ihn über sein schlechtes Gewissen hinweg. Er ist einfach froh, dass er diesen Süßwein gekauft und den Brief geschrieben hat und nicht einfach losgefahren ist ohne eine kleine Verabschiedung von Simona. Es zeigt, dass Felix … eben nicht einfach so abgehauen ist, sondern etwas zurückgelassen hat. Nicht jeder hätte das gemacht.

Ich meine, ich habe ein ganzes Zimmer, denkt Felix, und eine ganze Wand gestrichen! Na gut, er verspricht sich selbst, morgen von Zürich aus Simona anzurufen und sich zu entschuldigen. Nein, er beschließt, sie nicht anzurufen, sondern gleich jetzt an der nächsten Tankstelle anzuhalten und ihr eine SMS-Nachricht zu schicken. Das tut er dann auch, und danach stellt er sein Handy auf lautlos und fährt weiter.

Am übernächsten Tag sitzt er schon im Flugzeug neben einem Mann, der ruhig etwas abnehmen könnte. Vor allem hat der Mann einen sehr voluminösen Ellbogen, den er dauernd auf die Ellbogenstütze legt. Leute mit solchen Ellbogen sollte man gar nicht fliegen lassen, oder nur im unbeheizten Cargobereich. Andererseits, verglichen mit dem Transportbehältnis, in das der Hund vom Flughafenpersonal gesteckt worden ist, ist dieser Kampf um die Ellbogenstütze Peanuts.

Felix musste drei Stunden vor Abflug den Hund an einem speziellen Schalter abgeben, und die Atmosphäre war wie vor einer Operation. Der Hund spürte es und flüsterte Felix zu: »I don't like this. Really don't like this at all.«

»No worries«, sagte Felix, aber er mochte diese Atmosphäre am Schalter auch nicht. Die Leute von der Airline waren nett, aber sie sagten, der Hund sei etwas zu groß, um in der Kabine fliegen zu dürfen, außerdem bei einem Langstreckenflug – aber es werde ihm an nichts mangeln *im Cargobereich.*

Der Hund wollte jetzt natürlich nicht mehr reden, das Personal hätte es ja hören können, aber Felix wusste, was er dachte: *Cargo? I am cargo?*

Felix fragte, ob das denn nicht viel zu kalt sei im Cargobereich auf elftausend Meter Flughöhe, da sei doch fünfzig Grad minus, und wo ist der Sauerstoff?

Das Personal beruhigte ihn: Neinnein, der Cargobereich für Haustiere sei natürlich beheizt und belüftet, und es gebe da auch Betreuungspersonen, die die Tiere füttern und alles.

Ach ja? Felix hörte es mit einigem Misstrauen. Aber man versprach ihm, es sei ganz bestimmt noch kein Haustier auf einem Flug dieser Airline zu Schaden gekommen.

Da die Leute Deutsch sprachen, übersetzte Felix es für den Hund: »They say it's perfectly safe for you.«

Der Hund machte: »Woff!«

Er hätte sicher gern etwas Skeptisches gesagt, aber das ging ja nicht. In dem Moment fand Felix es nebenbei gesagt merkwürdig, dass keiner vom Personal sich darüber wunderte, dass er mit dem Hund sprach, sie hielten es alle sogar für ein gutes Zeichen.

So stehen die Dinge: Der Hund sitzt jetzt also irgendwo im beheizten Cargobereich dieses Flugzeugs, und im Passagierbereich sieht Felix das Anschnallzeichen aufleuchten, weil der Kapitän über Lautsprecher von Turbulenzen zu reden beginnt. Aber wer schnallt denn jetzt den Hund an? Die Frage muss man sich ja auch mal stellen. Oder wird der jetzt einfach in seinem Käfig durchgeschüttelt? Neinnein, denkt Felix. Jetzt mach dir mal keine Sorgen. Die Fluggesellschaft kann es sich doch nicht leisten, einen Hund zu verlieren. Und die stellen auch nicht die Heizung ab, jetzt mach dich mal nicht verrückt.

Auf die Idee kam Felix ein paar Stunden nach dem Start, er dachte, vielleicht stellen die zwischendurch die Heizung ab, um Geld zu sparen. Und kurz bevor die Hunde erfrieren, stellen sie sie wieder ein. Die Hunde können es ja nicht erzählen, das erfährt ja dann normalerweise niemand. Aber diesmal, denkt Felix, hat die Fluggesellschaft sich verrechnet! Wenn der Hund mir nach der Landung erzählt, dass er fast erfroren wäre, werde ich eine Schadensersatz …

Mit solchen Gedanken und mit heftigen Turbulenzen vergeht die Flugzeit. Irgendwo über Neufundland kommt Felix dann allmählich zur Ruhe, und dem Herrn neben ihm rutscht in einem Luftloch der eigene Ellbogen auf den Bauch, von wo er wegen der Wölbung wieder abrutscht, aber nicht zurück auf die Lehne, sondern in den Spalt zwischen Armlehne und seinem Körper. Das wäre also auch geregelt. Felix sinkt in einen Halbschlaf, in dem er halb träumt, halb sich vorstellt, wie er mit Schwung den Ellbogenknochen des Mannes über eine Wiese wirft, und wie der Hund mit wehenden Ohren dem Knochen nachrennt.

Aber diese friedfertigen Schlummergedanken enden mit der Landung in Miami und vor allem mit der SMS-Nachricht von Simona, die gleich als Erstes aufleuchtet, nachdem Felix den Flugmodus seines Handys ausgeschaltet hat. Die Nachricht lautet:

45

Okay. Nein. Darauf geht Felix gar nicht ein. Natürlich beunruhigt es ihn, was sie da schreibt. Aber er will es ausblenden. Er sagt sich, das ist ein Zufall, das geht mich nichts an, vergiss es! Und ganz bestimmt ruft er Simona nicht aus Florida an, nur schon, was das kostet! Und nein. Er muss jetzt am Tierempfangsschalter den Hund abholen, der zwölf Stunden in diesem vielleicht nur sporadisch beheizten Cargobereich verbracht hat.

Am Schalter sprechen sie alle Spanisch, aber als Felix sich auf Englisch nach dem Hund Hobo erkundigt, wechseln sie natürlich auf Englisch.

Sie sagen: »He's fine, Mister Sell, such a cute little dog!« Ach, es ist so schön, sagen sie am Schalter, hier mit all diesen Tieren zu arbeiten, viel besser als am Check-in. Da ist noch eine Frau, die holt auch ihren Hund ab, sie sagt zu Felix, die Leute seien hier so freundlich, obwohl Latinos Hunde ja nicht mögen, sagt sie leise und lacht. Ja gut, Felix weiß nicht, was Latinos mögen, Hauptsache sie bringen ihm seinen Hund, und das tun sie sogar händisch: Eine Frau vom Schalter trägt den Hund in ihren Armen und übergibt ihn Felix.

Der Hund sagt: »Waff! Huff! Hu!« und benimmt sich perfekt wie ein Hund, der sein Herrchen so lange nicht gesehen hat! Und der sich jetzt so freut, dass das Herrchen noch lebt!

Reden darf Felix ja mit dem Hund noch nicht, das tut er erst im Mietwagen.

»Good dog«, sagt er und spielt mit den Ohren des Hundes, das mögen beide. »Did you have a good flight? Was the cargo area heated?«

»Don't know«, sagt der Hund, »I nodded off. Traveling makes me sleepy.«

So, der Hund ist also weggedöst, weil ihn Reisen schläfrig macht. Und ja nicht nur Reisen: Das Leben an sich macht ihn schläfrig, wie man ja weiß.

»Where are we? Naples?«, fragt der Hund. Eifrig schaut er aus dem Fenster, sieht aber natürlich nur die Tiefgarage, denn Felix hat den Mietwagen ja gerade erst in Besitz genommen und muss jetzt erst mal aus der Tiefgarage rausfinden.

Der Hund sagt, er kann es nicht erwarten, endlich seine Freunde zu sehen. Er bellt sogar und schüttelt sich vor Aufregung.

»Come on«, sagt er, »step on it, drive to Naples!«

»Jaja, schon gut«, sagt Felix auf Deutsch, »mach dir mal nicht in die Hose vor Aufregung wegen deiner angeblich so tollen Freunde. Die sich überhaupt nicht um dich gekümmert haben, das muss man ja auch mal sagen.«

»Huh?«, sagt der Hund.

»Calm down«, sagt Felix und fährt ganz langsam los. Der Hund soll jetzt erst mal von seiner Erwartung runterkommen, dass jetzt alles schnell gehen wird. »Easy«, sagt Felix. Deine Freunde, fügt er hinzu – er kann es sich nicht verkneifen –, sind wochenlang offenbar ganz gut ohne dich ausgekommen, da können sie auch noch ein paar Tage länger warten.

»But I can't wait!«, sagt der Hund, und der Blick, mit dem er Felix anschaut, ist eiskalt. Also das hat Felix nicht verdient, findet er, nach allem, was er für den Hund getan hat. Aber es tut weh, das kann man nicht wegdiskutieren.

»Don't look that way!«, sagt Felix und denkt, vergiss es, der Hund war zwölf Stunden unterkühlt im Laderaum, wie würdest du denn da reagieren, da würdest du auch nicht warmherzig blicken. Man soll von Hunden immer nur das erwarten, was man als Mensch selber zu leisten bereit ist, Punkt.

»How long's the ride to Naples?«, sagt der Hund mit demselben kalten Blick.

Naples, Naples, Naples!, denkt Felix. An etwas anderes kann der Hund nicht mehr denken. Wie ein Kind will er wissen, wie lange es bis Naples dauert.

»Ten hours«, sagt Felix. Das ist grausam, er weiß, aber er hat einfach Lust, die Hoffnung des Hundes zu torpedieren. Hat der Hund überhaupt ein Zeitgefühl? Weiß er, was zehn Stunden Fahrt sind?

Der Hund sagt nichts, aber das macht es nicht besser: Er winselt nämlich. Offenbar weiß er, wie lange zehn Stunden dauern.

»Oh Gott«, sagt Felix, »okay, no, not ten hours. Two hours. Are you happy now?«

Die Stimmung ist versalzen. Felix fährt im Mietwagen in die Abenddämmerung hinaus. Er kennt ja die Strecke, er muss nur dem Tamiami Trail folgen. Straight on, wie in Berlin. In Berlin fährt man ja auch am besten einfach immer auf einer Transversale geradeaus.

»I know this street!«, sagt der Hund und stützt die

Vorderbeine aufs Handschuhfach ab. »It's the one that leads to my friends! I can smell it, I'm positive!«

Quatsch, denkt Felix. Der Hund macht sich etwas vor. Wie soll er denn die eine Straße von einer anderen unterscheiden können ohne seinen legendären Geruchssinn? Hier im Auto riecht er ja die Straße nicht mal, und selbst wenn einer seiner Freunde kürzlich hier entlanggefahren sein sollte, würde der Hund das doch nicht mal riechen, wenn Felix ihm die Schnauze auf den Mittelstreifen drücken würde.

Aber das ist ja gerade das Schmerzhafte für Felix: Dass der Hund sich wider alle Vernunft einbildet, er könne seine Freunde schon riechen. So sehr hängt er an ihnen, dass er sich Gerüche einbildet! Felix ist froh, dass der Hund nach einer Weile dann doch eine Schwachstelle in der Zuneigung zu seinen Freunden zeigt: Er schläft nämlich bereits wieder ein auf dem Beifahrersitz. Gut, es könnte ein Fluchtschlaf sein, um der Aufregung zu entkommen. Aber mal ehrlich: Es sieht aus, als sei der Hund einfach nur eingepennt, und das bedeutet ja wohl, dass seine Sehnsucht nach den Freunden oberflächlicher ist, als der Hund denkt. Nach all den Wochen, in denen der Hund seine Freunde nicht gesehen hat, idealisiert er sie wahrscheinlich. Er hält sie jetzt wahrscheinlich für die begehrenswerteste Gesellschaft, aber kaum sieht er sie wieder, denkt er: Oh, die wieder!

Warum sollte es dem Hund anders gehen als mir, denkt Felix. Er hat Nicole vierundvierzig Jahre lang Jahr für Jahr stärker idealisiert – das muss man ja auch mal in Betracht ziehen. Und jetzt stellt sich heraus, dass Walter Scheibler tot ist.

Simonas SMS-Nachricht an Felix lautete: WO BIST DU! RUF MICH SOFORT AN! WALTER SCHEIBLER IST TOT!!

46

Felix nachts auf dem Tamiami Trail. Wenig Verkehr, stellenweise gar keiner. Viel Sumpf links und rechts. Verkehrsschilder, auf denen vor Panthern gewarnt wird. Der Hund schläft, nur Felix ist wach, und er denkt, so etwas würde Simona nicht erfinden. Wenn sie schreibt, dass Walter Scheibler tot ist, dann ist er tot. Ja, und jetzt kann man sagen: Ist doch alles nur Zufall! Genau. Also jene Geburtstagsparty von Angela Sonntag, Simonas damals bester Freundin, in der Jagdhütte von Angelas Vater, das war keine Riesenparty, das wäre gar nicht möglich gewesen, weil die Hütte zu klein war. Deshalb hatte Angela eben nur ein paar Leute eingeladen. Ein kleiner, überschaubarer Kreis. Und alle, denkt Felix, die von meiner ehemaligen Abiklasse schon gestorben sind …

Ganz ruhig, denkt Felix, Hände aufs Lenkrad, Blick auf die Straße. Ruhig einatmen. Sein bester Freund Ralph war der Erste, und danach folgten die anderen, lauter Vierundsechzigjährige, Felix kann sich an die Namen wieder nicht erinnern, aber Simona hat sie ja beim Apfelküchleinessen aufgezählt. Und Simona sagte auch noch, dass außer Nicole, Gerry, ihr und Felix nur Walter Scheibler noch lebe, als Einziger von denen, die auf der Party waren. Wie soll man da noch ruhig einatmen! Felix braucht Luft! Er muss schnell atmen, sein Körper braucht das jetzt. Denn jetzt ist ja Walter Scheibler auch tot! Es ist kein Einziger gestorben, der nicht auf der Party war. Alle, die tot sind, waren …

Und auf dieser Party erzählte Nicole ihren Glühbirnenwitz und Gerry tauchte mit seiner Wischmoppperücke als Bob Marley auf, ja gut, das sind alles keine Straftaten. Es sind Jugendsünden, aber es wurden halt eben *Ne***witze* erzählt, und Gerry lief mit seiner Perücke breitbeinig herum und kratzte sich unter den Armen: »Uga uga!« Ja, man war allseits betrunken, aber es gab eben auch schon Polaroidkameras, das darf man nicht vergessen, denkt Felix.

Also sich jetzt nicht verrückt machen lassen! Aber dass jetzt auch noch Walter Scheibler gestorben ist – wie soll man das denn in einen rationalen Rahmen bringen? Das ist doch zumindest schon ein bisschen sehr merkwürdig. Es sind jetzt von dieser Party nur noch Nicole, Gerry, Simona und Felix übrig, und neben Felix schläft ein Hund, der ihm auf mirakulöse Weise zugelaufen ist, und von dem man nicht weiß, warum zum Henker er spricht.

Also nein, denkt Felix, nein – es waren etwa ein Dutzend Leute auf der Party, und davon gibt es jetzt sieben oder acht nicht mehr. Man wird angesichts solcher Fakten förmlich in den Wahn getrieben, denkt Felix, wie soll man denn mit der Wucht solcher Beweise umgehen? Oder anders gesagt: Wer kann denn jetzt noch ruhig schlafen, ohne die Alarmanlage überprüft zu haben? Natürlich ist es ein Zufall, ganz bestimmt, was denn sonst? Aber es ist eben ein sehr sonderbarer Zufall, vor allem, wenn man Simonas Überzeugung kennt, dass Nicole und Gerry in Wirklichkeit …

Und dieser Hund, der da stoisch schläft und von nichts eine Ahnung hat. Obwohl er möglicherweise das Auge und das Ohr von Gerry und Nicole ist. Und jetzt ein kleiner, ganz alltäglicher Unfall hier auf dem Tamiami Trail, ein Bagger, der sich plötzlich auf die Straße schiebt. Oder ein Mann, der auf dem Mittelstreifen mit den Armen rudert, weil er angeblich dringend jemand braucht, der ihm bei einer Reifenpanne hilft. Es ist sehr einsam hier draußen. Das ist nicht wie in Deutschland, wo man keinen Kilometer fahren kann, ohne eine Gardine zu sehen: Hier gibt es kilometerweise gar nichts, nur Straße und links und rechts Sümpfe. Irgendwo in der Ferne ein Licht, aber da möchte man auch nicht anhalten, denn wer weiß, wer dort lebt.

Felix fährt jetzt mit sehr offenen Augen. Er behält alles im Blick, auch die Gegend am Straßenrand. Jeden Wagen, der ihm entgegenkommt, lässt er nicht aus den Augen, auch nicht im Rückspiegel. Als ihm einer dieser hochmotorisierten amerikanischen Trucks entgegenkommt, fasst Felix das Steuer fester und bereitet sich innerlich auf das Schlimmste vor: Dass er das Steuer nach rechts reißen muss und in der Sumpfböschung landet. Aber es geht gut, und der Truck fährt ganz normal vorbei.

An Walter Scheibler kann Felix sich nur schemenhaft erinnern: Ein lustiger Kerl, und er konnte gut tanzen, Rock 'n' Roll und solche Sachen. Nicole tanzte auch mal mit ihm, und hinterher war sie ganz außer Atem und wirkte auf unangenehme Weise aufgedreht. Also unangenehm für Felix, er war ja bei Nicole sehr eifersüchtig, weil er spürte, dass sie an einem silbernen Faden hing. *Ach, manchmal habe ich das Gefühl*, sagte sie einmal, *dass ich ein kleines Mädchen bin, das allen gehört.*

Daran erinnert sich Felix jetzt, aber anders als früher: Den Satz könnte man heute auch nicht mehr im Radio bringen. Es läuft einem ja ein Schauder über den Rücken. Nicole meinte natürlich etwas ganz anderes. Aber heute meint man eben genau das, wenn man so einen Satz hört. Das macht diesen Leuten natürlich das Leben schwer, denkt Felix, die stehen voll im Scheinwerferlicht der Korrektheit – jedenfalls, bis sie die Maske fallen lassen, denkt er, und die Scheinwerferbirnen kaputt schießen.

Ach komm, denkt Felix, nein, du wirst nicht der nächste Walter Scheibler sein. Woran ist er überhaupt gestorben, das wäre jetzt interessant zu wissen.

Felix schreibt während des Fahrens eine Nachricht an Simona, sollte man nicht tun, aber wenn man sowieso glaubt, dass man in Lebensgefahr sein könnte, wird man ganz locker, was die Handybenutzung im Auto betrifft.

Woran ist Scheibler gestorben? Mir geht es gut! Dir hoffentlich auch!

In Tesserete ist es jetzt spätnachts, Simona schläft sicher schon, und jetzt wäre Felix zur Abwechslung mal froh, wenn er wüsste, dass Carlo bei ihr ist. Dass er nicht wieder irgendeine Miniaturlok in Mailand besichtigt, sondern neben Simona liegt und vielleicht notfalls etwas unternehmen kann. Felix möchte jedenfalls nicht, dass Simona ganz allein in dem Haus ist. Das ist einfach ein Reflex, er kommt dagegen nicht an, jetzt, wo Walter Scheibler tot ist. Simona hat nicht einmal eine Alarmanlage! Dabei ist doch bei ihr eingebrochen worden, vor einem Jahr, das hat sie Felix erzählt. Und ich rufe sie nicht mal an, denkt Felix, obwohl sie mich darum gebeten hat. Sie hat jetzt bestimmt Angst, möchte mit jemandem sprechen, der versteht, was da los ist. Carlo kann sie das mit den *Getarnten QAnon* nicht erzählen, für ihn ist das doch keine Bedrohung, solange er nach einem Staatsstreich nicht befürchten muss, dass die neuen Herrscher Modelleisenbahnen verbieten. Simona ist mit ihrer Angst ganz allein, und jetzt ruf sie an, denkt Felix, jetzt gleich.

47

Sie geht nicht ran. Weil sie natürlich jetzt schläft, denkt Felix. Er versucht es noch einmal. Aber natürlich schläft sie immer noch, hat das Handy auf lautlos geschaltet, natürlich.

Er schreibt ihr noch mal eine Nachricht: *Ich hoffe, es geht dir gut. Bitte melde dich, sobald du wach bist. Dein Bruder.*

Aber so richtig beruhigend ist das alles nicht. Zu Felix' Beunruhigung trägt noch bei, dass er jetzt auf der nächtlichen Fahrt nach Naples auf eine dumme Idee kommt. Der Traum! Felix hat doch seit seiner ersten Reise nach Florida diesen merkwürdigen, wiederkehrenden Traum – auch in den vergangenen vier Wochen in Tesserete kam er alle paar Nächte vor: Dieser Traum von etwas namenlos Schrecklichem, von einer Leere, einem Sturz durchs Nichts, ja, und was, wenn …

Nicht das auch noch, denkt Felix, aber es ist zu spät: Schon hat dieser dumme Gedanken sich in ihm breitgemacht: Vielleicht ist das ein Vorahnungstraum! Ein prophetischer Traum. Aber das ist doch Quatsch! Wieso sollte Felix denn plötzlich prophetisch träumen, er kann ja nicht mal am Tag bei wachem Bewusstsein etwas ordentlich vorhersehen, ihm passiert ja immer alles wie einem kleinen Pelztierchen, das man durch ein Labyrinth schickt. Also vergiss das, denkt Felix, es gibt generell keine prophetischen Träume, und wenn es einen Propheten gibt, denkt Felix, dann gilt er nichts im eigenen Land, weil seine Nachbarn nämlich wissen, dass seine Träume sexuelle Ursachen haben, darauf läuft es doch immer hinaus. Ja, gut, Felix gehört vielleicht zu der Todestruppe von Angela Sonntags Geburtstagsparty, aber wenn ihm deswegen etwas zustößt in Naples, dann ist das etwas Handfestes, nichts Übersinnliches. Es würde ihm sogar überhaupt nicht gefallen, seinen eigenen Tod Wochen vorher schon vorhergeahnt zu haben, das wäre ihm unangenehm, er möchte nicht mit so einem parapsychologischen Ballast sterben. Und dann müsste man ja auch noch den Vorwurf mit ins Grab nehmen, dass man den Tod hätte verhindern können, wenn man auf die Alarmglocken geachtet hätte, die jede dritte oder vierte Nacht geklingelt haben. Nein, noch schlimmer: Man müsste sich ärgern über die Wischiwaschimentalität der eigenen Träume. Wenn es um etwas so Wichtiges wie den eigenen Tod geht, kann man doch nichts mit einem völlig gestaltlosen, inhaltslosen Traum anfangen, dessen Botschaft kein Mensch versteht, weil gar keine da ist! Ein brauchbarer prophetischer Traum wäre wenn schon einer, in dem eine gute Fee einen an der Hand nimmt und einem zwei Wege zeigt, von denen einer mit einem Straßenschild gekennzeichnet ist, auf dem steht *Naples 43 miles*. Und dann munkelt die gute Fee auch gar nicht lange herum, sondern sagt *Dieser Weg wird dich in den Tod führen, also nimm den anderen, hast du das verstanden, wiederhol es!*

Nein, Felix lehnt seine Idee, sein Traum könnte eine Vorahnung sein, vehement ab. Aber es ist halt wie bei einem Gerücht: Es bleibt etwas hängen. Und das nimmt Felix mit nach Naples, wo er infolgedessen mit einem sehr unguten Gefühl ankommt. Könnte man sagen, mit dem Gefühl, sich für den falschen Weg entschieden zu haben? Hm … ein wenig.

48

Felix steigt in der Garageneinfahrt aus, das schöne Haus liegt im Dunklen. Der Hund ist wach, springt gleich aus dem Auto und sucht sich etwas Geeignetes *for peeing*. Felix öffnet die Maschendrahttür, die zum Garten führt, sie quietscht beim Öffnen wie schon bei seinem ersten Besuch hier. Der Wind raschelt in den Firecracker-Büschen, und die untere Wohnung, wo Andrea manchmal übernachtet, wenn sie in Naples zu tun hat, ist dunkel. Felix wirft einen Blick durchs Balkonfenster der Wohnung, aber da liegen keine Turnschuhe am Boden, es steht keine Mineralwasserflasche auf dem Nachttisch im Schlafzimmer, keine weißen Socken liegen auf den Steinfliesen im Wohnzimmer. Darüber ist Felix froh, er hätte jetzt gar keine Lust, Andrea anzutreffen, er möchte mit dem Hund allein sein, das heißt, er möchte mit dem Hund reden können, und das geht ja nicht, wenn jemand da ist.

Ach, ist das eine versöhnliche Luft! So warm und feucht! Und wie es hier duftet, nach allem Möglichen. Im Garten kriecht eine Schildkröte herum, die tauchen hier nach stärkeren Regenfällen manchmal aus den Pfützen auf, als wären sie da drin erzeugt worden. Danach laufen sie kreuz und quer herum, bis sie überfahren werden. Neinnein, einige überleben natürlich, denn die Autofahrer haben sich gewandelt, sie überfahren hier nicht mehr alles, was über die Straße kriecht. Der Regen bringt auch Reiher hervor, die an Stellen, wo vorher Gras war, jetzt nach Fröschen Ausschau halten, weil dort jetzt Teiche entstanden sind, manchmal auf dem Mittelstreifen der Hauptstraße. Florida ist wie ein über einen unsichtbaren Wasserspiegel gestiegenes Stück Land, das nach dem Tropenregen schwer wird und wieder ein wenig unter den Wasserspiegel sinkt, sodass überall Sümpfchen und Tümpelchen entstehen, in denen sofort neues Leben wuchert. Jedenfalls bis die mexikanischen Gartenarbeiter die Sümpfchen mit Pumpen trockenlegen. Diese vermaledeiten Gartenarbeiter sind überall auf der Welt eine Pest! Wo sie am Werk sind, wird die Natur abgewürgt, bandagiert, verstümmelt und am Schluss mit Firecracker-Büschen asphaltiert.

So viel dazu, denkt Felix. Der Hund kommt über die Gartensteinplatten auf ihn zugerannt und will schon etwas sagen, hat schon den Mund auf diese besondere Weise offen, eben nicht, wie vor dem Bellen oder beim Hecheln, sondern wie vor dem Sprechen. Aber Felix sagt schnell: »Watch your mouth, doggy! Let's first check the apartment, okay?«

Und immer wieder, so auch jetzt, findet Felix es kurios, dass sich keiner, der ihn eventuell hört, etwas dabei denkt, dass er mit seinem Hund spricht.

»Ah … woff!«, sagt der Hund. Das heißt *Ich habe verstanden. Du hast ganz recht, Meister. Dass du immer alles so unter Kontrolle hast! Das ist wirklich bewundernswert. Ich hatte ehrlich noch nie ein so tolles Herrchen wie dich!*

Na gut, das hört Felix gern. So. Und jetzt steigen er und der Hund die schmale Holztreppe zum oberen Stockwerk hoch.

Am Ende der Treppe muss man eine rostige Mückengittertür öffnen, und dann betritt man die von Andreas Mutter nach dem *Country Style Magazine* eingerichtete Veranda mit dem robusten Outdoorsofa, dem Rauchertischchen – also dem Sofatischchen, auf das man, wenn man will, eine in der Mitte durchgeschnittene leere Cola-Aludose als Aschenbecher stellen kann – und dem gemütlichen *Easy Chair.* Alles noch genau so wie vor ein paar Wochen.

Check-in per Schlüsselbox, selbst der Code ist noch derselbe und auch für ältere Leute leicht zu merken: *123456.* Ja, und natürlich ist auch die Verandatür, die in die Wohnung führt, noch genauso dünn wie beim ersten Besuch, es ist nur ein bisschen Aluminium und Glas. Um hier ungebeten reinzukommen, denkt Felix, braucht man einen Schraubenzieher, mehr nicht. Jeder, der einen Schraubenzieher besitzt, denkt Felix, kann sich nachts neben einen ins Bett legen.

Ja, aber was für Betten das sind! Es gibt zwei Schlafzimmer, und man weiß nicht, in welches man sich legen will, denn ein Bett ist gemütlicher als das andere. Hohe, üppig mit Decken und Kissen belegte Versinkbetten mit Blick auf die Palmen und die *Pink Velvet Banana Trees*. Also Felix ist wieder begeistert, überall Blick durch Sprossenfenster in das Blätterwerk, *Treetop Oasis*, und auf dem marmornen Küchentisch liegen die *Welcome*-Geschenke, die selben wie schon beim ersten Besuch: ein kleines Flamingo-Täschchen für Medikamente oder Schminksachen, eine Bottle Weißwein aus Napa Valley, und eine Willkommenskarte, handgeschrieben von Andreas Mutter Tamara, die sich so freut, schreibt sie, dass Felix wieder ihr Gast ist, und er kann sie jederzeit anrufen, wenn er irgendetwas braucht.

Felix schaltet das Licht in der Wohnung auf gemütlich und fühlt sich hier wieder … ja, schau nur mal das Badezimmer! Wirklich schön gemacht, super Dusche mit Regenbrause, Blick durch das kleine Fenster auf das nächstgelegene einsame Haus, an dem eine Lichtergirlande brennt, damit die Einbrecher glauben, dass jemand zu Hause ist. Felix hat schon beim ersten Mal festgestellt, dass die meisten Häuser hier unbewohnt sind, aber alle haben Lichttimer, die suggerieren, dass da jemand aktiv und wach ist.

Wie auch immer – ist es hier nicht schön? Felix würde jetzt gern den Hund fragen, he, sag mal, ist es hier nicht schön, gefällt es dir?

Aber das ist das Problem: Die obere und die untere Wohnung sind über eine Treppe verbunden, die zwar mit einer Kordel abgesperrt ist, damit die Gäste, die oben wohnen, nicht runtergehen. Aber hören kann man natürlich trotzdem unten alles, was oben gesprochen wird. Und da Andrea früher manchmal mitten in der Nacht erst hier angekommen ist, möchte Felix vorsichtig sein.

Er kniet sich vor den Hund hin und flüstert: »How you like it? It's our apartment. It's nice, don't you think?«

Einen verständnisloseren Blick hat Felix schon lange nicht mehr gesehen.

»Well«, sagt der Hund leise, »yeah, nice.« Das heißt, es ist ihm völlig egal, wo er ist. Er hat überhaupt keinen Blick für die Gemütlichkeit hier, für das Tropenambiente. Nein, das hat für ihn alles den Wert von Regenwasser. Wichtig ist ihm einzig und allein etwas anderes.

»Let's drive to the city«, sagt er leise. »I can't wait to start searching for my friends.«

Ja. Das ist ja nichts Neues. Felix spürt wieder diesen Kloß im Hals. Er sagt, er fahre jetzt ganz bestimmt nicht mehr los, es sei doch schon fast Mitternacht.

»Hey, come on«, sagt Felix, »you can choose the bed you want to sleep in! Is that a treat?«

Aber der Hund sagt, ihm sei es egal, wo er schläft.

Aber schau doch mal, sagt Felix, wie gemütlich und weich die Betten sind! Er wirft sich auf eins der Betten und federt auf und ab.

»Come on«, sagt Felix, »come to me! Try the bed!«

Der Hund schaut so ernst, als hänge ein Selbstmörder an der Deckenlampe.

Der Hund sagt, er will draußen schlafen, auf der Veranda. Aber was heißt schlafen, er sagt, er kann sowieso heute nicht schlafen.

»Yes, because you slept the whole time, from Miami to here!«, sagt Felix.

Der Hund geht ganz traurig, mit hängenden Ohren, einfach aus dem Zimmer und bleibt dann vor der Verandatür stehen.

Felix denkt, soll er da stehen, ich esse jetzt noch die Cookies, und dann schaue ich mir einen Gutenachtfilm an, und bis dahin wird der Hund sich in eins der Betten gelegt haben.

Die Cookies gehören zu der Reihe von Gastgeschenken, und den Wein aus Napa Valley trinkt Felix auch gleich noch, wenn er schon da steht.

Felix schaut sich auf dem weißen Sofa den Film *True Grit* mit Jeff Bridges an, und jedes Mal, wenn er sich umdreht, um zu sehen, was der Hund macht, sieht er ihn an derselben Stelle direkt vor der Verandatür stehen. Seit zwei Stunden steht der Hund jetzt schon dort, regungslos. Er dreht Felix seinen Hintern zu, um ihm zu zeigen: Ich will da raus, und zwar nicht nur auf die Veranda, sondern in die Stadt, um meine Freunde zu suchen.

So fängt das an. Am ersten Abend schon.

49

Am nächsten Morgen erwacht Felix voller Energie. Er hat schon lange nicht mehr so gut geschlafen, und geträumt hat er absolut nichts. Die Energie ist flüchtig, das muss man sagen, er fühlt sich nur so lange voller Kraft, bis er aus dem gemütlichen Bett aufgestanden ist. Danach fühlt er sich schnell wie immer, also eher mittelmäßig. Aber es war schön, einmal wieder voller Energie zu erwachen.

Als Erstes schaut Felix nach dem Hund, den er gestern natürlich doch noch auf die Veranda rausgelassen hat. Ehrlich gesagt, auch aus sicherheitstechnischen Überlegungen. Felix dachte, falls da jemand kommt, sei es ein Hitman, oder was weiß ich, müsste er zuerst an dem Hund vorbei, und der würde bellen. Felix schlief deswegen gestern mit einem schlechten Gewissen ein, weil er ja gewissermaßen den Hund einem möglichen Gegner aussetzte, um sich selbst zu schützen, und das ist nicht gerade christlich.

Aber natürlich ist nichts passiert. Der Hund ist zwar nicht auf der Veranda, aber nur, weil er unten im Garten herumläuft und alles Mögliche beschnüffelt.

»Isn't that a beautiful garden?«, sagt Felix und hält dem Hund ein Cookie hin, das von gestern übrig geblieben ist.

Der Hund lehnt das Cookie ab und sagt leise: »Let's drive

to the city now. There's a park, bring me there. Remember, you'll get half a rock.«

Jaja, die halbe Million. Ist das nicht traurig? Dass der Hund das jetzt sagt. Aber das ist die berühmte Nibelungentreue der Hunde. Man sagt, manche laufen um die halbe Erde, um ihr Herrchen zu suchen. Ja, gut, aber sind das nicht ziemlich romantische Hunde, also solche, die überhaupt nicht kapieren, dass das hier kein Planet der ewigen Liebe, sondern ein Planet der natürlichen Selektion ist? Es gibt doch auch Hunde, die das ziemlich schnell begreifen, spätestens, wenn man sie aus dem Tierheim holt und ihnen Futter und Unterkunft bietet. Die klugen Hunde, denkt Felix, wechseln ihre Herrchen je nach Bedarf, und ihre Kunst besteht darin, *jedem* Herrchen treu zu sein. Hunde, die nur einem Herrchen treu sind, sind im Grunde einfach stur, wie die Dinosaurier – und wo sind die jetzt?

Na ja, die letzten von ihnen sind da im Kanal, der vor dem Garten weniger fließt als steht. Das steht in der Beschreibung der Wohnung auf Airbnb: Tamara schreibt, es gebe im Kanal einen Alligator, den sie *Bubbles* nennt, weil man manchmal die Luftblasen sieht, die er unter Wasser macht.

»There's a crocodile in the canal«, sagt Felix, »let's watch the canal and wait, 'till we see the bubbles, okay?«

Nichts fruchtet. Der Hund will nicht Krokodile jagen. Er will in diesen Park, das ist alles. Er sagt, wenn er wieder in diesem Park ist, weiß er, wie er zu seinen Freunden kommt. Sie waren mit ihm immer in diesem Park. Der Park ist mitten in der City von Naples. Sobald er dort ist, sagt der Hund, wird er sich erinnern.

»Oh, I see bubbles!«, sagt Felix und zeigt auf den Kanal. Da sind natürlich keine Luftblasen, und der Hund schaut gar nicht hin.

»There are no bubbles«, sagt der Hund.

»How can you know«, sagt Felix, »you don't look at it!«

Aber wie gesagt: nichts fruchtet. Herz und Verstand des Hundes sind ganz woanders, weit von Felix weg. Dann wird man also wohl zu diesem Park fahren müssen.

Ja, gut, aber wo ist dieser Park? Es gibt in Naples ja mehr als einen, den Botanical Park, den Non-botanical Park, den Park in the north, den Park in the south und den Park in the middle. Felix weiß selber nicht, wie die alle genau heißen, aber er weiß, es gibt viele. Der Hund sagt, er wisse es auch nicht, aber wenn er dort sei, werde er ihn sofort wiedererkennen. Das klingt spezifisch. Nein, der Hund weiß schon noch ein bisschen mehr: Es ist ein Park in der Mitte von Naples, und dort steht so ein dreieckiger Stein.

50

Nein, der Stein ist nicht dreieckig, sondern eigentlich quadratisch, aber mit zulaufender Spitze. Es ist ein Gedenkstein für gefallene Soldaten, und deswegen hat Felix den Park auf Anhieb gefunden: *Cambier Park*. Wie der Hund sagte, mitten in Naples.

Aber ist es noch ein Hund? Ist es nicht ein außer Rand und Band geratenes kleines weiß-braun geflecktes Explosionsgeschoss, das da um das Soldatendenkmal rumschießt, nein, förmlich rumfliegt?

»This is it! This is the place! Woff! Waff!«, schreit das Explosionsgeschoss. Er ist so aufgeregt, dass er in aller Öffentlichkeit laut rumschreit. So dermaßen hat der Hund sich nicht mehr im Griff, so sehr ist er überwältigt von der Aussicht, bald seine Freunde … Zum Glück besteht die Öffentlichkeit hier im Park zurzeit nur aus einer Frau, die ihr eines Bein auf die Lehne einer Parkbank gelegt hat und Streckübungen macht, mit einem riesigen Kopfhörer auf den Ohren.

»Shut up«, ruft Felix dem Hund zu, der in Kreisen herumfliegt, »you talk! Everybody can hear it!« Aber der Hund ruft nur: »That's the place! Oh boy, I'm happy as a clam!« Die Frau hört sehr laute Musik, denn sie dreht sich nicht mal nach Felix und dem sprechenden Hund um, sie verpasst wegen Heavy Metal ein Ereignis, das sie, wenn sie klassische Gitarrenmusik hören würde, später ihren Kindern erzählen könnte: *And then there was this dog – and I swear I heard him yelling ›I'm happy as a clam!‹*.

Ja, aber irgendwann verstummt der Hund gottlob, er wird ruhiger und ernster, denn jetzt macht er sich mit seiner Nase auf die Suche nach der Duftspur seiner Freunde. Denn in diesen Park haben seine Freunde ihn immer geführt, damit er zwischen den Indischen Feigenbäumen und den *Bottlebrush Trees* herumstreunen und sich in den Magnolienbüschen erleichtern konnte. Mit der Bepflanzung des Parks war Felix halbwegs zufrieden, übrigens, er ließ sie gelten. Es war ästhetisch, den Hund in dieser tropischen Vegetation herumlaufen zu sehen, auch wenn Felix' Herz schwer wurde beim Gedanken, dass der Hund verzweifelt Makromoleküle seiner Freunde suchte.

Jedenfalls hat ihm der Hund auf der Herfahrt pausenlos von den Spaziergängen mit seinen Freunden in diesem Park erzählt, und dass das Haus der Freunde sich ganz in der Nähe des Parks befindet, und er müsse nur, sagte der Hund, eine erste Spur finden, und diese Spur werde ihn dann untrüglich zu dem Haus führen. Es sei ein Haus mit einem Schwimmbecken hinter dem Haus, und das Schwimmbecken sei mit einem Netz überspannt.

Ach so?, dachte Felix zynisch, als der Hund ihm das erzählte, denn jeder, wirklich jeder Pool in Naples ist mit Dächern und Zäunen und Netzen gegen die vielen Kriech- und Flugtiere geschützt, die sich gern in einen solchen Pool stürzen. Es gibt durchaus auch manchmal Alligatoren, die einen morgens, wenn man sich im Pool den Nachtschweiß vom Leib waschen möchte, aus dem gechlorten Wasser heraus böse anschauen. Oder Schildkröten, was auch immer. Es ist unglaublich, wie viele Tiere es in Florida gibt, und zwar vor allem dort, wo man sie wirklich nicht haben will.

Also ist der Pool, von dem der Hund spricht, wie jeder Pool jedes Hauses und keineswegs unverkennbar.

Aber lass ihm die Hoffnung, dachte Felix im Auto.

Und jetzt steht Felix auf dem Rasen des *Cambier Parks* und kommt sich vor wie bestellt und nicht abgeholt. Die Frau mit den Kopfhörern rennt schon zum zweiten Mal an ihm vorbei. Felix kann hier nichts tun, als dem Hund dabei zuzusehen, wie er jedes Magnolienblatt mit der Nase untersucht und jede der hervorstehenden Wurzeln der Indischen Feigenbäume. Es ist kein besonders großer Park, aber der Hund braucht eine gute Stunde, um ihn abzusuchen. Und jetzt ist er damit fertig und fängt wieder vorn beim Soldatendenkmal an. Ein drittes Mal rennt die Joggerin an Felix vorbei, doch dann ist für sie Schluss. Sie ist ganz verschwitzt und atmet durch den Mund, und dann verschwindet sie in einem weißen Geländewagen. Einige junge Leute, die aussehen, als suchten sie einen Platz zum Küssen, schlendern durch den Park, danach ein Ehepaar, das aussieht, als stünde auf Küssen die Todesstrafe, und dann kommt natürlich prompt ein Gärtnerteam und fängt an, die Rasenränder mit einem Rasentrimmer zu schneiden. Das war es dann für Felix: Rasentrimmer sind für ihn der Beweis dafür, dass eine Zivilisation sich auch zu sehr entwickeln kann, und dann wird für das geringste Problemchen eine Maschine erfunden, die laut ist und sich nur deshalb durchsetzt, weil Männer gern einen Apparat in der Hand halten.

Gut, das ist das eine. Das andere sind die fast schwarzen Regenwolken, die sich natürlich jetzt am Nachmittag, pünktlich um 14.00 Uhr, über Naples auftürmen. Der Hund hat dafür kein Auge, er ist völlig mit seiner Molekülsuche beschäftigt. Manchmal rennt er plötzlich zu einer Stelle, schnüffelt besonders intensiv, merkt, er hat sich geirrt, da ist nichts, und danach rennt er zu einer anderen Stelle, die er schon zweimal untersucht hat, und die er jetzt aber wieder erneut beschnüffelt, als sei er zum ersten Mal dort.

Bald wird ein ganz großer Regen kommen, das kann auch ein ungeübtes Auge erkennen. Die Leute in Naples nennen es *a system.* Sie sagen: *We got a system coming.* Es wird wie aus Gartenschläuchen runterregnen, es wird ein kühler Wind aufkommen, kein Mensch wird sich mehr auf der Straße blicken lassen. Die jungen Leute verlassen den Park ungeküsst, soweit Felix das beurteilen kann. Das Gärtnerteam schultert die Rasentrimmer und verschiebt alles auf morgen.

Wie soll Felix das dem Hund beibringen? Nun, er versucht es mit direkter Ansprache. Er geht zu dem Hund, der gerade mit der Nase den schmalen Fußgängerweg absucht, der an einer Reihe von *Royal Palms* vorbeiführt. Deren Kronen rauschen schon im Wind, der dem Regenguss vorangeht.

Felix schaut sich um, und als er sicher ist, dass sonst keiner mehr in Hörweite ist, sagt er zum Hund: »There's a system coming. Let's go home.«

Oh! Oh, nein, so etwas will der Hund nicht hören. Er sagt, und zwar wirklich sozusagen in Großbuchstaben: »I AM AT HOME.« Er sagt, er hat eine Spur gefunden, genau hier. Er sagt, er ist sich noch nicht ganz sicher, aber die Spur ist sehr deutlich.

»I'm not gonna blow up my chance to find my friends for a little rain!«, sagt der Hund.

Felix versteht den Satz nicht im Detail, aber unter dem Strich heißt es wohl, dass der Hund hierbleiben und weitersuchen will.

Da hat man einen Hund, denkt Felix, und er will nicht mit einem nach Hause kommen. Wer hat so etwas schon einmal erlebt? Ein Hund ist doch sonst immer bei Fuß. Wieso konnte mir kein Hund zulaufen, denkt Felix, der frei war, innerlich?

Aber jetzt ist es eben so, man muss mit dem Hund zurechtkommen, den man hat.

Der Hund ist außerdem schon wieder ein paar Meter von Felix weg, jetzt schnüffelt er an einer leeren PET-Flasche, das hat etwas Trostloses. Der Hund tut Felix leid, aber er selber sich auch, sein Mitgefühl gilt allen Betroffenen.

»Come on«, sagt er zum Hund, »you will find your friends tomorrow!«

Es blitzt, dann folgt ein Donner, der einen wünschen lässt, man hätte irgendein Dach über dem Kopf. Eine Windböe rauscht durch die gesamte Parkanlage, und ist da nicht schon ein bisschen Regen dabei?

»You go home«, sagt der Hund, »I'll stay here. I'm sorry.«

Einen Moment lang blickt der Hund Felix persönlich an, einen Moment lang *sieht* er Felix wirklich, und dann sagt er: »Really sorry.«

Umso schlimmer ist es für Felix. Es ist klar: Der Hund hat ein Herz, auch wenn er oft ziemlich ruppig ist, Felix ist ja auch meistens ruppig, zynisch, einfach nicht so, wie er eigentlich sein möchte. Und schließlich ist es nur ein Hund, oder etwa nicht? Ja, da ist noch die halbe Million, von der der Hund keinen Ton mehr gesagt hat, seit er im *Cambier*

Park angekommen ist. Felix' Plan war ja eigentlich: Der Hund *und* die halbe Million … aber eventuell muss Felix sich jetzt entscheiden.

Das tut er.

Wie so oft ist es eine Entscheidung, die einem einfach das schlechte Wetter aufzwingt.

Felix sagt zum Hund: »Okay, but I got to tell you something, before I go.«

Und der Hund, weil er jetzt in einer herzlichen Stimmung ist und mit Felix mitfühlt, kommt näher und sagt: »Tell me!«

Wusch! Mit einem beherzten Griff schnappt sich Felix den Hund. Ein kleiner Hund hat einfach gewisse Vorteile gegenüber einem großen, schweren, den man nicht so einfach gegen seinen Willen zum Auto tragen kann. Aber mit einem kleinen geht das ganz gut, auch wenn er mit seinen recht scharfen Hinterkrallen strampelt und sogar ein bisschen beißt, aber nicht ernsthaft – dazu kennen Felix und der Hund sich zu gut. Dieses Band wird der Hund selbst jetzt nicht … durchbeißen, wo Felix ihn unter der dunklen Wolkenwand zum Wagen trägt.

Der Hund sagt auch nichts, er strampelt nur, er knurrt auch nicht. Aber er strampelt schon ziemlich, sodass Felix seinen Zwinggriff verstärken muss.

»Sorry«, sagt Felix, »but it's the best for you, for me, for everybody.«

Der Hund sagt nichts, beißt nun aber relativ ernsthaft in Felix' Handgelenk. Es ist nicht ein wirklich schmerzhaftes Beißen, aber es könnte eins werden, wenn der Hund so weitermacht.

51

Aber der Hund macht nicht weiter. Er überlegt es sich anders.

»Okay«, sagt er, »we're going home. But you throw that stick first! Please! Only once! Come on, throw it! You know I love it!«

Soso, jetzt erinnert sich der Hund also plötzlich, wie schön es immer war, wenn Felix in Tesserete stundenlang Stöckchen geworfen hat. Von einem Moment auf den anderen hat er seine Freunde vergessen und möchte wieder den Stöckchen nachrennen, so schnell geht das! Es freut Felix natürlich, denn jetzt sieht man ja, dass der Hund durchaus weiß, was er an ihm hat. Aber andererseits sollte man so etwas nicht kurz vor einem Tropengewitter machen, die Blitze springen ja schon über den ganzen grauschwarzen Himmel. Felix kennt das, er weiß, gleich wird es hier aus Eimern schütten.

»Please«, sagt der Hund, »cut me some slack! Throw it! See the stick over there? Throw it, and then we're heading home.«

So. Ein Mal Stöckchenwerfen muss halt jetzt eben sein. Felix möchte ja auch, dass der Hund merkt, dass er auf seine Bedürfnisse eingeht.

»Okay«, sagt Felix und setzt den Hund behutsam auf den

Rasen. Und wo ist jetzt dieses berühmte Stöckchen *over there*? Wo ist *over there*? Felix sieht keinen werfbaren Ast, der Rasen ist ja mal wieder klinisch leer geräumt von allem, was die Natur so auf ihn wirft, solange der Gärtnertrupp nicht da ist.

Der Hund, na, da drüben bei der Parkbank liege doch ein Stöckchen, hol es, sagt er, bitte, das sei jetzt genau das Richtige für ihn, sagt er.

Felix geht rüber zu der Parkbank, aber er kann beim besten Willen keinen Ast erkennen, wo soll denn der liegen? Er schaut sogar unter der Bank nach, und als da nichts liegt, denkt er, gut, dann breche ich eben einen alten Zweig von irgendeinem Magnolienbusch hier ab. Ja genau, das wäre eine gute Idee.

Aber sie kommt nicht zur Ausführung.

Denn als Felix sich umdreht und über den Rasen schaut, ist da nur Gras. Es steht da kein kleiner weißbrauner Jack Russell Terrier mehr. Wo ist er denn jetzt, denkt Felix und schaut sich großflächiger um. Aber auch im weiteren Umkreis ist da kein Hund mehr. Vorher stand er doch noch keine paar Meter von dieser Parkbank entfernt und wedelte aufgeregt mit dem Schwanz in der Vorfreude auf das Stöckchenspiel.

»Hobo?«, ruft Felix. Doch sein Ruf wird von einer Windböe weggetragen und klingt ganz schwach und sinnlos. Soll Felix jetzt lauter rufen?

»Hobo!«, brüllt er, aber nicht, weil er möchte, dass der Hund ihn hört, sondern weil er in diesem Moment begreift, was hier geschehen ist. Er kann brüllen, so laut er will, der Hund wird sich nicht melden.

Da ist kein Hund mehr, nur Wind, der welke Blätter über den Rasen treibt und Staub aufwirbelt, der Felix in den Augen kratzt.

Das ist es, denkt Felix, das war es. Er spürt es, weiß es einfach. Er läuft noch ein paar Schritte über den Rasen, schaut sich noch einmal um, aber schon ohne Hoffnung, den Hund irgendwo zu sehen. Wenn er jetzt, denkt Felix, auf mich zuspringen würde, wenn er sagen würde *Just kidding!*.

Aber so etwas geschieht nicht. Es gibt auf diesem Rasen im *Cambier Park* nur noch Felix, und als es direkt über ihm donnert und er in den Himmel hochschaut, schüttet dieser alles, was er hat, auf Felix hinunter. Eine Weile lang bleibt Felix unter diesem Regenguss noch stehen, bis seine Kleider an seinem Leib kleben und ihm das Wasser in den Mund rinnt.

52

Später. Felix in der *Treetop Oasis.* Sitzt auf der Veranda auf dem knirschenden Rattansessel und schaut sich die kleinen Wasserfälle an, die vom Verandadach runterplätschern. Eine halbe Stunde lang hat er vorhin noch im Auto gesessen, hat es auf dem Parkplatz so gewendet, dass er durch die Windschutzscheibe den Park sehen konnte, falls der Hund doch noch auftaucht. Der Regen prasselte aufs Dach, es hätte gemütlich sein können, war aber nur ein wenig bedrohlich und sehr trostlos.

Dann fuhr er zurück, blickte ab und zu auf den Beifahrersitz, auf dem der Hund so oft gesessen hat. Da waren noch Haare von ihm, kurze, recht dicke Haare. Aufbewahren? Felix dachte tatsächlich daran, aber nur kurz.

Jetzt auf der Veranda. Soll er rauchen? Er könnte, aber wozu? Soll er weiter dem Regen zusehen, der sogar als dichter Regenstaub vorkommt und überall eindringt, das Polster des Sessels feucht macht? Soll er reingehen? Und dann was tun? YouTube gucken? Etwas essen, Krabbencreme, die er sich im Publix Supermarkt heute gekauft hat, als der Hund noch da war, und der Hund protestierte, als er auf den Parkplatz des Supermarkts fuhr. Er wollte in den Park und nicht noch warten müssen, bis Felix Krabbencreme gekauft hatte. Felix brachte ihm einen Hundeknochen mit und einen Beißball. Keine Freude beim Hund.

Da hätte man ja schon wissen können, wie es ausgeht. Aber wer rechnet mit einem so radikalen Bruch?

Schon interessant: Vor ein paar Wochen noch hätte Felix sich nicht vorstellen können, dass er eines Tages einen Hund vermissen wird. Felix hat nur Nicole vermisst, und sonst eigentlich kaum mal jemanden. Er hat ein Leben für sich geführt, es wurde ihm ja auch ermöglicht: Die kleine Wohnung, die kleinen Portionspackungen im Supermarkt, das kleine Auto – die Wirtschaft überbietet sich ja mit Produkten für Einzelmenschen. Das Unterhaltungsangebot ist reichlich, man kann sich abends so viele Filme anschauen, dass ein Partner im Grunde genommen oft nur stört. Geschweige denn Kinder und schlimmstenfalls noch die Elterngeneration im Haus. Man kann sehr gut allein leben, und viele lassen sich diese Chance ja auch nicht entgehen und schwelgen im Alleinsein. Was von einem zu großen Brot übrig bleibt, kann man einfrieren. Mit der Zeit gewöhnt man sich daran, dass zu Hause keiner sitzt, wenn man kommt.

Ja, Maria, während der Ehe mit ihr, das war schön. Aber wenn Felix ehrlich ist, war es nachher, als sie nur noch gute Freunde waren und sich ab und zu zum Mittagessen trafen, auch schön – und unkomplizierter. Unter dem Strich eigentlich schöner.

Man gewöhnt sich, wie an alles. Und dann will man es nicht mehr missen. Irgendwann sagt man sich *Mir geht's ganz gut so.* Lieber allein als eine schlechte Beziehung und so weiter.

Aber dann läuft einem ein Hund zu, und man merkt: Ist gar nicht so übel, wenn er da auf seiner Seite des Bettes liegt und einen von unten herauf anschaut. Und wenn man dann auch noch hin und wieder mit ihm ein bisschen plaudern kann …

But that's water under the bridge, denkt Felix. Will heißen, das war einmal.

Jetzt regnet es nur noch, und Felix hat überhaupt keine Ahnung, was er als Nächstes tun soll. Jede Aktivität, die infrage käme, hat etwas Schales. Man könnte auf dem Kindle irgendeinen Krimi lesen oder die Biografie über den japanischen Mönch Musō Soseki, der im 13. Jahrhundert wichtige Beiträge zur Landschaftsarchitektur und zur Gartenkultur leistete. Ja, könnte man.

Aber dann geht Felix rein und schaut sich auf dem Sofa im Wohnzimmer der *Treetop Oasis* im Internet Fotos von Jack Russell Terriern an. Das Gute ist, sie sehen alle mehr oder weniger gleich aus. Es sind also praktisch Fotos von Hobo. Felix geht nach einer Weile dazu über, sich auch Videos von Jack Russell Terriern anzusehen, aber das befriedigt ihn nicht. Denn auf den Videos, wenn die Hunde sich bewegen, merkt man schon den Unterschied zu seinem Hund, zu seinem Ex-Hund, muss man sagen, der einfach viel klüger und auch motorisch begabter war als diese Imitationen auf den Videos.

Ein Anruf unterbricht Felix beim Betrachten der Filme. JEMAND HAT DEN HUND GEFUNDEN!, schießt es ihm durch den Kopf. Aber das ist natürlich nur eine fromme Wahnvorstellung. Es ist Simona.

53

»Geht es dir gut«, fragt sie, »wo bist du?«

»Na, in Florida«, sagt er. Hat er ihr das noch nicht gesagt?

»In Florida«, sagt sie, »was machst du denn in Florida? Hast du meine Nachricht nicht bekommen? Walter Scheibler ist tot!«

»Doch«, sagt Felix, »doch, aber warum soll ich deshalb nicht nach Florida fahren?«

Simona sagt: »Ja, ich weiß nicht. Ich weiß nicht, ob es gut ist oder nicht. Es kommt darauf an, ob … du weißt schon … ob diese Leute es wissen oder nicht.«

»Ja, diese Leute«, sagt Felix, »woher sollen die es wissen.« Das kann er jetzt überhaupt nicht ertragen im Moment: Der Hund hat ihn verlassen, und jetzt diese Schwester mit ihrem *Diese-Leute*-Wahn! Merkt sie nicht, dass ihm das Angst macht?

»Verdammt«, sagt Felix, »ich sitze hier in einer Wohnung mit einer Balkontür, die man mit einem Schraubenzieher öffnen kann! Ich will nichts von *diesen Leuten* wissen, verstehst du das nicht?«

Simona sagt, oje, das klinge gar nicht gut. *Er* klinge nicht gut. Aber sie sagt, sie versteht es sogar sehr gut.

Sie sagt etwas, das Felix nicht versteht, weil sie es so leise sagt.

»Ich sagte, ich habe auch Angst«, flüstert sie etwas lauter.

Weil jetzt ja auch Walter Scheibler tot ist. Das sind doch keine Zufälle mehr, das sind Häufungen! Es sind Wahrscheinlichkeiten, die sich zur Tatsache verdichten. Angst ist da eine ganz natürlich Reaktion, sagt Simona.

»Wieso denn«, fragt Felix, »woran ist er denn gestorben, Walter Scheibler?«

Ein Autounfall. Simona legt eine solche Bedeutung in die Worte *Ein Autounfall*, dass es klingt, als wäre Walter Scheibler am helllichten Tag auf offener Straße erschossen worden.

»Na gut, Autounfall«, sagt Felix, »das gibt es ja recht häufig, wenn die Leute zu schnell fahren. Das ist ja noch kein Grund zur Beunruhigung.«

»Ja, weil du nicht weißt, wo er verunfallt ist«, sagt Simona im Flüsterton.

»Na gut, und wo war es?«, fragt Felix.

Simona macht eine Pause. Eine sehr lange Pause. Als Felix nachfragt, schweigt sie. Sie will es wohl besonders spannend machen, das ärgert ihn auch schon wieder. Doch dann merkt er, dass die Leitung unterbrochen wurde.

Also ruft er sie an, und sie sagt, es sei ihr Fehler gewesen, sie habe versehentlich auf das Beenden-Zeichen gedrückt wahrscheinlich. Ziemlich wahrscheinlich jedenfalls. Ob Felix noch gehört habe, wo Walter Scheibler …

»Nein!«, ruft er.

»Direkt vor seiner Haustür«, sagt Simona. »Er kam morgens zur Tür raus, wollte zur Arbeit gehen und wurde von einem Lieferwagen überfahren. Fahrerflucht.« Auch dieses Wort spricht Simona wieder mit großer Dramatik aus, obwohl Felix zugeben muss, dass es ja tatsächlich nicht undramatisch ist.

»Fahrer. Flucht«, wiederholt Simona, »man hat keine Ahnung, wer es war. Einziger Zeuge ist ein Nachbar, aber er konnte sich das Nummernschild nicht merken. Weiß nur, dass es ein silbergrauer Lieferwagen war.«

Und woher weiß Simona das? Von Ruth, Walter Scheiblers Frau, sie hat sie an einem Klassentreffen vor drei Jahren kennengelernt. Sie waren erst seit vier Jahren verheiratet, zweite Ehe für beide. Außerdem stand es in der Zeitung. Fahrerflucht. Silbergrauer Lieferwagen.

»Oh, mein Gott!«, sagt Simona. »Der Hund!«

Felix atmet tief ein: Darüber will er jetzt als Allerletztes sprechen.

»Der Hund hört aber nicht zu?«, fragt sie alarmiert. »Ist er bei dir? Hört er zu?«

»Nein«, sagt Felix, »der Hund hört nicht zu.«

»Bist du sicher?«, fragt sie. »Ist er in der Wohnung? Bist du in einer Wohnung? In einem Hotel?«

»Er ist nicht hier«, sagt Felix, »ich werde es nicht noch mal sagen. Er ist nicht hier, basta.«

54

Das ist ja nicht gelogen. Das Telefongespräch mit Simona endet in einer Abwärtsspirale. Simona sagt, sie wisse überhaupt nicht, was jetzt das Beste sei, was sie tun solle. Zur Polizei könne man ja nicht gehen, man wisse ja nicht, wem man bei der Polizei überhaupt noch trauen könne, wie weit die Unterwanderung schon fortgeschritten sei, wie lange es noch daure bis zum *Tag X*.

Felix sagt, er müsse jetzt los, müsse dringend noch irgendetwas erledigen. Er sagt, er rufe Simona morgen oder übermorgen wieder an, dann sehe die ganze Sache anders aus.

Simona sagt, was denn übermorgen anders aussehen solle? Ob Walter Scheibler dann wieder lebe oder was?

Felix sagt: »Schlaf gut!« und legt relativ grußlos auf. Es ist doch aber auch bedrückend, ganz allein zu sein, umgeben nur von einer Schwester, die in einer Welt bevorstehender Machtübernahmen lebt.

Und wie es da draußen regnet!

Unaufhörlich!

Felix schaut es sich durch die dünne Balkonscheibe an, und es packt ihn plötzlich eine unsinnige Wut über all die Berichte in Reiseführern, in denen steht, in den Tropen regne es zwar häufig, aber immer nur kurz, danach scheine gleich wieder die Sonne, was für eine Lüge! Es stimmt weder in Florida noch auf den Seychellen, wo er auch einmal war, und wo es ebenfalls nicht kurz und heftig geregnet hat, sondern lang und noch heftiger.

Verdammt!

Felix weigert sich, sich zu wünschen, der Hund möge im Trockenen sein bei seinen Freunden, nein! Nein, er soll ruhig im endlosen Tropenregen herumirren und nirgends Unterschlupf finden, außer bei Leuten, in deren Garten ein Schild mit einem rot durchgestrichenen Hundekopf steht! *No dogs, no soliciting, no trespassing, no nothing!*

Eine Stunde vergeht so.

Und eine weitere ähnlich.

Dann liegt Felix auf dem Sofa im Wohnzimmer, es regnet immer noch. Eins muss man aber sagen: So wie Walter Scheibler gestorben ist, das ist nicht gerade eine klassische Todesursache. Von einem Lieferwagen überfahren beim Herauskommen aus der Tür, und der Fahrer verschwindet spurlos. So würde man das machen, wenn man einen Zeugen beseitigen will. Der Fahrer war wahrscheinlich ein brotloser Künstler aus Osteuropa, angeheuert von dubiosen Mittelsmännern der getarnten *QAnon*-Sektion der SPD Neukölln.

Ach Quatsch!

Alles nur bescheuerte Gedanken.

Es gibt schon noch Leute, denen man trauen kann, denkt Felix. Es gibt doch noch so etwas wie eine Öffentlichkeit, Gerichte, Justizvollzugsbeamte, unbestechliche Journalisten und Ärzte, die Tag und Nacht für ihre Patienten da sind.

Aber dann denkt Felix, dass er vor ein paar Stunden ja auch noch glaubte, dass man dem Hund trauen kann. Du hast ihm ja geglaubt, denkt er, dass er Stöckchenwerfen spielen wollte, das klang so überzeugend, wie wenn ein Arzt sagt *Ich bin Tag und Nacht für meine Patienten da*, oder wie wenn ein Journalist sagt *Ich bin unbestechlich!*.

Und jetzt sieht man ja, wie wahr das alles ist.

Genauso gut kann alles stimmen, was Simona sagt. Es deutet doch sogar einiges darauf hin, zum Beispiel eben dieser unnatürliche Tod von Walter Scheibler.

Und als Nächster ist man selbst dran. Ich oder Simona, denkt Felix, falls sie uns nicht gleichzeitig erledigen. Es ist genauso unwahrscheinlich, wie dass einen ein Hund anlügt, also eigentlich total unwahrscheinlich, aber eben nicht unmöglich, quod erat demonstrandum.

Es wird dunkel, Felix muss das Licht anknipsen. Er sieht sich jetzt selbst in den vielen Fensterscheiben. Die Wohnung besteht praktisch nur aus Fenstern, das hat ihm früher gefallen. Jetzt fühlt er sich wie eine Schießbudenfigur. Durch jedes Fenster kann man ihn anvisieren, und nein, das ist keine Hysterie, es ist keine Wahnvorstellung, es ist eine reale Möglichkeit. So real, wie dass man morgens zum Haus rausgeht und direkt vor der Tür überfahren wird. So real, wie dass ein Hund einen anlügt, genau in dem Maß real ist es, dass irgendeiner draußen in den Firecracker-Büschen durch eines der Fenster Felix ins Visier nimmt. Wie wahrscheinlich ist es, dass einer vor seiner Haustür überfahren wird, häh? Das ist überhaupt nicht wahrscheinlich, es ist sogar statistisch gesehen wahrscheinlich noch unwahrscheinlicher, als dass jemand in seinem Wohnzimmer durchs Fenster erschossen wird. So stehen die Dinge, wenn man es mal genau nimmt.

Es ist also überhaupt nicht hysterisch von Felix, dass er das Licht wieder ausknipst und im Dunkeln auf dem Sofa sitzt und seinen Kopf unterhalb einer möglichen Schusslinie hält. Wenn sie's machen, dann heute. Warum sollten sie lange warten? Sie machen es heute, und sie können sich das auch leisten, denn niemand wird den Tod von Walter Scheibler, der in Osnabrück gestorben ist, mit dem Tod von Felix Sell in Verbindung bringen, der in Naples, Florida, gestorben ist. Und beide Tode wird man nicht mit dem von Simona Prignatius in Verbindung bringen – jetzt hat Felix ihren angeheirateten Namen schon wieder vergessen, Prigello oder so etwas –, die in Tesserete gestorben ist, weit weg von Osnabrück und Florida. Und welcher Kommissar weiß schon, dass sie alle in der derselben Abiklasse waren, das wird doch keiner recherchieren, dafür gibt es doch nicht den geringsten Anlass. Das wird bis in alle Ewigkeit unentdeckt bleiben.

Felix ist jetzt überhaupt nicht mehr wohl.

55

Alles spricht dagegen, dass er hier lebend wieder rauskommt. Nein, das ist natürlich übertrieben, er hat schon eine Chance, aber nur, wenn er höllisch aufpasst. Er lässt die Jalousien herunter an allen Fenstern, die überhaupt eine haben, und leider sind das nur zwei, in den Schlafzimmern. Aber es gibt auch gute Nachrichten: Die Wohnung liegt ja im zweiten Stock, das heißt, man kann vom Garten unten gar nicht so gut in die Wohnung reinschießen, und wenn man jemanden in der Wohnung vom Leben zum Tod befördern will, muss man sich schon die Mühe machen, die Außentreppe hochzusteigen und über das Balkonfenster in die Wohnung einzudringen.

Das ist die gute Nachricht. Die schlechte ist, dass die Lichtergirlande, die sich sonst immer nach Einbruch der Dunkelheit per Timer einschaltet, heute dunkel bleibt. Das ist schon bei Felix' erstem Aufenthalt manchmal passiert, und man musste dann unten im Erdgeschoss die Sicherung in der Steckdose aus- und wieder einschalten. Ohne diese Girlande ist es draußen stockdunkel, vor allem bei so schlechtem Wetter wie jetzt, wo kein Mondstrahl durchdringt.

So, und das heißt: Felix braucht eine Waffe. Und was hat ihm Ralph, sein bester Freund, einmal erzählt? Ralph interessierte sich für solche Dinge, für Waffen, Verteidigung, Felix fand das immer ein bisschen kindisch. Aber jetzt kommt es ihm vor, als spräche Ralph aus dem Grab zu ihm, um ihn anzuleiten in dieser Stunde, in der es darum geht, sich für den Notfall zu rüsten. Ja, es ist, als hätte Ralph es vor vielen Jahren nur deshalb erwähnt: Nämlich, dass es bei der Wahl der Waffe drauf ankommt, ehrlich mit sich selbst zu sein. *Eine Waffe, die du nicht benutzen wirst, weil sie nicht zu dir passt, ist schlimmer als gar keine Waffe.* So hat Ralph gesprochen damals bei einem Spaziergang durch den Botanischen Park in Steglitz. Damals hat Felix es sich einfach freundlich angehört. Aber jetzt macht es plötzlich Sinn.

Es gäbe da beispielsweise ein langes Küchenmesser in der *Treetop Oasis*. Aber als Felix es aus dem Holzblock zieht, weiß er sofort: Er könnte nie mit einem solchen Messer in einen Körper stechen, sei es Mensch oder Tier. Das ist ihm einfach zuwider. Aber was er in der Not könnte, ist mit etwas zuschlagen. Wie gerufen gibt es in der Küche einen schweren, hölzernen Fleischklopfer. Felix wiegt ihn in der Hand, schwingt ihn auf und ab und denkt, das ist genau das Richtige.

Mit dem Fleischklopfer blickt er durch die Balkontür: Es ist wirklich so dunkel, wie es nur sein kann da draußen. Und das muss sich ändern. Felix möchte hier Flutlicht haben, um einen Angreifer schon von Weitem sehen zu können. Ob das dann im Notfall etwas hilft, weiß er nicht. Aber es geht ja darum, dass er sich sicherer fühlt, egal, ob er es dann faktisch ist oder nicht.

Mit dem Fleischklopfer in der Hand betritt Felix die Veranda. Das Gewitter gibt keine Ruhe, ein System löst das andere ab, jetzt donnert es sogar wieder, noch stärker als am Nachmittag. Felix schiebt die Balkontür wieder zu.

Und dann –

56

Dann ist es so weit. Alles ist gewissermaßen arrangiert. Die Vorbereitungen des Schicksals sind abgeschlossen, das Ereignis kann geschehen. Alles fügt sich ineinander, damit das Ereignis genau so ablaufen kann, wie es dann eben abläuft: Felix sieht nichts, weil es dunkel ist. Er hat einen Fleischklopfer in der Hand, weil er eine Waffe braucht. Er hört nichts, weil es donnert. Und weil er schon älter ist, hat er drin das Handy vergessen: Er wollte ja eigentlich die Handytaschenlampe benutzen, um nachher überhaupt den Sicherungsschalter in der Steckdose zu sehen.

So. Und als Felix sich umdreht, um die Balkontür wieder aufzuschieben und das Handy zu holen, sieht er in der Spiegelung der Balkonscheibe hinter sich eine Bewegung, eine gestalthafte Bewegung, und mit dem Herz wirklich in der Hose, er fühlt es wirklich in seine Hose sacken, dreht er sich um, taumelt und sieht nur eins: Da ist einer. Direkt vor ihm.

Auf diese Bedrohung schlägt Felix mit dem Fleischklopfer ein, man könnte auch sagen: Der Fleischklopfer selbst schlägt zu, denn es gibt keinen Felix mehr, der irgendetwas entscheidet. Das geschieht alles von selbst. Reiner Überlebensinstinkt, so rein wie Quellwasser. Der Fleischklopfer schlägt zu, und alles rumpelt und poltert, und jemand schreit ganz merkwürdig, nicht, wie man es von Filmen kennt oder von Überraschungsschreien, nein, es ist ein ganz sonderbarer, unirdischer Schrei.

EPILOG

So war das. Genau das ist geschehen, und man könnte sagen, so toll war das doch gar nicht. Ja, das stimmt. Man kann es erzählen, aber genauso gut auch nicht. Es ist vielleicht ein bisschen toller als zu Hause auf dem Sofa zu sitzen und überhaupt nichts zu erleben.

Denn immerhin ist die Polizei da, das Polizeipaar, das im Auto sein Abendessen aus dem *Drive-Thru* verzehrt. Und vorher war auch noch eine Ambulanz da mit zwei Pflegern, die Andrea auf eine Bahre packten und mit Gurten daran befestigten. Andrea, die Frau von Felix' erstem Aufenthalt, also die Tochter der Hausbesitzerin, die jetzt bestimmt schon telefonisch darüber informiert wurde, dass ihre Tochter von dem aktuellen Airbnb-Gast mit einem hammerähnlichen Gegenstand niedergeschlagen wurde.

Das ist nicht lustig. Felix wusste gar nicht, wie er sich bei Andrea entschuldigen sollte, ihm fiel kein Englisch mehr ein, er hatte alle Vokabeln vergessen, weil Andrea am Kopf stark blutete, und ihr einer Arm … sah nicht gut aus. Aber er war nicht wegen Felix gebrochen, sondern weil Andrea rückwärts die Holztreppe runterstürzte. An dem Armbruch ist Felix also unschuldig, aber natürlich hat er ihn gewissermaßen verursacht, weil er einen Fleischklopfer in der Hand hatte. Die Stirnwunde von Andrea geht eindeutig zulasten dieses Fleischklopfers, und das tut Felix wirklich so leid, wie ihm schon lange nichts mehr getan hat.

Er wollte sich bei Andrea ja auch entschuldigen, als sie auf der Bahre angeschnallt in den Krankenwagen geschoben wurde. Aber wie gesagt war er zu durcheinander, um mehr zu sagen als immer wieder *Sorry. Sorry.* Das eine Auge von Andrea war schon zugeschwollen, nur ein Auge war noch offen, und mit dem schaute sie ihn an … da konnte Felix gar nicht mehr hinblicken. Es war eine solche Wut in diesem Blick. Dass ein einzelnes Auge eine solche Wut …

»Es tut mir so leid«, sagte Felix auf Deutsch, aber das Problem war vielleicht, dass er Andrea in diesem Moment nicht *zeigen* konnte, wie leid es ihm tat. Und das lag vielleicht daran, dass er dachte, warum schleicht sie sich denn mitten in der Nacht, in der stockdunklen Nacht ohne ein Wort zu sagen einfach an mich heran, ohne mich vorzuwarnen durch einen Gruß oder ein *Hi!*. Das kann sie doch nicht machen, dachte Felix, sie muss doch damit rechnen, dass ich mich wehre!

Das denkt Felix ehrlich gesagt jetzt noch, als der Krankenwagen schon lange weggefahren ist. Natürlich meinte Andrea es nur gut. Sie wollte ihm nämlich die *Longines* bringen! Die Uhr seines Vaters, die Felix ja verloren hat, ohne es zu merken, erst Simona hat ihn ja darauf aufmerksam gemacht, dass er die Uhr nicht trägt. Und wo hat Felix sie verloren, natürlich hier, darauf hätte er doch selbst kommen müssen. Und jetzt wollte Andrea ihm Hallo sagen, weil sie doch bei seinem ersten Besuch immer gute Gespräche geführt und gemeinsam heimlich geraucht haben, sie sind sich ja durchaus ein wenig nähergekommen. Und nun wollte Andrea ihn überraschen und ihm die *Longines* zurückgeben, die er letztes Mal hier verloren hat.

Gut. Das ist sehr lieb von Andrea. Aber andererseits: Jetzt mal ehrlich. Andrea oder ihre Mutter oder höchstwahrscheinlich die Reinigungskräfte haben doch die Uhr schon vor Wochen gefunden. Warum hat Andrea Felix denn nicht schon vor Wochen geschrieben, dass er die Uhr hier vergessen hat? Das ist doch so üblich bei Airbnb, und dann schickt man die Uhr dem ehemaligen Gast per Post. Wenn ich die Wohnung nicht noch einmal gemietet hätte, denkt Felix, während die beiden Polizisten im Auto gar nicht aufhören können, zu essen, hätte ich ja nie erfahren, wo die Uhr ist. Immerhin, denkt Felix, ist es eine recht teure Uhr, die Andrea vielleicht auch gerne behalten hätte, um sie ihrem Freund zu schenken. Wie auch immer. So ganz astrein ist das alles nicht, denkt Felix, und dann schleicht sie sich auch noch in der dunkelsten Nacht ohne ein Wort an mich heran, obwohl sie doch sieht, dass ich einen Fleischklopfer …

Die *Longines* lag auf dem Verandaboden, zusammen mit einem zerbrochenen Teller und drei Donuts mit Schokoguss. Das verstand Felix, denn er hatte Andrea ja einmal erzählt, dass er Donuts mit Schokokuvertüre mag, und sie brachte ihm drei, weil sie selbst dauernd abnehmen muss und so etwas Fettes und Süßes nicht isst.

Ja, so war das. Eigentlich nichts Besonderes, denkt Felix, als er das alles noch einmal Revue passieren lässt.

Aber das Besondere kommt ja noch. Jedenfalls für Felix. Er weiß es nur noch nicht. Es gibt nämlich zwei Möglichkeiten eines Endes dieser Geschichte. Die eine ist ein Happy End, dem man trauen kann, und die andere ist ein Happy End, dem man nicht trauen kann. Jeder muss selbst entscheiden. Wer das Happy End, dem man nicht trauen kann, gar nicht erst lesen will, der soll eben nur das erste Ende lesen und dann Schluss machen. Die anderen können weitermachen. Sie werden ja sehen, was sie davon haben.

Das Happy End, dem man trauen kann ist:

Am nächsten Tag erwacht Felix in dem traumhaft weichen Bett in der *Treetop Oasis*. Er ist nach wie vor ein freier Mann, denn das Polizistenpaar hat beschlossen, seiner Aussage Glauben zu schenken, dass er sich bedroht fühlte und nicht erkannte, wer da in seinem Rücken auftauchte.

Andrea hat bisher auch keine Anzeige erstattet, und ihr Arm ist nicht gebrochen, nur verstaucht, sieht alles schlimmer aus, als es ist. Und wenn sie wenigstens *Hi!* gesagt hätte und sich nicht angeschlichen … also wer macht denn so etwas, das ist doch fahrlässig!

Die Mutter von Andrea, Tamara, hat Felix noch gestern Nacht vierundzwanzig Stunden gegeben, um die Wohnung zu verlassen. Eine Rückerstattung der Mietgebühr für zwei Wochen lehnt sie ab. Sie sagt, Felix kann froh sein, dass sie ihm nicht die Kosten für die *Tatortreinigung* aufbrummt. Wegen der paar Bluttropfen und des zerbrochenen Donut-Tellers, denkt Felix.

Denn er erwacht mit dem Gedanken an dieses Wort *Tatortreinigung*, und wie sehr er sich gestern vor dem Einschlafen über diese Unverschämtheit von Tamara geärgert hat. Er kann ja immer noch eine vernichtende Bewertung bei Airbnb schreiben. Aber das wird er natürlich nicht tun.

Denn sonst schreibt Tamara in ihrer Gästebewertung: *Felix is a brutal guest. He hit my daughter with a tenderizer!!*

Ja, und dann, als die Geschehnisse der letzten Nacht sich allmählich ein wenig setzen und Felix wieder zu sich findet, beim Frühstück in der Küche, kommt ihm mit voller Wucht natürlich wieder der Hund in den Sinn. Könnte man sich nicht einfach einen neuen kaufen? Aber damit wäre dem Hund unrecht getan: Er ist einzigartig. Es gibt eben nur einen wie ihn. So ein Hund ist wie ein Fingerabdruck oder eine Schneeflocke: Für andere sieht er vielleicht gleich aus wie alle Jack Russell Terrier. Aber Felix würde sofort merken, dass es nicht *der* Hund ist, und das liegt nicht nur daran, dass andere Hunde nicht »Huh?« sagen, wenn sie etwas nicht verstanden haben.

Müde und niedergeschlagen isst Felix sein Frühstück zu Ende, und danach packt er das wenige, das er dabeihat, in den Koffer, Tamaras Ultimatum läuft ja bald ab. Unbedingt muss Felix noch Blumen für Andrea ins *NCH Baker Hospital* schicken, dorthin haben sie die arme Andrea gebracht. Vielleicht ist sie auch bereits wieder entlassen worden, aber die Krankenpfleger freuen sich bestimmt auch über einen Strauß Tulpen. So, jetzt aber erst mal die Wohnung noch ein bisschen aufräumen und dann Koffer ins Auto und Gas geben.

Und während Felix eine angebrochene Dose Büchsenmais und ein paar leere Bierdosen in die Mülltüte steckt, hört er draußen einen Hund bellen. Das Haus am anderen Ufer des Kanals ist meistens unbewohnt, aber bei seinem ersten Aufenthalt hier hat Felix die Leute mal gesehen, sie haben einen großen Hund, der immer die Iguanas anbellt, die sich gern in den *Buttonbush*-Gebüschen am Kanalufer verstecken. Ja, und jetzt sind die Leute offenbar hier, vielleicht sogar aus Schaulust, weil sie in den Nachrichten gehört haben, dass gestern Nacht hier ein Deutscher einer Amerikanerin mit dem *Tenderizer* …

Trotz ihrer Schaulust sind diese Leute zu beneiden, denkt Felix, denn sie haben ihren Hund noch, er hat sie nicht verlassen und wird es auch nicht tun, denn im Gegensatz zu anderen Hunden hat er keine ominösen Freunde, zu denen es ihn hinzieht. Es ist zwar ein relativ dummer Hund, der gegen einen Iguana keine Chance hätte, sie können sehr kräftig zubeißen, wenn es sein muss. Aber er verteidigt treu den Besitz seiner Herrschaft und lindert abends die Zweisamkeit des älteren Ehepaars. Felix hat die beiden mal auf der Veranda sitzen gesehen, sie schaukelten beide in einem *Easy Chair*, und der Hund saß in der Mitte zwischen ihnen und wurde von beiden gekrault. Das war eigentlich ein versöhnliches Bild, und so könnte Felix sich seinen Lebensabend auch vorstellen.

Nur hat eben sein Hund nicht mitgespielt. Daran erinnert ihn jetzt das fortwährende Bellen des Nachbarhundes. Das Bellen geht Felix bald schon sogar auf die Nerven, eben weil es ihn erinnert. Denken diese Leute da drüben überhaupt nicht an ihre Nachbarn, die vom Bellen dieses Hundes vielleicht an schmerzliche Tatsachen erinnert werden?

Mit Schwung schmeißt Felix einen Plastikbeutel mit Toastbrotscheiben in den Mülleimer: Er wird das Toastbrot bestimmt nicht mit nach Berlin nehmen! Auch den Rest der köstlichen Krabbencreme wirft er in den Mülleimer, während der Hund ihm die Seele vollbellt! Käme doch nur ein Iguana jetzt auf die Idee, dass es unvermeidlich ist, dem Hund in die Kehle zu beißen!

Felix wird von einer kalten Wut sogar auf die Veranda getrieben, er möchte den blöden Hund wenigstens sehen und vielleicht etwas zu den Nachbarn rüberrufen, obwohl er dazu eigentlich ein Megafon bräuchte, denn die Nachbarn sind ja doch ein Stück weit weg. Es ist eigentlich merkwürdig, dass man das Bellen des Hundes von so weit her so gut hier hört.

Das hat natürlich einen Grund. Das merkt Felix, als er auf der Veranda über den Kanal blickt, dort aber überhaupt nichts sieht. Das Nachbarhaus wirkt wie meistens verlassen.

»Woff! Woff!«

Nein, der Hund ist nicht da drüben, der Hund ist …

Und es ist auch nicht der große Hund der Nachbarn, es ist …

So kann das Leben also auch sein! Plötzlich steht der Hund wieder hier, unten im Garten und bellt zur Veranda hoch. Warum er nicht die Treppe hochkommt, ist rätselhaft, aber Felix will jetzt nicht dem geschenkten Gaul ins Maul schauen. Einmal wird man verlassen, von der Frau, die man geliebt hat, und Jahre später verlässt einen der Hund, den man bei sich haben wollte, und jetzt ist wenigstens der Hund wieder hier. Darum geht es vielleicht sogar: eine kleine Wiedergutmachung.

Doch daran denkt Felix jetzt gar nicht. Er kommt gar nicht zum Denken, so eilig rennt er die Holztreppe runter, wobei er sich an beiden Handläufen festhält, um nicht dasselbe Schicksal zu erleiden wie gestern Andrea.

»Hey!«, ruft Felix. »You are here! What the hell …«

Und gibt es einen schöneren Anblick als einen kleinen braun-weiß gefleckten Hund, der jetzt auf einen zurennt und sogar an einem hochspringt, so hoch, dass er einem fast ins Gesicht springt!

»Hey you!«, sagt Felix und weiß gar nicht, wo er bei dem Hund mit Knuddeln anfangen soll.

»Hell yes«, sagt der Hund, »I pulled it off! Hey, come on, wait! I'll get you a stick!«

Der Hund rennt im Zickzack durch den Garten, bis er ein Bananenbaumblatt gefunden hat, das vom gestrigen Thunderstorm runtergerissen worden ist. Es ist ein solcher Anblick, wie der Hund das viel zu große Blatt zu Felix zerrt! Und Felix soll jetzt den Stängel in handliche Stücke brechen, die er dann werfen kann.

»Throw! Throw it!«, sagt der Hund und dreht sich vor Aufregung im Kreis.

So war das. Es war einfach eine Gunst des Lebens. Eine Stunde später saßen sie beide auf dem Rasen im Garten, beide ganz erschöpft vom Wiedersehen und dem Herumrennen, und die Sonne schien so freundlich, in der Luft tanzten schöne kleine Schmetterlinge. Das Brummen eines einmotorigen Flugzeugs verlieh allem einen lyrischen Zauber. Der Hund lag auf Felix' Brust, und Felix kraulte ihn und sagte: »So you didn't find your friends?«

»Huh?«, sagte der Hund.

»You didn't find your friends?«, sagte Felix.

»Yes I did«, sagte der Hund, »I found you.«

ENDE

So weit das. Nun zum anderen Happy End, dem man nicht trauen kann.

Alles geschieht genauso wie beim Happy End, dem man trauen kann. Sie liegen im Gras, erschöpft vom Stöckchenwerfen, das Flugzeug brummt lyrisch. Der Hund liegt auf Felix' Brust, und Felix krault ihn und sagt: »So you didn't find your friends?«

»Huh?«, sagt der Hund.

»You didn't find your friends?«, sagt Felix.

»Yes I did«, sagt der Hund, »I found you.«

Das sind schöne Worte, die Felix mit Wärme erfüllen. Der Hund mag ihn, das steht fest.

Aber es ist nun mal so, dass Felix seit gestern Abend natürlich die *Longines* wieder trägt, die ihm sein Vater vererbt hat. Andrea hat sie ihm ja zurückgebracht, zusammen mit den Donuts. Felix hat zwar keine Ahnung, weshalb er sie bei seinem ersten Aufenthalt in der *Treetop Oasis* hier vergessen hat, er legt die Uhr ja seit dem Tod seines Vaters manchmal sogar nicht einmal beim Duschen ab. Aber es ist eben so, er hat sie letztes Mal hier liegen lassen. Das soll nie wieder passieren, darauf wird er jetzt doppelt achten. Und dass er sie jetzt trägt, wo er nicht duscht, ist völlig selbstverständlich. Er trägt sie wie immer am rechten Handgelenk, und mit der rechten Hand krault er den Hund hinter den langen Ohren. Deswegen wohl merkt der Hund, dass da etwas ist, ein für ihn vielleicht störendes Objekt, das beim Kraulen an seinen Ohren scheuert.

Also hebt der Hund den Kopf und sagt: »I see you're wearing the watch you lost.«

Genau das sagt er. Er sagt *Ich sehe, du trägst die Uhr wieder, die du verloren hast.*

Was der Hund sagt, heißt auf Deutsch dasselbe wie auf Englisch, und es würde auch auf Italienisch oder Mandarin dasselbe heißen. Und zwar würde es heißen, dass der Hund über etwas spricht, über das er eigentlich nicht sprechen kann.

»Sorry?«, sagt Felix, denn er ist in diesem Moment überzeugt, dass er sich verhört hat.

»I said«, sagt der Hund, »you're wearing the watch you lost. Now I'm hungry! I'm starving! How about a load of *Salametti*?«

Moment mal.

Es gibt keine Salametti in Florida. Dass der Hund das nicht weiß, ist verständlich. Aber die Uhr! Der Hund kann unmöglich wissen, dass Felix die *Longines* immer getragen und hier verloren hat. Felix hat nie mit dem Hund darüber gesprochen, und als der Hund damals in Felix' Wohnung auftauchte in der Berliner Tropennacht, trug Felix die Uhr ja schon nicht mehr. Der Hund hat Felix gar nie mit einer Uhr gesehen.

»Okay«, sagt Felix, »yes. Hungry.«

Er krault den Hund noch, aber nicht mehr so wie vorher. Er will den Hund jetzt auch gar nicht fragen, wo er war. Wie er zu Fuß hierhergefunden hat vom *Cambier Park* aus, das sind zwanzig Autominuten. Und plötzlich steht der Hund hier im Garten. Wo war er die Nacht über? Und wie konnte er die *Treetop Oasis* wiederfinden. Der Hund musste zuerst durch halb Naples laufen und dann die richtige Straße wählen, die hierher in die Suburb führt – und da gibt es viele Suburbs und viele Straßen.

Das Brummen des Flugzeugs verliert sich in der Ferne. Der Hund liegt immer noch auf seiner Brust. Aber jetzt fühlt sich das anders an, Felix muss tief einatmen, um frei Luft zu kriegen. Er krault den Hund nach wie vor, aber um Zeit zu gewinnen. Und dann schaut er in die Augen des Hundes.

Dieser unschuldige Hundeblick eines Jack Russell Terriers. Große Knopfaugen, diese Reinheit, fast wie wenn man in einen klaren Bergsee blickt. Aber da ist etwas. Da ist etwas in diesem Hundeblick, wenn man da tiefer hineinschaut, sieht man es umso besser, da ist …

… etwas wie in dem Traum, den Felix seit seinem ersten Aufenthalt hier in der *Treetop Oasis* so oft träumt: eine Leere, etwas Namenloses, aber Ungutes, deutlich Ungutes. Aber das stimmt nicht einmal, denkt Felix, während er tiefer in diese treuen Hundeaugen hineinschaut: Das ist nicht etwas *wie* der Traum, das *ist* der Traum.

ENDE

NACHWORT DES AUTORS

Wenn man als Leser dem Autor bis zum Ende des Buches gefolgt ist, hat man ein Anrecht darauf, auf die offenen Fragen des Buchs eine Antwort zu erhalten. Aber jetzt mal ehrlich: Soll ich hier eine Antwort darauf liefern, ob Simonas Überzeugung, dass Gerry und Nicole *getarnte QAnon* sind, stimmt oder nicht? Meine Lieben: Woher soll ich das wissen? Wenn ihr mich wirklich danach fragt, würde ich sagen: eher wohl nicht. Wahrscheinlich ist Gerry einfach nur ein passabler und etwas langweiliger Bundespräsident und Nicole eine ganz normale, ökologisch orientierte Politikerin im Ehestand. In diesem Fall bildet Simona sich alles nur ein, und der Hund ist dann auch kein in einem geheimen Berliner Bunker gezüchteter Spionagehund einer rechtsextremen Weltverschwörung.

Können wir uns darauf einigen? Denn was bleibt uns anderes übrig? Wir wissen es einfach nicht, Sie nicht, ich nicht. Manchmal denke ich: Vielleicht ist da was dran an Simonas Horrorgeschichte, und dann wieder denke ich: Hör auf damit, du spinnst!

Vielleicht sollte ich als Autor auch einfach beschließen: Es ist nichts dran, basta, auch wenn ich nicht weiß, ob es nicht doch stimmt!

Ja, aber wenn nichts dran ist, wer sind dann diese ominösen Freunde des Hundes? Und warum wollte der Hund unbedingt nach Naples in Florida und nicht zum Beispiel an den Starnberger See? Hier bin ich mir sicher: Ich weiß es! Der Hund stammt aus einem Labor, aber nicht von Rechtsextremen, sondern von anständigen jungen IT-Spezialisten. Der Hund ist der Prototyp einer Killer-Application namens PetGTP: Führe Gespräche mit deinem Haustier! Das Ziel sind Hunde, Katzen, meinetwegen Meerschweinchen, die mit künstlicher Intelligenz bestückt sind. Sicherlich haben Sie, lieber Leser, liebe Leserin, schon mal ein Gespräch mit einer künstlichen Intelligenz der neuen Generation geführt, wenn auch schriftlich, und sich gewundert, wie eloquent diese Programme parlieren: Fast merkt man den Unterschied zu einem Menschen nicht mehr.

Und so ist es eben bei dem Hund! Felix hat das ja vermutet, und ich gebe ihm jetzt recht: Ja, es ist ein Prototyp. Und ja, welches Kind – aber auch welcher vielleicht etwas einsame Erwachsene – würde sich nicht einen Hund oder eine Katze wünschen, mit der man sich unterhalten kann wie mit einem Menschen? Das ist ein Milliardenmarkt. Aber warum wurde der Hund nach Deutschland gebracht? Ganz einfach: Das war keine Entführung. Er selbst empfand es so, aber es war einfach nur ein Produktetest im Rahmen des PetGTP-Projekts: Der sprechende Hund sollte in Deutschland unter Geheimhaltung von einer ausgewählten und zur Verschwiegenheit verpflichteten Testperson ausprobiert werden. Und diese Testperson war die Schauspielerin Mona Arnu, die mit einem der amerikanischen Projektleiter befreundet ist. So. Der arme Hund hingegen konnte sich nur noch an seine *Freunde* in Naples, Florida erinnern, und als er sich plötzlich in einer wildfremden Umgebung mit fremden Leuten wiederfand, dachte er »Holy sh***! I've been kidnapped!«. Als Felix Mona Arnu diesen von der Straße geklauten Jack Russell Terrier unterjubelte, merkte Mona Arnu das erst mal nicht. Sie dachte: »Dem armen Hund hat es die Sprache verschlagen! Ist ja auch kein Wunder: Zuerst läuft er weg, dann wird er von diesem alten Sack geklaut …« Und als sie es endlich merkte, war es zu spät: Da waren Felix und der richtige Hund schon in Tesserette und unauffindbar.

So. Genau so war das. Und wenn jetzt noch Fragen offen sind: Sorry! Dann kann ich nur raten: Kaufen Sie nächstes Mal das Buch eines Autors, der auf alles eine Antwort hat.

Der Galiani Berlin hat sich zu einer nachhaltigen Buchproduktion verpflichtet. Gemeinsam mit unseren Partnern und Lieferanten setzen wir uns für eine klimaneutrale Buchproduktion ein, die den Erwerb von Klimazertifikaten zur Kompensation des CO_2-Ausstoßes einschließt. Weitere Informationen finden Sie unter www.klimaneutralerverlag.de

MIX
Papier | Fördert gute Waldnutzung
FSC® C014496

1. Auflage 2023

Verlag Galiani Berlin 2023

Umschlaggestaltung Lisa Neuhalfen, Berlin
Umschlagmotiv © Aleksandr Podoinitcyn / Alamy Vektorgrafik
Lektorat Esther Kormann
Gesetzt aus der Minion Pro
Satz Buch-Werkstatt GmbH, Bad Aibling
Druck und Bindung GGP Media GmbH, Pößneck

ISBN 978-3-86971-285-7

Weitere Informationen zu unserem Programm finden Sie unter www.galiani.de